D1235319

Amores oscuros

Amores oscuros

Roser Caminals

Traducción de
María Pilar Queralt del Hierro

Lumen

Título original: *El carrer dels tres llits*

Primera edición: junio, 2003

© 2003, Roser Caminals
© 2003, Editorial Lumen, S. A.
  Travessera de Gràcia, 47-49. 08021 Barcelona
© 2003, M.ª Pilar Queralt del Hierro, por la traducción

Printed in Spain – Impreso en España

ISBN: 84-264-1350-1
Depósito legal: B. 24.749 - 2003

Compuesto en Fotocomposición 2000, S. A.

Impreso en Romanyà Valls, S. A.
Verdaguer, 1. Capellades (Barcelona)

H 4 1 3 5 0 1

Para Vicenç y Glòria
y Vicenç y Mariona

1

Sabías que en Barcelona hay más ratas en las cloacas que gente en la calle?

—¡Ay, cállate! —Rita dibujaba mariposas con una mano, mientras que con la otra sostenía el helado que Mauricio le acababa de comprar en un quiosco de la plaza de Cataluña. La bola de vainilla se derretía a la tibieza del sol de media tarde y los envites de la lengua de Rita que, como la punta de una flecha rosada y glotona, la embestía rítmicamente. Paseaban sin prisa, suavemente arrastrados por la marea de viandantes que fluía por la Puerta del Ángel.

—Hablo en serio —insistió Mauricio—. Hay más ratas que personas. Lo leí el otro día en el *Diario de Barcelona*. El ayuntamiento no puede acabar con ellas y el subsuelo de Barcelona se ha convertido en un inmenso criadero. Se multiplican a una velocidad escalofriante y sobreviven a todo. Cuanto más crece la ciudad, mayor es la población de ratas.

Mientras insistía en los detalles más morbosos de la descripción, contemplaba divertido cómo Rita arrugaba la nariz en un irreprimible mohín de desagrado.

—Hablando del periódico, hoy todavía no lo he leído.

Se detuvieron ante un quiosco. Mientras Mauricio pagaba, el vendedor contemplaba a Rita, que seguía acariciando el helado con la lengua. Solo levantaba los ojos de vez en cuando para comprobar que la admiración de que era objeto no se había esfumado. Mauricio dobló el *Diario de Barcelona* y se lo colocó bajo el brazo con aires de suficiencia. Rita, protegida por el ala del sombrero de rafia adornado con flores y una lazada, le miraba de reojo. Luego, sin previo aviso, se le colgó del brazo en un intento evidente de proclamar una unión definitiva. Al observar la despreocupación con que Mauricio aceptaba el gesto, decidió que era el momento de hablar.

—¿Te acuerdas de lo que te dije el otro día? —Nuevo lengüetazo al helado.

—¿Qué me dijiste el otro día?

—Sí, hombre. El asunto de la «visita».

—¿De qué visita?

—¿Cuál va a ser? ¡La que viene cada mes!

—¡Ah, sí!

—Pues todavía no se ha presentado. Hace ya tres semanas que la espero y, hasta ahora, nada de nada.

La bola amarilla de helado había sucumbido por completo a las embestidas de la lengua de Rita, que ahora se empleaba a fondo con los dientes para mordisquear el cucurucho de galleta. Mauricio continuaba con la misma expresión de placidez.

—¿Y qué? No hay por qué preocuparse. A las mujeres, según tengo entendido, eso os pasa muy a menudo. Ya te dije que había que esperar un poco más.

Rita, desdeñando la sombra protectora del sombrero, alzó la cara y le espetó:

—¡Muy seguro estás tú de eso! ¡A ti qué más te da! ¡Pero yo no lo tengo tan claro! Yo nunca he tenido un retraso. Soy tan puntual como un reloj. Y encima, la otra mañana me levanté con náuseas. Apenas me puse en pie, todo empezó a dar vueltas como si me hubiese montado en el tiovivo.

La excitación de Rita se transmitía en su voz y en las chispas que despedía su mirada. No era esa su intención. Se había propuesto hablar con calma y no perder los estribos. «Se cazan más moscas con miel que con hiel», se había repetido una y otra vez, mientras urdía sus planes en la sordidez de su alcoba de pensión barata. Ahora la irritaba tanto su falta de control como la tranquilidad de Mauricio. Podía ser medio analfabeta, pero su instinto nunca le fallaba: sabía cuándo daba en el blanco o cuándo erraba el tiro. Y ahora comprendía que había tomado un camino demasiado directo. Hubiera sido más inteligente elegir una senda más tortuosa y, a la larga, más segura. Mauricio no se ablandaría con tanta facilidad como el helado de vainilla. Recobró la inflexión justa de la voz y continuó:

—Deberíamos empezar a pensar en el futuro. ¿No comprendes que, si al final resulta ser lo que me figuro, será peor cuanto más tiempo pase?

—¿Y si te equivocas y nos precipitamos? Imagínate el disgusto que representaría para mis padres y el revuelo que se organizaría entre sus amistades si tomáramos una decisión de esa importancia, y tan repentina. ¡Buena la habríamos hecho! No nos dejarían en paz. Eso, sin contar con tus parientes del pueblo.

—¿Qué parientes? No tengo familia, ya te lo he dicho. Crecí sin padre y mi madre murió poco antes de venir a Barcelona. Tengo un tío en Caracas, pero no sé nada de él. —Rita se acercó a Mauricio para dejar paso a una mujer cargada con un gran cesto de colada. Por un momento, la proximidad física circunscribió la conversación a tal grado de intimidad que Mauricio creyó que podría llevar el asunto a su terreno.

—Rita, cariño, ¿no estamos bien así? Somos muy jóvenes. ¿Por qué no pensamos más en el presente y menos en el futuro? Fíjate en mi padre. De tanto asegurarse el porvenir, ha envejecido antes de tiempo. Cincuenta años y el pelo blanco. Se ha pasado la vida trabajando, repasando cuentas los sábados y yendo a misa los domingos. ¿Tú crees en el Más Allá? Porque a mí, si es que existe, me tiene sin cuidado...

Rita, escandalizada, mariposeaba exageradamente con las manos.

—Desengáñate, preciosa, estamos en este mundo para darnos buena vida. Y calcula, a nuestra edad, cuánta tenemos por delante. Venga, mujer, no te pongas tan seria, que no es para tanto. A ver esa cara bonita...

La tomó por los hombros y se inclinó para besarla. Pero Rita no estaba dispuesta a dejarse engatusar. Sabía muy bien lo que quería. Los arrebatos pasionales no la habían apartado jamás de su camino, los momentos eróticos más enloquecedores no le habían hecho perder los papeles; ni siquiera las notas más intensas del amor conseguían acallar aquella voz interior que le susurraba «Cuídate». El atractivo físico y el encanto de Mauricio le habían facilitado el trabajo, pero no habían interferido en sus cálculos. Ella sabía perfectamente quién era y quién podría llegar a ser si llevaba las riendas de su vida con la habilidad necesaria. Desde que, un año antes, entrara a servir en casa de Mauricio, se había propuesto traspasar la frontera del cuarto de costura y pasearse libremente por aquellos corredores y salones que ahora solo podía entrever de refilón. A Mauricio únicamente le interesaba el presente; claro, el suyo resultaba muy interesante. Pero ese no era su caso. Seguir como costurera de una familia adinerada no la satisfacía en absoluto. ¿Para qué, si no, había dejado el pueblo a los veinte años? ¿Para qué se había empeñado en desterrar de su vocabulario términos como «asín» o «haiga»? ¿Para qué quería su belleza si no era para abrirle, una tras otra, las puertas de una casa como la de los Aldabó?

—Puedes decir de tu padre lo que quieras. Pero seguro que él no se arrepiente de nada y está más que satisfecho con su vida. Y eso de que somos muy jóvenes, ¡qué voy a contarte! Tú ya tienes veinticinco años y yo he cumplido veintidós. No somos unos niños.

Cuando iban a cruzar, se detuvieron un momento para dar paso al carro de un trapero. Bajo una manta harapienta asomaba una silla de anea boca abajo y un viejo colchón. Mauricio aprovechó la interrupción para cambiar de tema.

—¿Te gustaría que el sábado cenáramos en el Edén? Te compraré un vestido para que lo estrenes. Ya verás, ese sitio te gustará mucho.

La prudencia le aconsejaba no aparecer con Rita en lugares públicos. Se atenía a una política de discreción extrema que, últimamente, le daba buenos resultados. No le convenía en absoluto que los viera juntos algún conocido de sus padres. Ni cuando Rita acababa su jornada en casa la esperaba en las inmediaciones. Por el contrario, se citaban en los jardines del Gobernador, en el parque, o iban directamente a un discreto hotelito del Tibidabo o San Gervasio. Cuando la acompañaba a la pensión, no subía nunca. La capa de misterio con la que protegía sus relaciones les añadía un punto picante que satisfacía el paladar erótico, un tanto depravado, de Mauricio. En esta ocasión, sin embargo, merecía la pena arriesgarse aunque solo fuera por desviar la conversación hacia otros derroteros. Aun así había escogido el Edén consciente de que el círculo de amistades de sus padres no lo frecuentaba porque era sabido por todos que allí iban mujeres de dudosa moral. Rita esbozó una sonrisa:

—¡Ay, Mauricio, Mauricio...! Creo que quieres sobornarme. —Retozona, subrayaba cada palabra golpeándole suavemente el pecho con el índice—. No hay Edén que valga si antes no aclaramos las cosas. Pronto saldremos de dudas. Iré al médico y sabremos qué pasa. Si se confirman mis sospechas, ya puedes ir preparando a tus padres.

Pese a que el sol todavía disputaba el dominio del cielo a la luna tempranera, a Mauricio la tarde se le nublaba por momentos. Detuvo el paso y se apoyó en la pared de un edificio, como un boxeador acorralado contra las cuerdas.

—No corras tanto, nena. Ya te he dicho que eso no puede ser.

—¿Ah, no? ¿Y por qué?

—Pues... porque somos demasiado jóvenes y yo todavía no estoy situado, ni preparado para casarme y tener un crío. —Con el periódico enrollado, golpeaba insistentemente su pierna, mientras se revolvía inquieto como si se asfixiara en su propio traje. La mirada, algo arrogante, se le iba hacia el extremo de la calle.

—¡Ah! ¿No estás situado? ¿No estás preparado? ¿Para qué sirven entonces el negocio de tu padre y tus estudios? ¿Y yo, qué tengo que hacer mientras tanto? ¿Esperar a que nazca la criatura y criarla hasta que resuelvas tu porvenir? ¿O hasta que me dejes plantada por la próxima costurera?

—No te pongas así, mujer. Claro que te ayudaré. Podemos hacer muchas cosas. Mira, la idea de ir a un médico no es ningún disparate. A ti tampoco te conviene complicarte la vida con un hijo en estos momentos, no lo podrías mantener y te sentirías atada. Además, no podríamos continuar con el ritmo de vida que llevamos ahora... Yo me haré cargo de los gastos, claro. Por eso no has de preocuparte.

La expresión de la muchacha era cada vez más tensa.

—Pero ¿qué es lo que estás diciendo? ¡Parece mentira que me hables así! ¿Por quién me tomas? ¿Cómo puedes creerme capaz de una barbaridad como esa? —Rita había subido tanto el tono de voz que los viandantes se volvían a mirarla—. Y pensar que te tenía por un caballero, un hombre como es debido, un hijo de buena familia... ¡Se lo diré a tu padre, a tu madre, lo sabrá todo el mundo! ¡Te vas a enterar de quién es la Rita!

Mauricio se sintió más acorralado que nunca y optó por el contraataque.

—¿Y quién esperas que se crea que el niño es mío? ¿Cómo sé yo que es hijo mío? Y tú, ¿estás segura? Debes de pensar que vivo en la luna. Todos esos viajes al pueblo donde dices que no tienes familia... ¡Alguien habrá! Quizá aquel tipo que has nombrado alguna vez, ¿cómo se llama?...

—Mateo. Está loco por mí, pero yo nunca le he hecho caso. ¡Qué más quisiera él!

Se arrepintió de haber hablado de Mateo. ¡Qué idea tan absurda había tenido al querer provocar los celos de Mauricio!

—Venga, bonita, no me hagas comulgar con ruedas de molino, que ya me conozco el percal. Tú ya tenías experiencia cuando nos conocimos.

Pese a la rabia que sentía, Rita consiguió serenarse durante unos segundos para elegir entre la dignidad ofendida o el llanto. En otras ocasiones las lágrimas le habían dado buen resultado. Así que, sin ganas, comenzó a llorar; fue aumentando la intensidad de los sollozos hasta quedar convertida en un mar de lágrimas. El esfuerzo fue tal que consiguió transformar su cutis de leche y fresas en algo semejante a un tomate maduro. Mauricio desvió la mirada con gesto de impotencia.

—Rita, nena, no me hagas una escena aquí en plena calle...

—¡No me toques! ¡No te atrevas a acercarte!

Mauricio dejó transcurrir unos instantes hasta que la fuerza del llanto remitió.

—Es absurdo tener esta discusión antes de estar seguros... Mira, dejémoslo por hoy. Estás nerviosa y cansada; ya veremos qué hacemos en otro momento.

Se enjugó las lágrimas con un pañuelo de encaje. Sabía que Mauricio se había sosegado y que, si volvía a exasperarle, podía perder el terreno ganado. La victoria no llegaría con una sola batalla; si quería ganar la guerra debía librarla combate a combate. Y el de aquel día había que darlo por terminado. Levantó la mirada hasta descubrir una media sonrisa en el rostro de él, y juntos retomaron el camino. Al volver la esquina de la calle Santa Ana, Rita dijo con una cierta frialdad:

—He de entrar un momento en La Perla de Oriente. Si quieres, me esperas; si tienes prisa, puedes irte.

—¿Qué necesitas?

—Unas enaguas y tira bordada que me ha encargado tu madre.

Mauricio la siguió con la mirada hasta ver cómo desaparecía tras la puerta del establecimiento. Se recostó en un farol y abrió el periódico. Pero por más que intentaba concentrarse en la lectura, las letras le bailaban.

«Su Majestad Alfonso XIII ha inaugurado un nuevo tramo de ferrocarril que unirá León con Oviedo.» Seguro que Rita me quiere liar con lo del embarazo. ¡Qué poca imaginación! ¡Mejor tomarlo a broma! Es una treta demasiado gastada eso de hacerle creer a un hombre que hay un bebé en camino y, luego, nada de nada. Pero cuando se descubre la verdad, ya estás pillado. «Veteranos de la guerra de Cuba se reúnen en el Café de la Luna para cantar habaneras.» Más de uno ha mordido el anzuelo en estas circunstancias. Hay que ser muy pardillo para caer en una trampa como esta, y yo, la inocencia, hace mucho tiempo que la perdí. ¿Con quién cree esta que trata? ¿Con un novato? Aunque se las dé de lista, cuando ella va yo estoy de vuelta. «Obrero apuñalado en Atarazanas.» Es preferible no hacerle caso y dejarlo correr. Si no fuera por esta pequeña sombra de duda que me atormenta... Y si verdaderamente... «Esta mañana Manuel Domínguez ha sido apuñalado...» Por más que me resista a creerlo, debo ser precavido. Antes de dar cualquier paso, exigiré pruebas del embarazo, ¡ya lo creo que sí! Aun así, nadie creerá que el bebé es mío. «... siete veces en el tórax y el abdomen por un asaltante desconocido. La hora de la muerte ha sido establecida entre las dos y las tres de la madrugada. El cadáver fue descubierto...» No, en modo alguno, con las precauciones que he tomado es imposible. Ya no soy un niño y sé de sobras lo que hago. «... por el vigilante nocturno Salustiano Sotomayor cuando hacía su ronda habitual.» No, decididamente el embarazo es impensable. ¿Qué hora debe de ser? Las siete y cuarto. En cualquier momento saldrá de la tienda. A ver si todavía le dura la mala baba. ¿Qué será mejor, retomar el tema o dejarlo para otra ocasión? ¿Qué podría decirle para tranquilizarla y, al mismo tiempo, disponer de un cierto margen de actuación? «Aunque no hay testigos del asesinato, puesto que a esas horas el barrio permanecía prácticamente desierto...»

No podía dejar de darle vueltas al asunto. Si verdaderamente la relación traía cola, posiblemente la solución más expeditiva sería ofrecerle una buena suma de dinero que le permitiese resolver sus necesidades y las del recién nacido durante una buena temporada. De dónde sacaría el dinero ya era harina de otro costal. Tendría que pedírselo a su padre y para eso habría que inventar un buen pretexto. A Rita podría buscarle una nueva colocación. Ojalá se conformara con eso y desistiera de armar un escándalo.

«... Dos compañeros de la víctima, que trabajaba en la fábrica Montlleó, habían compartido con él buena parte de la noche en la taberna Sanlúcar, en la calle de Santa Madrona...» Veinte minutos. Ya hace veinte minutos que ha entrado en la tienda. Ese es otro de sus defectos que me saca de quicio. Siempre me toca esperar, nunca llega puntual. Yo no tengo por qué esperar a nadie y menos a una costurera... Otro gallo cantaría si la hubiese dejado plantada alguna vez. No tendría tantos humos ni me vendría con exigencias. Pero he de admitir que estoy enganchado a ella. ¡Lástima, ahora que todo iba tan bien! «... aseguran que Manuel Domínguez había ingerido mucho alcohol y que había conversado con algunos clientes habituales, entre ellos un tal Paco...» ¿Qué demonios hace tanto tiempo en La Perla de Oriente? Seguro que estará hablando como una cotorra con la dependienta. Lo hace a propósito para fastidiarme. Esta chica es de cuidado. «... con quien entabló una violenta discusión, en la que se intercambiaron insultos y amenazas.» Y, en caso de que no se conforme con el dinero, cosa que dudo, siempre me queda el recurso de negar toda implicación en el asunto. Sería su palabra contra la mía, y no hay duda sobre quién tendría más credibilidad. ¿Qué valor puede tener la palabra de una Rita cualquiera contra la de un Aldabó? Con las influencias que tiene mi padre, seguro que la harán callar y la pondrán en su sitio. Papá no permitiría nunca que una lagarta como ella arruinara la vida de su hijo, de su único hijo. Él, que sueña con casarme con una Carulla o una Andreu, o con aquella pretenciosa de los Tamburini. Por otra parte, no tengo ninguna prisa. Nada de casarme joven. Hasta por lo menos los treinta ni pensarlo. El matrimonio ya es de por sí demasiado largo y no hay por qué convertirlo en algo eterno. «Manuel Domínguez, declaró uno de sus compañeros, Olegario Riera, amenazó a su adversario, el mencionado Paco, con romperle una botella en la cabeza.» De todas formas, pase lo que pase, nadie me ahorrará una buena filípica. A papá no le gustará enterarse de mis escapadas con el servicio. ¡Es tan estricto! Tendré que aguantar de nuevo la misma retahíla que me soltó cuando me pilló con aquella criada. Será aún peor, porque entonces no había embarazo por medio. Pero papá puso el grito en el cielo cuando, al despedirla, tuvo que pagar por el silencio de la chica. Y eso que fue una miseria, menos de lo que saca de beneficios en un día. De nada valió que mamá me defendiera. De nada, sus razonamientos de que me tenía que divertir; de que quien no la corre de soltero, la corre de casado... Fue como predicar en el desierto. Como él no se ha divertido nunca, estos argumentos no le hacen mella. «A continuación, el hombre conocido como Paco huyó de la taberna en dirección al muelle perseguido por Manuel Domínguez.» Las campanas de Santa Ana acaban de dar las ocho menos cuarto. Es hora de cerrar. Si no sale pronto, me largo. Hace más de media hora que estoy aquí plantado. Ya está bien como broma. «La policía está siguiendo la pista del sospechoso principal, Francisco Cardona, alias Paco, quien, aparentemente, se ha dado a la fuga.»

Mauricio consultó su reloj de bolsillo. Faltaban doce minutos para las ocho y Rita no salía, y no salía... Y Rita no salió.

Malhumorado y sin prestar atención a lo que había leído, tiró el periódico a una papelera. A pesar de su determinación de no esperarla, miró con impaciencia a través de la puerta de cristal. En el interior de la tienda no había ningún cliente, solo una mujer que recogía piezas de tela detrás del mostrador y un hombre sentado al fondo de la estancia. Empujó la puerta y entró.

—Buenas tardes. Estoy esperando a una señorita que ha entrado hace un rato.

—¿Qué señorita? Hemos tenido bastantes clientes esta tarde.

La dependienta —que, por su actitud parecía la dueña— era una mujer bien plantada y de mediana edad. Mientras hablaba con Mauricio iba recogiendo pausadamente las piezas esparcidas por el mostrador, que era de cristal y hacía las veces de escaparate. En él se exhibían camisolas ligeras adornadas con lazadas de satén y corsés con ballenas metálicas que parecían antiguos instrumentos de tortura.

—Una joven rubia y de buena presencia. Más bien alta, con un sombrero adornado con flores y un vestido a rayas azules.

—No ha entrado ninguna mujer así.

Mauricio sonrió.

—Se equivoca. Íbamos juntos y la he visto entrar.

—No, señor, no. Le aseguro que quien se equivoca es usted.

—Tal vez la ha atendido otra persona.

—Imposible. Estamos solos, Jaumet y yo. No hay nadie más en la tienda.

Mauricio no pudo evitar fijarse en la suavidad de los ademanes con que la mujer trataba las prendas. Sin saber por qué, ese detalle le irritó.

—¿Está segura de que no está en el probador?

Sin levantar la mirada, la esfinge le contestó:

—Compruébelo usted mismo.

Con una cierta desconfianza y ninguna convicción, Mauricio recorrió la tienda, larga y estrecha como un túnel, hasta llegar al fondo, donde Jaumet estaba sentado en una silla baja. A medida que se le acercaba pudo observar que este, pese a haber rebasado la cincuentena, tenía la expresión vacía de quien pervive en la edad de la inocencia. Mauricio le dirigió un escueto «Buenas tardes», y el hombre respondió al saludo con un gesto y una amplia sonrisa. Dos pasos más allá estaba la cortina del probador. Mauricio la descorrió y se encontró con un recinto de menos de dos metros cuadrados en el que solo había una banqueta y un espejo de grandes dimensiones. El perchero, clavado en la pared, estaba vacío.

Las paredes de la tienda estaban pintadas en un color crema que ya se había oscurecido con el tiempo. Del techo, muy alto, colgaban dos arañas de cristal. La pared situada detrás del mostrador estaba recubierta por un sinfín de cajones y compartimientos todos del mismo color, con pomos de baquelita y pequeñas etiquetas indicativas. Instintivamente, Mauricio deslizó por ellos la mirada, como si Rita pudiera ocultarse ahí. Aun a riesgo de que la mujer le despidiera con malas maneras, se atrevió a insistir:

—¿No hay ninguna puerta más?

Sin inmutarse ni alzar la vista, ella respondió:

—Ya lo ve, solo la puerta de entrada.

—Ha venido a comprar...—hizo un esfuerzo para recordar— tira bordada y algo más... Y no es la primera vez que viene. Usted debe conocerla.

—No, señor. Esta tarde no he vendido tira bordada a nadie.

Con paso lento, resistiéndose a dejar la tienda, Mauricio se llevó la mano al ala del sombrero y se dirigió hacia la puerta.

—Buenas tardes —le dijo la mujer alargando la última sílaba, sin dejar de recoger el género.

La situación era demasiado absurda para parecer real. Por un momento creyó que los viandantes, conocedores del escondite de Rita, se reían de él con la superioridad propia de quien comparte un secreto. Alguien le estaba tomando el pelo. Tenía la impresión de que flotaba, de estar inmerso en un mundo tan elástico y espeso como los sueños. «Vayamos por partes —se dijo, aferrándose al razonamiento como único elemento inalterable—. Las cosas, por inexplicables que parezcan, tarde o temprano tienen respuesta. Rita no puede haber desaparecido, no puede haberse evaporado así como así. Eso es materialmente imposible. Ha de estar en un sitio u otro. La he visto entrar; de eso estoy seguro. Pero no la he visto salir, lo que no quiere decir que no lo haya hecho. Mientras estaba enfrascado en el periódico y en mis preocupaciones, puede haberse escabullido sin yo darme cuenta. Es poco probable, porque he estado al tanto de quién entraba y quién salía de la tienda, pero no es imposible. Además, tenía motivos para hacerlo. Como estaba enfadada y resentida, se ha permitido el lujo de dejarme plantado. ¡Cómo se atreve! Es aún más desvergonzada de lo que creía. Lo que no encaja es que la dueña de la tienda niegue haberla visto. Eso sí que no me lo creo. Esa mujer sabe más de lo que cuenta. ¿Por qué no me habrá dicho simplemente que Rita ha entrado y luego se ha ido? ¿Qué razones puede tener para mentir a un desconocido?»

Cruzó la calle, se sumergió en la agitación de la Puerta del Ángel y esquivó a una gitana que vendía flores.

«Está claro que en La Perla de Oriente soy un desconocido, pero quizá Rita no lo es. Alguna vez he oído que mi madre la mandaba allí. ¿Y si Rita...? ¿Y si Rita le hubiera pedido a la dueña que se hiciera la sueca si yo entraba a preguntar por ella? ¿Qué le costaba decirme que hacía diez minutos que se había ido? ¿Qué tiene eso de malo? Si lo que Rita quería era dejarme plantado, ya lo había conseguido. Tal vez quiso asegurarse de que no la seguiría hasta la pensión. Pero ¿cómo sabe ahora que no voy a ir a buscarla? Debe de haber pensado que, si se hacía tarde, volvería a casa porque me ha oído decir que iría a cenar. Es un razonamiento muy rebuscado, pero la creo capaz de eso y de mucho más... Quiere tenerme en la cuerda floja, la conozco de sobra. ¿Qué se imagina ahora? ¿Que iré a la pensión a disculparme? ¡No faltaría más!»

Aun así, le invadía un extraño desasosiego inmune a la razón: «¿Y si le ha pasado algo? Pero ¿qué puede haberle pasado a plena luz del día? ¡Qué tontería! La discusión y esta mala pasada de Rita me han echado a perder la tarde. No sé ni por qué le doy tantas vueltas. ¿Qué obligación tengo de ocuparme de ella? ¿Qué clase de responsabilidad? Es solo una modistilla, qué digo una modistilla, una palurda metida a costurera que quiere darme gato por liebre. Ella ha jugado su baza y no le ha salido bien. Pues ya sabía dónde se metía.»

De pronto se consoló con una idea que hasta entonces no se le había ocurrido. «La verdad es que me ha dado la excusa perfecta para cortar la relación. Ya veremos si vuelve a presentarse en casa. ¿Qué te juegas a que no la volvemos a ver? Y si vuelve, que vuelva. Ya la pondré en su sitio. Buenos días y buenas tardes, y eso es todo. Y si tiene el valor de ir con reclamaciones a mi padre, llevo las de ganar. Bien mirado, es mejor que todo haya terminado. Claro que acabar así es muy triste. Yo quería llevarla a cenar y despedirla con alguna joya. ¡Palabra! En fin, ella se lo pierde.»

Levantó la cabeza y al mirar al cielo comprobó que la luna, fiel a su cita milenaria, había ocupado el lugar del sol.

En cuanto a la tierra firme, las vías del tranvía continuaban en su sitio y las palomas, como cada atardecer, levantaban el vuelo para regresar a sus nidos. Estaba claro. El incidente de Rita no había alterado en absoluto el orden cósmico; por tanto, tampoco podía permitir que alterara su ritmo de vida.

Aquella noche, sin embargo, apenas cenó.

2

El día que Mauricio cumplió veintiséis años, los Aldabó hicieron todo lo posible para que la efemérides pasara a la posteridad. Lidia Aldabó contrató para la ocasión a una camarera que sirviera las exquisiteces preparadas por la cocinera y por la flor y nata de la pastelería barcelonesa. Los invitados desfilaron por un pasillo alfombrado en colores vistosos entre el frufrú de las sedas y el crujido de botines de piel bien lustrada, aprisionados entre porcelanas de Limoges y las colecciones de abanicos que recubrían las paredes; solo interrumpía la exposición el fulgor de los cristales emplomados verdes, amarillos y rojos de la galería que, cuando el sol se filtraba por la claraboya, parecían una joya capaz de reflejar todos los colores del arco iris. A medida que iban llegando se formaban corros en el salón decorado con muebles de caoba, el piano de cola que tenía Lidia cuando era soltera y un biombo japonés regalo de bodas de un tío viajero, mientras la abuela y otras personas de edad se acomodaban en unos panzudos sofás de otomán. El golpe de efecto final llegó cuando, al abrirse las puertas correderas de espejo, apareció una mesa de enormes dimensiones surtida de una antología de tentaciones para el paladar. La estrella era un salmón de casi un metro de largo, macerado y sin espina, que descansaba en una bandeja de plata sobre un lecho de lechuga y rodajas de limón. Lo rodeaban una pirámide de ostras, docenas de canapés de caviar, anchoas y jamón, y un surtido de carnes frías veteadas de gelatina. Como a los Aldabó les horrorizaban los espacios vacíos, en los pequeños huecos entre plato y plato habían puesto bandejas de frutos secos, queso, aceitunas y hojaldres, de aperitivo. Este era el bufet, el piscolabis anunciado por Lidia a familiares y amigos, que ahora se disponían a saborearlo regado con vinos del Panadés y algún caldo francés que gustaba a la anfitriona y que su marido toleraba.

Mauricio hizo una entrada tardía porque consideraba de mal gusto presentarse puntualmente a una fiesta en su honor. Claro que Mauricio no se apresuraba jamás. Su figura esbelta como una espada, el rostro de pómulos altos y mandíbula firme, el perfil noble y aquel mechón de cabello negro indomable a pesar de colonias y brillantinas lucían aún más gracias a la lentitud de sus movimientos. Ni siquiera la risa estallaba de golpe. Su boca se abría de forma gradual, del mismo modo que se descorren unas cortinas para dejar pasar la luz. Los trazos finos y lánguidos de su fisonomía mantenían aún rasgos de adolescente que previsiblemente tardarían en desaparecer. Las asistentes a la velada se mostraron unánimes en cuanto a los atractivos de Mauricio: era una «joya», un «encanto de chico», y Pirula Camprodón, que tenía dientes de conejo, escribía poemas y en su casa organizaba *soirées* más o menos literarias, le había proclamado «un sueño de verticalidad».

Con aquella falsa indolencia que era la clave de su encanto, logró esquivar obstáculos, tanto humanos como materiales, para encontrar la compañía de quienes podían aburrirle pero no comprometerle: la abuela o sus primos Flora y Alberto, por ejemplo. Sin embargo, no pudo llegar hasta ellos porque inesperadamente sintió que una mano, delgada y dura como un garfio de pirata, se le clavaba entre la americana y la camisa, en el hueco más tibio y remoto de la cintura. Como si aquel garfio le hubiera pinchado, arqueó el cuerpo para rehuir su contacto. Sin necesidad de volverse identificó la zarpa inconfundible de la señora Ramalleres. Antes de su *affaire* con Rita, la señora Ramalleres le había asaltado por sorpresa en un momento de flaqueza y le había hecho perder la cabeza. Mauricio procuraba no rememorar aquel episodio que, más que nada, le avergonzaba. En su momento le pareció que una aventura con una mujer que le doblaba la edad era de lo más *chic*, pero aquel prodigio de la geriatría resultó insaciable. Ni siquiera sus veintipocos años pudieron neutralizar la energía depredadora de aquella señora.

Como quien se enfrenta a un desastre inevitable se dio la vuelta —eso sí, lentamente— para enfrentarse a ella.

—¡Señora Ramalleres! ¿Cómo está?

La prudencia de Mauricio al evitar el nombre de pila no sirvió de nada. Ella se le acercó, mientras le susurraba al oído:

—¡Qué poco te dejas ver, bribón! ¿Dónde te escondes últimamente?

Viendo que el garfio volvía a buscar refugio bajo la americana, Mauricio saltó:

—¡Perdone! Me están llamando en la sala...

Antes de llegar a la butaca de su abuela, hubo de escabullirse, si bien por razones muy distintas, de la señora Roura: esta, dotada de la energía de un roble que hacía honor a su apellido catalán, conservaba la costumbre, desde que él era pequeño, de pellizcarle en la mejilla con un par de dedos que tenían la fuerza de unas tenazas y la avidez de un caníbal.

A pesar de estos contratiempos, a Mauricio le gustaba cumplir con las convenciones sociales, porque, en realidad, eran estas las que daban sentido a su vida. Prefería soportar las acometidas de la señora Ramalleres, las impertinencias y la sordera de la abuela, que le obligaba a vociferar, y los soporíferos datos que, sin piedad alguna, le ensartaba el contable de la fábrica de su padre, que leer en un rincón o tener una conversación con un amigo. En este ambiente se desenvolvía feliz y sin esfuerzo, y no concebía más futuro que el formado por una sucesión de situaciones semejantes. Con pasos que recordaban los del rigodón —uno hacia delante, otro hacia atrás— se abrió camino en aquella selva de vegetación industrial donde estaba ampliamente representado el ramo textil de Barcelona e incluso de Sabadell. Besos, abrazos, apretones de manos y palmadas en la espalda le envolvían como vapores de incienso.

Lidia Aldabó, vestida de negro y luciendo el aderezo de esmeraldas con el que su marido quiso sellar los veinticinco años de matrimonio, movía más los ojos que los labios, siempre pendiente de que todo lo que se vaciaba volviera a llenarse al momento. Su marido, con traje oscuro y la expresión concentrada que eran habituales en él, escuchaba con la cabeza gacha las explicaciones de otro fabricante, cuyo nombre Mauricio no recordaba. Los tres niños que asistían a la fiesta, escondidos bajo la mesa, tiraban de vez en cuando del mantel y amenazaban con tirar al suelo el servicio de mesa. Antes de los postres, Pirula Camprodón recitó una obra de factura propia del todo olvidable. Al llegar el monumental pastel, con sus veintiséis llamas enhiestas como lenguas de oro, se escuchó un «¡Oh!» colectivo y, como de costumbre, alguien le dijo a Mauricio que debía formular en su interior un deseo.

Mauricio no sabía qué pedir. Estaba convencido de tenerlo todo en la vida; la consideraba perfecta tal como era. Se sentía realmente bien e intentó alejar de su mente la sombra fugaz de Rita. Hacía una semana del episodio de La Perla de

Oriente y no había vuelto a saber nada de ella. No se atrevía a preguntar a sus padres, temeroso de que les sorprendiera su interés por la ausencia de la costurera. Pero, cuando menos, quería saber qué había sido de ella para dejar el asunto definitivamente zanjado. Solo faltaría, se dijo, que aquella costurera con pretensiones le amargara el día. Tal vez, pensó mientras se encaraba con el pastel y las velas como quien se enfrenta a un altar iluminado, lo mejor sería desear que Rita se alejara para siempre sin dejar rastro. Deseó, pues, que la historia se deshiciera para poder rehacerla a su gusto. No era pedir demasiado, y, sin pensárselo dos veces, sopló las velas. Un minuto después el pastel se fundía en la boca de los invitados, mientras el cava manaba de una fuente aparentemente inagotable.

Como era de rigor, Mauricio accedió a sentarse al piano y tocar, a petición de los asistentes, la «Marcha turca» de Mozart, algún fragmento de zarzuela y un par de canciones tradicionales catalanas que Flora cantó, ya que tenía una voz aceptable. Para acabar, ejecutó a dúo con su madre un vals de Brahms, que fue acogido con grandes aplausos. Era evidente que Mauricio tenía el don de agradar de muchas y diversas maneras.

Los perfumes de las mujeres se mezclaban con el humo azulado de los habanos. La abuela hacía un rato que dormitaba con la cabeza caída sobre el pecho, y uno de los niños lloriqueaba de puro cansancio. A medida que caía la tarde había más gente sentada, más copas de cristal veneciano abandonadas a su frágil destino, más idas y venidas de las criadas, más mejillas encendidas y más vapores de alcohol y café que espesaban la atmósfera. Lidia mandó abrir una ventana del mirador para dejar paso al aire fresco de abril y desempañar las vidrieras. Mauricio llamó al servicio para darles una propina extraordinaria, puesto que era generoso en todos los aspectos. El gesto, que confirmaba sus cualidades, fue recibido con la consiguiente admiración por parte de los invitados. La doncella, la cocinera y la camarera hicieron una pequeña reverencia y, susurrando un «¡Que Dios se lo pague!» se retiraron a la cocina dispuestas a enfrentarse con los despojos de la batalla. Y cuando los Aldabó tuvieron la certeza de que el cumpleaños de Mauricio había pasado a la posteridad, la fiesta se dio por terminada.

La opulencia de los Aldabó era tan excesiva como reciente. Rodrigo Aldabó había crecido en una planta baja, oscura y húmeda, de la calle Príncipe de Viana, en la trastienda de la armería que tenían sus padres. La tienda, frecuentada sobre todo por militares y policías, era poco más que una cueva, un agujero en la esquina con la calle de San Antonio Abad. Se llamaba Rodrigo, nombre que heredó de su padre, su abuelo y su bisabuelo, y como los Aldabó solo tenían un hijo —otro, que nació después, había muerto siendo muy niño— y llevaban un ritmo de vida muy sobrio, pudieron darle estudios. El chico salió serio y aplicado, incapaz de dar un disgusto ni una preocupación en casa. Era muy reservado y no tenía vicios ni malgastaba el dinero. Encontró trabajo en una casa de tejidos de la calle Trafalgar, donde llegaba a primera hora de la mañana y salía a última hora de la tarde. Poco después de cumplir los veinte, se enamoró con la intensidad propia de los temperamentos introvertidos de una chica del paseo de Gracia que pertenecía a un círculo social muy superior al suyo. Lidia Palau era alta y morena, con el cutis ambarino y los ojos negros y profundos. Mauricio era su vivo retrato. Rodrigo era tenedor de libros y vivía rodeado de números; Lidia tocaba el piano con una pasión insospechada bajo aquella apariencia calmada y serena que su hijo también heredaría.

Ella quería una torre con jardín en San Gervasio, pero su marido se oponía a su deseo:

—Demasiado dinero, demasiada ostentación. Además, queda muy lejos de mi trabajo.

—Papá nos ayudaría a comprarla, seguro.

—Prefiero limitarme a lo que puedo permitirme.

Lidia suspiró:

—De acuerdo, pero que sea lejos de Príncipe de Viana.

Y se instalaron en el paseo San Juan, en un piso muy amplio con balcones que se asomaban a la calle y una galería que daba al interior de la manzana.

Diez meses después, a punto ya de nacer el bebé, su padre dio por descontado que sería un niño y se llamaría Rodrigo. A Lidia el nombre le parecía demasiado épico, demasiado feudal. Además no podía evitar sentir una soterrada antipatía hacia su suegro y no quería evocar su figura agria y adusta cada vez que llamara a su hijo. Mauricio, en cambio, era un nombre dulce, de sonoridad matizada y propia de espíritus refinados. Y como el padre de Lidia fue el padrino, se impuso su criterio.

Cuando Mauricio era pequeño, los sábados por la noche cenaban en el paseo de Gracia y los domingos por la mañana los pasaban con los abuelos Aldabó. Las tres generaciones acudían juntas a misa de nueve en Belén, que, con su barroca ostentación, era la iglesia preferida de los menestrales y de la pequeña burguesía barcelonesa. La familia Palau, por su parte, siempre había ido a Santa Ana. Mauricio recordaba que, a la salida, solían acercarse hasta las casetas de la feria que se instalaba al comienzo de las Ramblas. A la altura de Belén, ya se oían la música y las voces que, desde los megáfonos, prometían toda clase de maravillas. Los domingos montaban la caseta preferida por los niños, la que atraía mayor concurrencia. En ella se exponía una gran pecera en forma de columna en cuyo interior se podía ver a Anfitrite, una sirena de dimensiones colosales. Tenía los cabellos verdes como las algas y el don de leer el futuro. Mauricio corría hasta ella, apoyaba las palmas de las manos en el cristal y gritaba «¡Anfitrite, Anfitrite!», y, por unos momentos, quedaba deslumbrado por la iridiscencia azul y verde de la cola de pez. Siempre se agolpaba una multitud en torno a la pecera. La sirena daba unas cuantas vueltas en el agua, y cuando pasaba cerca de Mauricio, la curvatura del vidrio agigantaba aún más su tamaño. Se paraba ante él con una amplia sonrisa que mostraba sus dientes grandes y blanquísimos y leía detenidamente las minúsculas palmas. Tras unos segundos que a Mauricio le parecían eternos, se volteaba, subía y sacaba la cabeza del agua al tiempo que sacudía la larga melena, que, a modo de zorros, le flagelaba la espalda. Con voz clara, la sirena anunciaba que aquel niño sería muy querido; que en la raya de la vida llevaba la señal de los elegidos y que los dioses le habían adjudicado un hada benefactora que nunca le abandonaría. Mauricio no acababa de entender qué quería decir aquello de los dioses, pero la mención del hada le gustaba e invariablemente le arrancaba una sonrisa de satisfacción. El público lanzaba monedas procurando que cayeran en el interior de la pecera. Contemplaba embobado cómo las recompensas que la sirena recibía bailaban un momento en el agua y después descendían suavemente hasta sumarse al botín que reposaba en el fondo.

La construcción de la plaza de Cataluña acabó con Anfitrite para siempre y esa fue la causa de la rabieta más violenta e insólita de Mauricio, que por lo general era un niño tranquilo y risueño.

La evocación de la sirena, de la sibila que parecía haber profetizado con tanto acierto su futuro, iba acompañada de otro recuerdo mucho más tenebroso que no había conseguido desterrar. Cuando el niño creció un poco y se le consideró poseedor de lo que llamaban «uso de razón», el abuelo Aldabó anunció que le llevaría a presenciar una ejecución. La abuela, una hija de campesinos dulce y sencilla que murió un año después, manifestó su contrariedad y fue secundada por la nuera, a quien no le hacía ninguna gracia que su hijo asistiera a tan morboso espectáculo. De nada les sirvieron las protestas ni los razonamientos:

—El niño es un árbol que crece y conviene que suba bien derecho —sentenciaba el abuelo—. A mí me llevó mi padre y yo llevé luego a tu marido. Es una lección para toda la vida, créeme. Si alguna vez tiene la tentación de cometer un delito seguro que se acordará de lo visto. Además, dicen que pronto eliminarán las ejecuciones y, si es así, ¡apaga y vámonos! Será demasiado tarde.

Rodrigo se puso de parte de su padre y de la macabra tradición familiar mientras que Mauricio, quien pese a su pretendido «uso de razón», no tenía ni idea de lo que era una ejecución, gritó con entusiasmo: «¡Yo quiero ir!». No hubo nada que hacer.

Ocurrió al alba de una mañana de enero. Los faroles de las aceras estaban todavía encendidos. De la mano del abuelo, caminaba soñoliento hasta que el frío tempranero acabó de espabilarle. Se arrimaron a la pared de un edificio para que pasara un rebaño de cabras lecheras seguido por un carro de la basura. Mauricio pensó que le gustaría ser barrendero para poder tocar aquella trompeta tan larga. Desembocaron en la ronda de San Antonio y a continuación enfilaron la de San Pablo. Había muy poca gente en la calle y en los balcones apenas se veían luces encendidas. Solo había movimiento en las panaderías, donde se cocía la primera hornada de pan, y en las lecherías, porque era la hora de ordeñar. Al llegar al Patio de Cordeleros, contiguo a la antigua prisión de mujeres de la calle Reina Amalia, ya había un grupo de personas esperando. Se apostaron en un lugar desde el que Mauricio, pese a su corta estatura, no se perdiese detalle. Paseó la mirada por todo el patio y advirtió que había más niños. En primera fila y repartidos por las esquinas vio a unos hombres con libretas y lápices de quienes se decía que eran periodistas. Al fondo, no demasiado lejos, se levantaba una estructura de madera y una cuerda rematada con una argolla que colgaba de una viga. Más atrás se veía un bulto cubierto por una especie de manta peluda.

—Abuelo, ¿qué es eso?

—El patíbulo.

Era una palabra nueva para él.

—¿Qué es el patíbulo?

—Es donde tendrá lugar la ejecución —contestó el abuelo, pendiente de los asistentes y de la puerta de la prisión que daba al patio.

—¿Y para qué sirve la ejecución?

—Para castigar a los delincuentes.

—¿Y qué ha hecho este hombre para que lo castiguen?

—Ha matado a tres personas.

—¿Tres? —insistió el niño, como si la cantidad pudiera aclarar sus dudas.

—¿Ves aquello que está detrás de la cuerda? Es la rueda tapada con una piel de cordero para que no se oxide con la humedad. Cuando hayan ajusticiado al condenado, esta piel se la regalarán al verdugo.

—¿Quién es el verdugo?

—El que hará la ejecución.

Todo iba a parar a «la ejecución», pero precisamente eso era lo que continuaba siendo un misterio. Y, por el momento, las explicaciones de su abuelo no se lo aclaraban demasiado.

Por la Ronda subía un tranvía tirado por mulas cargado hasta los topes, con un rótulo deslucido que rezaba: «Al patíbulo por dos reales». De él comenzaron a bajar personas de todas las edades y condiciones —viejos, jóvenes, niños, incluso una madre con un bebé de meses—. Algunos llevaban cestas como las que utilizaban en su casa en las raras ocasiones en que iban a merendar a las fuentes de Montjuïc. Mauricio dejó escapar un bostezo posiblemente al pensar en la comida que debían de contener las cestas. Se acordó entonces de lo que su abuela le decía a menudo: «Tan alto y tan delgado y siempre con la tripa vacía». Pese a la gorra, los guantes, la bufanda de lana y el vaso de leche caliente que le habían dado antes de salir, notaba que el frío le penetraba cada vez más.

El patio se estaba llenando. En algunos balcones de la Ronda habían aparecido vecinos con batín o abrigo sobre el pijama, entre ellos un hombre con un perro sentado a su lado. Algún exiguo rayo de sol se esforzaba en rasgar las tinieblas y se imponía en un cielo que prometía volverse totalmente azul. Sonaron las campanas de una iglesia cercana.

—¿Qué hora es? —preguntó el niño—. ¿Cuánto falta para la ejecución?

Al menos, había aprendido a pronunciar la palabra.

—Ya deberían haber salido. Algo pasa. —Y el abuelo estiraba el cuello para descubrir la razón de la tardanza—. Normalmente son muy puntuales.

Un murmullo se deslizaba entre la multitud como una serpiente de cascabel. A medida que los minutos pasaban, el público, como un gran pulpo moviendo centenares de tentáculos, manifestaba su impaciencia con gritos de «¡Venga, que lo cuelguen ya de una vez! ¡Que lo cuelguen! ¡Que lo cuelguen!». Mauricio dirigió la mirada hacia el patíbulo y entonces adivinó la función de la soga.

Abuelo y nieto se acercaron a un grupo de personas que hablaban acaloradamente. Al aproximarse, Mauricio oyó:

—¡La hopa! ¡No encuentran la hopa!

—¿Qué es la hopa? —preguntó.

Y como seguían enfrascados en la conversación y sin hacerle caso, insistió alzando la voz:

—¿Qué es la hopa?

Un hombre con alpargatas y traje de dril azul le respondió:

—Es la capa que llevan los condenados.

Y una mujer alta y gruesa que se cubría con un pañuelo preguntó:

—¿Qué hopa toca hoy?

—La amarilla. Tiene que ser amarilla —aclaró un hombre bien trajeado, de cabellos y barba canos y con un puro en la boca—, el color de los parricidas.

Esa palabra sí que nunca la había oído.

—¿Qué son los parri...?

—Calla niño, no hagas tantas preguntas —le regañó el abuelo.

—Perdone, pero a los niños siempre hay que darles respuestas —intervino el hombre del puro. Y, dirigiéndose a Mauricio, añadió—: Son personas que han matado a sus hijos o a sus padres, guapo.

—Las personas no matan a sus hijos ni a sus padres —susurró Mauricio, haciendo un esfuerzo por imaginarse a su padre y a sí mismo matándose uno al otro.

El hombre sonrió enigmáticamente, envuelto en una nube de humo:

—Cuando crezcas ya verás que en este mundo hay de todo.

—Pero si alguien decía hace un momento que ya lleva puesta la hopa —intervino una muchacha con aire de menestrala y una bolsa de cacahuetes en la mano.

—Sí, pero se la han puesto negra, que es el color de los homicidas —explicó aquel hombre que parecía un experto en ejecuciones.

La mujer gruesa se aventuró:

—Pues yo creo que para estas cosas es más adecuado el negro que el amarillo, ¿no?

—Pero si tiene que ir de amarillo, ¿por qué no le ponen la hopa amarilla y acabamos de una vez? —se impacientaba el abuelo.

El obrero vestido de dril aclaró:

—No encuentran ninguna hopa amarilla en la prisión.

—¿Cómo lo sabe? —preguntó, cada vez más intrigada, la mujer gruesa del pañuelo a la cabeza.

—Porque conozco al verdugo. Me han dejado entrar y él mismo me lo ha dicho.

—Parece mentira que no estén preparados —exclamó Rodrigo Aldabó—. ¿Cómo es posible que no tengan ninguna hopa amarilla? Una ejecución se anuncia con tiempo, no debe pillarles con el culo al aire.

A Mauricio le hizo gracia aquello del «culo al aire».

La chica de los cacahuetes se acercó a la mujer gruesa y, con voz misteriosa, le aclaró:

—Dicen que ha matado a su mujer y a sus dos hijos.

—¡Virgen Santa! ¡Qué monstruo!

—¿A los que matan a su mujer cómo se les llama? —preguntó Mauricio, que quería ampliar su vocabulario.

El abuelo le respondió:

—No tienen nombre. ¡No hay derecho a que nos hagan esperar tanto!

—Oiga —dijo la mujer gruesa dirigiéndose al obrero— ya que a usted le dejan entrar, ¿por qué no se da una vuelta por la prisión y nos dice qué pasa ahí dentro?

—¡Eso, eso! —aplaudió la menestrala, llena de excitación.

Ante su insistencia, el hombre obedeció dócilmente. Entretanto se habían ido acercando más espectadores y el grupo era cada vez mayor. Mauricio protestaba y se quejaba de hambre, hasta que por fin arrancó del abuelo la promesa de que cuando acabara la ejecución irían a desayunar a una chocolatería. Ante tan agradable perspectiva, se dispuso a cargarse de paciencia.

Todo el mundo estaba pendiente del hombre vestido de dril que había desaparecido por la puerta de la prisión y que, dadas las circunstancias, parecía que no iba a volver a salir. Durante la espera alguien contó que el verdugo era un hombre pacífico que vivía en una casita del barrio de La Salud, donde criaba conejos y gallinas.

Por fin regresó el obrero y les informó de que uno de los abogados había propuesto que, ya que estaba próximo el carnaval, en alguna tienda de disfraces podrían alquilar una capa amarilla.

—Pero ¿qué tienda estará abierta a estas horas?

Esperaron media hora más. La conversación iba subiendo de tono como el zumbido de una plaga de langostas que avanza. Algunos niños corrían y jugaban por el patio escondiéndose entre el personal. Mauricio estaba cansado y quería volver a casa, pero el abuelo le obligó a callarse. El hombre del puro, que había hecho sus indagaciones, anunció:

—Ya no tardarán. En la sastrería Malatesta de Conde del Asalto han encontrado una capa pero está ribeteada de rosa y tienen que quitárselo.

—¡Cuántas tonterías no harán! —se oyó.

Pocos minutos después la puerta de la prisión se abrió y su boca negra escupió a dos guardias y al reo, seguidos por una figura pequeña e insignificante, que el hombre vestido de dril identificó como el verdugo, y unos hombres, que el abuelo calificó de representantes de la justicia. Caminaban despacio, sin prisa, como si el camino hacia el patíbulo fuera un paseo.

Y aún ahora, ya mayor, Mauricio sigue viendo al reo disfrazado para el baile de máscaras con la cara tapada con un capuchón negro, el parricida arlequín, el criminal payaso, desfilando hacia el patíbulo envuelto en una capa de triángulos amarillos y negros que el aire arremolinaba. Las carcajadas de algunos de los niños y una voz infantil que cantaba «El gegant del pi» fueron acalladas de inmediato. En su lugar se alzaron gritos de «¡Pervertido! ¡Asesino de criaturas!». Y en ese momento un miembro de la comitiva exigió el silencio de la concurrencia.

Guardias, reo y verdugo subieron al patíbulo. Las autoridades, en primera fila, permanecieron en pie. Los guardias se apostaron en los ángulos posteriores de la tarima. El verdugo levantó la piel de cordero y destapó una rueda dentada, luego pasó la argolla de esparto alrededor de aquella cabeza sin rostro. Uno de los hombres de la comitiva interrogó al reo sobre su última voluntad. Siguieron unos segundos inacabables, prolongados por el mutismo del encapuchado. A continuación se escuchó un chirrido amortiguado, como cuando se da cuerda a un reloj de pesas, y Mauricio observó que los dientes de la rueda comenzaban a girar.

Nunca supo exactamente qué pasó después, porque de repente el abuelo le dio una bofetada. Sintió que la sangre se le subía a la cabeza pero no lloró. Intentó protestar pero su abuelo le mandó callar sellando los labios con el dedo y murmuró:

—¡Para que no lo olvides nunca!

Cuando volvió a mirar al ajusticiado, el verdugo le enrollaba la lengua de la misma forma en que la criada recogía las alfombras de la casa. El cuerpo del arlequín colgaba como si de un muñeco de trapo se tratara. La capa de colores continuaba ondeando como una bandera en un día de fiesta. Acababa de salir el sol.

Un sector del público aplaudió, otro vitoreó. La mujer gruesa que había dado conversación al abuelo se santiguó y un poco más lejos, otra rezaba con la cabeza baja y las manos juntas. Los niños, que ya no tenían que guardar silencio, reemprendieron poco a poco los juegos y las carreras. Rodrigo Aldabó, tras despedirse ceremoniosamente de quienes le rodeaban, tomó la mano de su nieto y le dijo:

—Venga, Mauricio, vamos a desayunar.

Aquella noche, cuando Lidia le dio las buenas noches y apagó el quinqué, en el centro de la alcoba apareció una mesa. Poco a poco, la habitación se fue iluminando y en el aire se dibujó un collar de perlas que bailaba como una marioneta. Las perlas se volvían cada vez mayores y su blancura era deslumbrante. Mauricio se subió a la mesa y alargó la mano con la intención de ponerse el collar. Justo en ese momento oyó el ruido de un engranaje que comenzaba a girar, como si alguien diera cuerda a un reloj.

Detrás de la mesa vislumbró un hombre en la oscuridad,

tan pronto le parecía ver a su padre como al abuelo, y le dedicó una carcajada al tiempo que le decía: «¡Parricida! ¿A que es bonita la palabra?». Cuando intentó gritar: «¡No, papá, no!», se encontró con el rostro de su madre.

—¡Mauricio, hijo! ¿Qué estabas soñando?

—El patíbulo, he visto el patíbulo y una cuerda de perlas y... un hombre, un hombre que...

—Bueno, bueno, solo ha sido un sueño. Olvídalo.

Le acariciaba el pelo para alejar la pesadilla.

—Pero es que el hombre daba vueltas a la rueda y decía...

—Estás impresionado por lo que has visto hoy. Me lo temía. No te asustes, solo ha sido un sueño y ya se ha acabado. ¿Ves? Estás en tu habitación. Ha sido un sueño desagradable y en las cosas desagradables no se debe pensar.

—¿Nunca?

Su madre dudó antes de contestar.

—Nunca.

El sortilegio de Lidia resultó tan efectivo que Mauricio no volvió a soñar con la ejecución. Y así fue como aprendió que de todo lo desagradable se puede prescindir fácilmente.

Como era habitual, los padres tampoco se pusieron de acuerdo a la hora de decidir qué escuela sería la más adecuada para su primogénito. Naturalmente, Rodrigo se inclinaba por la continuidad que imponía que su hijo fuera a una escuela religiosa y cercana a su casa, como La Salle o los Escolapios. Sin ser, ni mucho menos, un católico ferviente, alimentaba una actitud indeterminada hacia la religión, propia de quien no la considera ni fundamental ni superflua: era simplemente un adorno que no estorbaba y que incluso podía llegar a resultar útil. Por su parte, Lidia afirmaba que a su hijo se le transmitían los valores religiosos por el solo hecho de vivir en una casa donde se iba a misa y se cumplía más o menos con los preceptos de la rutina litúrgica. Además, en el Liceo Políglota, en la parte alta de la Rambla de Cataluña, Mauricio aprendería al menos una lengua extranjera. Si empezaba el aprendizaje de pequeño, a los dieciséis años, cuando acabara el colegio, ya hablaría francés. Allí, además, solo se relacionaría con niños de buena familia.

Rodrigo escuchó la propuesta de su mujer con atención. Era un hombre que medía cuidadosamente las palabras, tanto las de los demás, como las suyas. Que la escuela valorara los idiomas no le desagradaba; algún día el muchacho tendría un negocio propio y sería útil que pudiera atender a los clientes extranjeros. Sin hacerse de rogar demasiado, dio el visto bueno a la proposición de su mujer. A fin de cuentas no era la primera vez que se dejaba guiar por Lidia y de momento no le había dado motivos para el arrepentimiento.

Animada por la buena acogida que había recibido su propuesta, Lidia aprovechó la ocasión para añadir, como quien no quiere la cosa, que deberían de alquilar un coche para llevar al niño a la escuela. Eso era más difícil. Ante las objeciones de Rodrigo, que se resistía a asumir un nuevo gasto fijo en el presupuesto familiar, replicó:

—¿No querrás que vaya en tranvía?

—Yo, de pequeño, iba a la escuela a pie.

—Tú vivías muy cerca. La Rambla de Cataluña está demasiado lejos para ir andando.

Y se alquiló el coche.

Cuando Mauricio tenía diez años, murió el abuelo Aldabó de una apoplejía fulminante. Sin pensárselo dos veces, su hijo vendió la armería de Príncipe de Viana y con el dinero obtenido más unos modestos ahorros, formó una sociedad con el propietario de una fábrica de medias de seda en la calle Pujades, en el barrio del Pueblo Nuevo. Apenas dos años después, su socio, que ya rondaba los setenta y no tenía herederos, le vendió su parte. El sueño de Rodrigo Aldabó se hizo realidad.

Desde ese momento, el coche se utilizó más que nunca. Servía para llevar al niño a la Rambla de Cataluña, pero también Rodrigo lo utilizaba para ir a la fábrica todos los días. Algún sábado le acompañaba su hijo, que así se iba acostumbrando a lo que un día sería su feudo. Esas visitas eran todo un acontecimiento. En cuanto los trabajadores se daban cuenta de que el heredero acompañaba al amo, paraban los telares y formaban hileras para saludarles. Con el aplomo de un hombrecito de mundo y un cierto aire de perdonavidas, Mauricio seguía la fila tranquilamente, y a su paso daba la mano a cada uno de los obreros, desde los veteranos sesentones hasta las niñas menores que él. Cuando acababa el ritual y se metían en el despacho, su padre apoyaba su brazo en los hombros del niño y murmuraba discretamente:

—Cuando seas mayor, todos estos trabajadores estarán a tu cargo.

Como le ocurrió con el episodio de la ejecución, no acababa de saber qué querían decir estas palabras; en cualquier caso, la expresión «a tu cargo» sonaba bien.

En manos de Rodrigo Aldabó la fábrica, que en un principio tenía cortas miras, creció. El todavía joven industrial comenzó por renovar los telares. Pronto consiguió nuevos clientes y, con el tiempo, conquistó nuevos mercados. Entre su clientela figuraban las mejores tiendas de Barcelona, pero también las de otras ciudades españolas, e incluso de París. Su pequeño imperio no tardó en ramificarse hacia otros territorios más allá del ámbito del textil gracias a la compra de unas cuantas acciones del sector metalúrgico y a otras inversiones menores.

Aunque no formaba parte de la aristocracia fabril barcelonesa, ocupaba un lugar nada despreciable en segunda fila de la estoica burguesía catalana. Y confiaba en que su hijo, merced a su encanto personal y a aquel talento para el mariposeo social que ya se le adivinaba y del que él siempre había carecido, subiría el último peldaño.

Fue por entonces cuando el piso del paseo San Juan se restauró de arriba abajo. Los papeles de seda ingleses, las alfombras persas, los muebles de caoba, la colección de porcelana, el cristal veneciano de un rojo sanguinolento... todo databa de principios de la edad dorada. A la criada le llegaron refuerzos: una cocinera fija, una costurera dos veces por semana, y una camarera para los banquetes, que cada vez eran más frecuentes. Y ya en plena era de Rodrigo el Grande, se anexionó al patrimonio la torre de La Garriga y, de vez en cuando, pasaban una temporada de vacaciones en un hotel de Caldetas. No es necesario aclarar que de tales diversiones disfrutaban casi en exclusiva Lidia, el pequeño Mauricio y, como máximo, algún miembro de la familia Palau. Rodrigo Aldabó se dedicaba solo a trabajar. Era la unidad de producción familiar. Lenguas de doble filo le habían concedido el título de «don sin din», con el que se burlaban de su excesivo tren de vida, a todas luces exagerado para un negociante que, a fin de cuentas, no se hallaba entre la flor y nata mercantil. Al dueño de una pequeña fábrica de la calle Pujades le correspondía un piso en Pueblo Nuevo y no en el Ensanche y un abono en la Alianza de su barrio y no en el Liceo. Cada cual debía permanecer en su lugar. Aunque lo cierto era que las cuentas estaban saneadas y que Rodrigo carecía de pretensiones aristocráticas. En el fondo continuaba siendo el mismo *petit bourgeois* de la calle Príncipe de Viana. Prefería el cocido al consomé, las farias a los habanos, los huevos de gallina a los de esturión y estaba más versado en la ética del trabajo que en la estética del placer.

Los progresos académicos de Mauricio no avanzaban al mismo ritmo que los del negocio paterno. A duras penas pasaba de curso; si lo hacía era con calificaciones mediocres y tanto le daba una asignatura como otra. Ni las notas surtían efecto. Preocupados ante tanta indiferencia, sus padres fueron a hablar con el director, un hombre tolerante y de ideas avanzadas, que les confesó:

—Su hijo no demuestra ningún interés por el estudio. Se distrae en clase, deja los deberes a medias, no se concentra. Los profesores hablan con él, incluso yo mismo le he hecho reflexiones más de una vez. Pero no hay nada que hacer. Además, tiene la desgracia de ser demasiado simpático; no le cuesta nada hacerse amigos y el resto de los niños le siguen porque con él se lo pasan bien. ¡Tiene unas salidas! Mire, el otro día no sabe lo que le costó al señor Ribas, el profesor de química, controlar la clase. Y fue por culpa de Mauricio que, de repente, vio que llovía por las ventanas que daban al patio pero no por las de la calle. ¡La que se armó! Cuando llamó la atención de los otros alumnos sobre el curioso fenómeno, todos se levantaron y venga a reír y correr de un lado a otro de la clase. El pobre señor Ribas sudó tinta para que permanecieran en sus pupitres. No quiero decir con eso que sea un niño travieso o que tenga malos instintos, eso no. Simplemente, no le gusta estudiar. Salvo una cierta afición por la música y una notable aptitud para los deportes, no le atraen los estudios.

Rodrigo Aldabó, como siempre, reflexionó antes de hablar. Finalmente, se decidió a contestar:

—Tal vez no sea tan grave, puesto que tenemos un negocio y Mauricio tiene el porvenir asegurado. Aun así, nos gustaría que estudiara una carrera.

El director se recostó en el respaldo de la silla y respiró profundamente:

—Les seré franco, señores Aldabó. Será difícil que este niño haga una carrera.

Fue un pequeño tropiezo, una mancha en un horizonte que hasta entonces se preveía perfecto. Rodrigo y Lidia sopesaron las posibilidades que tenían: echarle una bronca y someterle a una férrea disciplina, contratar a un profesor particular que le ayudara, cambiarlo de colegio... Por fin, después de darle muchas vueltas al asunto, decidieron que un año en un internado suizo sería la mejor solución. Quizá adquiriría en un ambiente de estudio intensivo, los hábitos intelectuales necesarios para triunfar en la universidad. Y, como mínimo, aprender el francés le sería de gran utilidad.

La perspectiva de estar internado un año en una escuela perdida en un valle alpino, le pareció a Mauricio tan atractiva como ingresar en un penal de ultramar. La vida en el campo le aburría enormemente —ni siquiera le gustaba ir a La Garriga— e imaginarse lejos de sus primos y compañeros del colegio, en medio de montañas nevadas y manadas de vacas; lejos, en una palabra, de aquel ambiente barcelonés en el que florecía como una planta de invernadero, le producía una terrible angustia. Amenazó con escaparse de casa, o del internado, apenas llegase. Rodrigo y Lidia no se molestaban en responderle. Hacían como quien oye llover. Y cuando cumplió trece años, lo facturaron a una escuela situada en un paraje idílico de los Alpes. Correspondía, exactamente, a la idea que Mauricio tenía del infierno.

Volvió con unos cuantos centímetros de más, voz de barítono y el bronceado intenso de un esquiador consumado. En cuanto a su francés, gramaticalmente no era tan impecable como su madre hubiese deseado, pero la pronunciación se había vuelto tan elegante y cuidadosa que soltando unas cuantas frases en el momento oportuno, dejaba a todo el mundo boquiabierto. Años después, aquella pátina de glamour lingüístico sería más que suficiente para seducir a los clientes franceses de su padre. Y cuando, recién llegado de Suiza, parientes y amigos le preguntaban cómo le había ido, se encogía de hombros:

—¡Bueno...! No ha estado mal.

Cuando volvió al Liceo Políglota, dijo que no quería que el coche de alquiler le esperara a la salida. Prefería ir andando con algunos compañeros que vivían por el camino de regreso a casa. Mientras bajaban por la Rambla de Cataluña, asustaban a los peatones tirándoles petardos a los pies y Mauricio se lucía piropeando a las chicas en francés.

Cuando llegó el momento de ir a la universidad, sus padres no encontraron ninguna resistencia por su parte. No es que le apeteciera arrastrarse cinco años por las aulas, ni memorizar un montón de leyes mercantiles salpicadas de latín y recitadas por catedráticos reumáticos y apolillados. Pero a Mauricio no le faltaba amor propio; era susceptible a la aureola del prestigio personal y, por tanto, no menospreciaba el valor añadido de un título aunque fuera puramente simbólico. El consejo familiar decidió que siguiera la carrera de derecho porque era la más decorativa. Mauricio sería fabricante, nadie esperaba de él que ejerciera como abogado; pero tendría el prestigio de serlo, llevaría encima el aval del sello académico que, por superfluo, aún era más susceptible de ser admirado. La gente diría: «El hijo de los Aldabó es abogado». Y por esta y otras razones similares hizo la carrera: a trompicones, ahora me caigo, ahora me levanto, y saltándose las clases para ir a jugar al billar o a las cartas, montar a caballo o ejercer de Romeo en algún hotel discreto de la parte alta de la ciudad. Cuando Mauricio acabó la última asignatura, su padre pensó que el resultado de sus exámenes era muy incierto, y recordó que tenía un amigo en el ayuntamiento. El catedrático encargado del examen oral le facilitó a Mauricio las respuestas cada vez que este se atascaba. Donde dejaba un espacio en blanco, el examinador sonreía y se aprestaba a llenarlo. Y así, a los veinticinco años, Mauricio Aldabó era, técnicamente, abogado.

3

Una aburrida y lluviosa tarde de domingo, pocos días después de su cumpleaños, Mauricio jugaba al mus en la que llamaban «sala del crimen» del Círculo Ecuestre con su primo Alberto y dos antiguos compañeros de carrera, Juan y Sebastián. Entre Juan y Alberto ya le habían vaciado los bolsillos.

Mauricio y su primo eran socios veteranos. Habían aprendido a montar a caballo en el picadero del antiguo Ecuestre en la rambla de Santa Mónica, moviéndose por la pista entre los herederos de marqueses de rancio abolengo como los Castelldosrius y Sentmenat y otros de títulos más recientes como los de Montsolís: la aristocracia de sangre y la del dinero alternaban sin distinciones. En 1907, el nuevo Ecuestre se trasladó a la plaza de Cataluña. La inauguración, a la que fueron invitadas las familias Aldabó y Palau, se celebró con una exposición de arte en la mansión de Amelia Girona. Los días de Anfitrite quedaban muy lejos.

La sala del crimen era tan lúgubre como correspondía a su nombre. La única nota de color eran los rojos y verdes tétricos que también conformaban el uniforme del personal del local. No había nada en ella que pudiera distraerles del juego a no ser las bebidas que servía un discreto camarero de pelo cano. Las revistas —el *Papitu*, el *Blanco y Negro*, alguna francesa y la inglesa *The Studio*— se reservaban para la sala de lectura llena de sofás y butacones; las discusiones políticas y literarias, para el bar y las dependencias contiguas sin olvidar la barbería, en lo alto del edificio, donde, como tantos otros socios, Mauricio y su pandilla se arreglaban el pelo y repasaban la actualidad desde el primer automóvil fabricado en Barcelona, el Hispano-Suiza, hasta la última actuación de la Xirgu en el teatro Romea.

Mauricio había conseguido apartar a Rita de su pensamiento proyectando su imagen a través de una lente imaginaria que la hacía tan pequeña, remota e irreal como el recuerdo de Anfitrite, su primer amor. Si alguna vez, de forma inesperada, regresaba a su memoria, se distraía enseguida con una conversación —instintivamente huía de la soledad— o con cualquier entretenimiento. Ahora, para consolarse de la derrota en la partida de mus, juego en el que era imbatible, bebía a pequeños sorbos una copa de coñac francés que le compensaba de esa humillación. Los jugadores comenzaban a estirarse y a removerse inquietos en sus asientos como osos que despiertan de su letargo invernal. Las tres horas de inmovilidad empezaban a sentirse.

—Ya es suficiente por hoy, ¿no os parece? —dijo Juan con voz cansada.

Mauricio le miró con sorna:

—Será bastante para ti que ya te has pulido mi sueldo de una semana.

—¡No exageres, que no hay para tanto! Además, ya se sabe, desgraciado en el juego, afortunado en amores.

El perdedor esbozó una sonrisa y negó con la cabeza diciendo:

—De aquí no se va nadie hasta que consiga la revancha.

—¡Tenemos para rato, entonces! —intervino Sebastián—. Con la racha que llevas, mañana aún estaremos aquí.

—Mauricio, se me han dormido las piernas de estar tanto rato sentado —insistió Juan—. Ya tendrás tiempo de tomarte la revancha.

—Si tú tienes las piernas dormidas, a mí se me ha quedado el culo plano. —Sebastián bostezó ostensiblemente—. Venga, vamos a dar una vuelta.

—Alberto, ¿tú qué dices? —Mauricio se dirigió a su primo.

—Dejémoslo estar y vámonos a casa.

—¿A casa? —se extrañó Juan—. ¡Si solo son las seis de la tarde!

—Ya lo sé, pero mañana he de acompañar a mi padre a Tarragona.

—¿No tenéis bastante con los votos que recogéis en Barcelona? —preguntó con ironía Sebastián.

Alberto y su padre, Enric Palau, militaban en la Lliga Catalana. Por su parte, el padre de Sebastián era miembro asiduo de las reuniones de carlistas que se celebraban en un caserón de la plaza del Padró.

—Ya sé qué pasa cuando nos vamos por ahí. Nunca volvemos hasta las tantas de la madrugada. Mañana he de coger el tren, y si me duermo mi padre me mata.

—No, hombre, no —lo tranquilizó Juan, guiñando el ojo a los demás—. Antes de medianoche, todo el mundo a la cama.

—¡Habla por ti! —dijo Sebastián, que vivía de las rentas familiares y no tenía prisa por madrugar.

—Si tanto os empeñáis, no seré yo quien os estropee la tarde. Pero no llevo ni cinco, os aviso. Alberto, tendrás que prestarme algo. Ya te lo devolveré. —Mauricio dio un ligero codazo a su primo.

—¡Esta sí que es buena! ¿De qué me sirve entonces ganarte a las cartas?

—Va por las veces que yo lo he hecho por ti.

—Bueno, bueno... la cuestión es adónde vamos.

—Podríamos ir a jugar un rato al billar en el Alhambra. Allí, seguro que os gano —sugirió Mauricio.

—¿Aún quieres seguir jugando? Os propongo algo diferente. Podríamos enterarnos de qué hacen en el Paralelo.

—¡Qué afición tenéis a esos barrios!

Mauricio siempre arrugaba la nariz cuando se trataba de ir Ramblas abajo. Meterse en el Raval era revivir esa época vergonzosa de la armería y de la ejecución en el Patio de Cordeleros. ¿Y si fueran al Condal, en la calle Rosellón, a jugar al frontón?

Juan puso los ojos en blanco.

—¡Y dale! ¿De verdad tienes ganas de dar golpes a una pelota en estos momentos?

—Cualquier cosa antes que el Paralelo.

—Pues en el Paralelo no hay mal ganado —comentó Sebastián.

Juan esbozó una sonrisa pícara.

—De estos platos, Mauricio ya está empachado.

—Como mínimo es una buena excusa para estirar las piernas —dijo Juan—. Además, mirad, ha dejado de llover.

Y, apurando las copas de licor y gritando «Evaristo, anótalo en la cuenta», pusieron rumbo al Paralelo.

Paseaban con las manos en los bolsillos, con una actitud algo desdeñosa que, como una barrera invisible, les protegía del populacho con el que creían poder mezclarse y salir impolutos. Les gustaba sentirse canallas probando la fruta prohibida del árbol urbano, bañarse en aquel mestizaje de diferentes clases y categorías artísticas, aunque solo fuera para poder reafirmar luego la superioridad de su casta. Demostraban así su condición de «señores» que confirmaba el concepto que tenían de sí mismos. Necesitaban, sin embargo, de la existencia de aquellos obreros que predicaban el anarquismo y de esas chicas que pisaban escenarios miserables y destartalados para ratificarlo.

En realidad, no eran tan expertos en el vicio como querían aparentar; de hecho, no eran más que meros aprendices del libertinaje. El más prometedor era Sebastián, más aficionado a engañar a las mujeres que a seducirlas y también un experto en engañar a su padre, cada vez que contraía deudas de juego, y le pedía dinero para un amigo imaginario, arruinado y enfermo. Juan le había bautizado con un título que le enorgullecía: «el burlador de Barcelona».

Mientras Alberto y Sebastián discutían de política, Mauricio miraba el trajín de la avenida sin demostrar demasiado interés en los detalles. Por un momento le llamó la atención una especie de caseta, La Barbería del Obrero, que, a pesar de ser domingo, permanecía cerrada. Cerca, delante de El Molino, se exhibía un cartel en el que dos muchachas robustas como amazonas respondían al nombre artístico de Las Vitaminas. En el Cinematógrafo Paralelo, una cola interminable esperaba para ver una película de Max Linder.

Sebastián estaba cansado de tanto andar.

—Sentémonos a tomar un carajillo en el Español.

Tomó un carajillo y pidió otro. Alberto y Juan se tomaron otra ronda de anís y Mauricio, sin ganas pero por aquello de no ser menos, repitió con la absenta. En la mesa contigua, un grupo de obreros jugaban al dominó, mientras las camareras y otras chicas de dudosa moral pasaban revista a los clientes.

A Sebastián se le iba la vista e incluso las manos hacia ese vaivén femenino, pero sus tres acompañantes le sacaron casi a rastras del café, saturado de humo y sudor proletario. No sería la primera vez que, con unas cuantas copas de más, provocaba un altercado en un establecimiento público. Algo más eufóricos, reemprendieron la marcha.

Cuando pasaban delante del Teatro Barcelonés, Alberto sugirió:

—¡Entremos a ver lucha grecorromana!

—¡Ni hablar! —se opuso Juan con la voz algo empañada por el alcohol—. No he llegado hasta aquí para acabar viendo tíos en calzoncillos.

Y así, con el paso ligeramente vacilante y entre risas cada vez más estentóreas, llegaron al Olimpia. Mauricio recordó que los abuelos Aldabó habían ido allí, en alguna ocasión, cuando era poco más que un entoldado. El cartel anunciador prometía una sensación «nunca vista». Un enjambre de curiosos, formado por hombres con barba de dos días y cigarrillos de picadura en la comisura de los labios y señoras vestidas de seda, se congregaba en el vestíbulo. Alberto exclamó:

—Esto sí que vale la pena. Parece ser que el teatro checo es algo sensacional.

—Si se trata de un dramón, no contéis conmigo. No tengo ganas de pensar —contestó Sebastián.

Pero Alberto insistió:

—No, hombre, es experimental. Pero será diferente a todo lo que has visto hasta ahora.

—Pues hay que estar *à la page* —intervino Juan, pensando en la posibilidad de deslumbrar a los amigos que no conocieran este nuevo fenómeno—. Mauricio, estás en las nubes. ¿Te declaras a favor o en contra del teatro checo?

—A favor, claro. La novedad siempre es bienvenida.

Mauricio, que nunca había oído hablar del teatro checo, se ofreció a sacar las entradas. Los otros le esperaron en el bar más próximo, La Taberna de la Risa. Minutos después, se reunió con ellos para matar el tiempo hasta que fueran las ocho. Más absenta, más anís, más coñac. Más entretenerse con las chicas, y burlarse de sus acompañantes, más chistes subidos de tono, más carcajadas y más escándalo. Mauricio encendió un habano para contrarrestar el hedor del tabaco negro. Juan, con los ojos centelleantes, se dirigió hacia un tren en miniatura que se exhibía en la taberna y se montó en él con movimientos torpes y lentos.

—¡Alberto! ¿No tienes que coger el tren mañana por la mañana? Pues ya puedes cogerlo ahora. Venga, hombre, sube. ¡Pasajeros al tren! ¡Tuuuut! ¡Tuuuuuuut!

Salvo tres o cuatro personas que volvieron la cabeza, el ruido ambiental era tan ensordecedor que las palabras de Juan pasaron desapercibidas. Sebastián preguntó a Mauricio:

—¿Cuánto durará esta pantomima o lo que sea que vamos a ver?

—¿Por qué lo preguntas? ¿Tienes prisa?

—Ya que lo preguntas, ¿qué te parece rematar la jornada en la Criolla o en el Chalet del Moro?

—La Criolla está llena de travestidos. Además, mira a Juan, ¿tú crees que está en condiciones de satisfacer a cualquier odalisca del Chalet del Moro? Los cuatro vamos un poco trompas. ¿Tienes ganas de hacer el ridículo?

—¡Pues sí que estás desganado!

Mauricio no quería confesar que sentía un ligero malestar, algo parecido a un nudo en el estómago que desde luego le desarmaría ante cualquier mujer con o sin pretensiones mitológicas. Consiguieron arrancar a Juan del tren y entraron en el teatro. El público era muy heterogéneo, pero determinadas filas de butacas marcaban con toda claridad las fronteras sociales.

El escenario no tenía ningún tipo de escenografía. Se apagaron las luces y se hizo el silencio. Sonaron las primeras notas de la «Canción de cuna» de Brahms. Mauricio tecleó mentalmente: «*mi, mi, sol...*». De repente, un potente foco iluminó a una joven vestida solo con lencería de batista, acostada de lado en una cama de barrotes metálicos. Tenía una piel blanquísima, el pelo castaño y la respiración acompasada de quien duerme profundamente. Las sábanas y la ropa también eran blancas. En el lado derecho del escenario, se dibujaba el perfil de un grifo. La «Canción de cuna» se expandía por los rincones vacíos del teatro.

La silueta de una mano masculina apareció en el proscenio y abrió el grifo lentamente, hasta que salió un chorro de agua que caía al suelo. Poco a poco se formó un enorme charco. Cuando el agua llegó hasta la cama, el público se agitó con un escalofrío. Pero la cama se elevó con la muchacha encima y surcó la superficie del agua. Poco después, del grifo salió un pez de colores trasparentes que fue recibido con un «¡Oh!» de admiración. Le siguieron otros, más grandes, y más pequeños, de diferentes especies: peces voladores, peces espada, pequeños tiburones... Pulpos, medusas gelatinosas y caballitos de mar se sumaron a la danza, recorriendo el escenario acuático. Poco a poco, el agua fue levantando la cama hasta que el cabezal tocó el techo. La muchacha seguía durmiento acunada por la música de Brahms. El público se revolvía excitado.

Los movimientos de aquella fauna fantástica eran suaves y majestuosos. Toda la zona que quedaba iluminada tenía un tono ligeramente azulado, a excepción de la parte superior del escenario, donde todavía no había llegado el agua. De repente, se oyó un borboteo gutural. El agua engulló la cama, arrancando un grito de la platea, y llenó por completo el escenario. El sueño de la muchacha, que seguía respirando dentro del agua como si de otro pez se tratara, no se interrumpió. La cama permaneció suspendida y algo inclinada en el centro del escenario. A su alrededor, se orquestaba un auténtico ballet acuático.

Tras un tiempo indefinido, reapareció la mano del hombre dando vueltas al grifo hacia la derecha, muy despacio, tal como lo había abierto. El primer pez que había aparecido en escena atravesó la inmensa pecera de izquierda a derecha dando gráciles y ligeros coletazos y desapareció por la embocadura. Le siguieron, en comitiva solemne y bien formada, el resto de los peces. El nivel del agua comenzó a bajar dejando una amplia franja al descubierto. Una vez los peces, uno por uno, desaparecieron por la boca del grifo, les tocó el turno a los pulpos, las medusas y los caballitos de mar. El grifo los engullía rápidamente.

El nivel del agua bajó hasta la mitad del escenario. La cama descendía levitando en un vaivén hipnótico hasta que las patas se posaron delicadamente sobre el suelo. La bella durmiente, a pesar de la pequeña sacudida del aterrizaje, continuó sumida en el sueño. Poco a poco, el agua desapareció y el escenario permaneció seco e iluminado por los focos de luz blanca. Con la última vuelta del grifo, cama y muchacha fueron engullidas hacia el abismo invisible. Se apagó el foco y durante unos segundos el teatro quedó sumergido en la oscuridad y el silencio más absolutos. Entonces, se encendieron las luces y dejaron ver el escenario, tan desnudo como al principio.

Los aplausos estallaron con el estruendo de una bomba. El público se levantaba de sus butacas y gritaba «¡Bravo!», a pleno pulmón. Algunos espectadores permanecían petrificados en sus asientos, atónitos, sin aplaudir; otros no sabían cómo reaccionar y miraban de soslayo a los que, a su lado, bramaban de entusiasmo. La muchacha y tres hombres más; salieron a saludar. Estos tres eran, seguramente, el director de la compañía y los tramoyistas.

Alberto, Juan y Sebastián, con las caras congestionadas y la mirada turbia, aplaudían puestos en pie. Mauricio sacó el pañuelo del bolsillo para enjugarse el sudor frío que le resbalaba por la frente. El nudo que le oprimía el estómago era cada vez más tenso. No sabía qué le pasaba. No entendía por qué la desaparición inverosímil de la muchacha en el escenario le había alterado tanto, por qué aquellas sombras le habían impactado más que cualquier experiencia real. Acababa de verlo con sus propios ojos: lo que no podía ser, era. Algo imposible había sucedido. La lógica no era inviolable. Estaba ante aquella muchacha, sentado, mientras la contemplaba y ella se había desvanecido. Estaba mareado y ya no le quedaban fuerzas para levantarse.

Cuando notó su palidez, su primo le ayudó a levantarse y le abrió paso entre el gentío hasta que salieron a la calle. Era de noche y el cielo estaba salpicado de estrellas. Acompañado de Alberto, Mauricio se apoyó en un árbol y vomitó todo el alcohol que llevaba dentro. Se sentía agotado como si hubiera cargado con un gran peso a sus espaldas.

—¡Qué horror, dar un espectáculo así delante de tanta gente! —se lamentó; él que siempre presumía de tener aguante para la bebida.

Alberto le regañó:

—Ya te lo he dicho otras veces. La absenta es puro veneno.

Mauricio respiró profundamente con los ojos cerrados.

—No ha sido la absenta.

—Pues, ¿qué, si no?

Desestimó la pregunta con un gesto de impotencia. Sebastián y Juan le miraban desconcertados. Nunca le habían visto en una situación tan humillante y, además, su propia borrachera les impedía reaccionar. Cuando, pasados unos minutos, Mauricio recuperó la estabilidad y el color volvió a su cara, Alberto le pasó el brazo por los hombros:

—Vamos, que no ha sido nada. Alquilaremos un simón y ¡a casa!

Mauricio aún no lo sabía pero, desde aquel instante, nunca más volvería a ser el mismo.

A la mañana siguiente se despertó tarde, con la boca pastosa y la cabeza espesa, como el superviviente de un naufragio nocturno. Se dio un buen baño con la esperanza de que el agua y el jabón le limpiaran también el cerebro, se vistió y pidió a la doncella que solo le sirviera un café. Al interrogatorio de su madre, «¿Qué te pasa?», «¿No te encuentras bien?», contestó con evasivas y, despidiéndose a toda prisa, bajó las escaleras con paso inseguro y salió a la calle. No tenía ninguna intención de ir a la fábrica.

El paseo San Juan registraba el tráfico propio de media mañana: mujeres con la cesta de la compra, niñeras paseando a niños pequeños, carros que iban hacia el Borne. Todo menos un coche de alquiler libre; así que, después de esperar cinco minutos, echó a andar en dirección a la calle Trafalgar. Sus largas zancadas, cada vez más firmes, le llevaron a la calle del Carmen, en poco más de un cuarto de hora.

La Pensión Lola estaba a mano derecha, junto a un lavadero público, y se anunciaba con un gran letrero blanco con letras rojas que colgaba del balcón. En la portería se había instalado un relojero; encajado tras un mostrador que no tendría más de un metro de ancho, desmontaba un reloj de bolsillo. La escalera era oscura y los peldaños altos. Al llegar al primer piso, Mauricio llamó con un golpe de picaporte. Unos segundos después dio otro más fuerte y oyó una voz cansada de mujer: «¡Ya vaaa!».

La puerta se abrió rechinando y apareció una mujer madura, con un gran delantal de retales, el bajo de la falda descosido y calzando unas zapatillas de lana. Unas cuantas greñas canosas se escapaban del pañuelo que le cubría la cabeza.

—¿En qué puedo servirle? —se dirigió a él en catalán, a pesar de que era evidente que no era su lengua materna.

—Busco a la señorita Morera. Rita Morera.

—¿Quién pregunta por ella?

—Soy... un amigo, un viejo amigo.

La mujer le miró de arriba abajo con una cierta impertinencia.

—Siempre tienen amigos... todos son amigos.

La expresión de Mauricio se crispó.

—Supongo que no se refiere a Rita. Además, francamente...

—No, no me refiero a Rita. Me refiero a todas. Todas tienen amigos, todas desaparecen a final de mes y los amigos, «si te he visto no me acuerdo».

Mauricio, que estaba acostumbrado a salirse con la suya, se impacientaba ante las impertinencias de aquella mujer que, a fin de cuentas, debía ser solo una criada.

—Mire, le pregunto por Rita Morera. Haga el favor de decirme si está o no, y la dejo en paz.

—¡Uy! No corra tanto, hijo, que usted será un señorito pero yo le llevo la delantera, que más sabe el diablo por viejo que por diablo... Pase, que se me quema la comida.

Comprendió que, a quien había tomado por la criada, era

la patrona y, por tanto, no era prudente contradecirla. Un pasillo estrecho y mal iluminado llevaba hasta la cocina. Como no tenía más ventilación que una campana ennegrecida sobre el fogón, un olor acre a col hervida y carbón obligó a Mauricio a retroceder. Se situó a una distancia prudencial de aquello que mentalmente calificó de bazofia, cerca de un barreño de cinc donde se remojaba una criatura.

Mientras revolvía el contenido de la olla con una cuchara de madera, la mujer dejó que su mirada inquisidora repasara la figura de Mauricio, recostado indolentemente en un aparador cojo de una pata.

—Me parece que ya sé quién es usted —murmuró.

—¿Le ha hablado Rita de mí?

—Nunca me dijo su nombre, pero presumía de salir con un hijo de buena familia. Y de sobra se ve que usted es de buena familia.

—¿No le dijo nada más?

—Sí. Que es el hijo de un fabricante que vive en el Ensanche.

El niño chapoteaba en el agua llena de jabón, salpicando los bajos del pantalón de Mauricio.

—¿Todavía vive aquí?

—No, señor. Hace semanas que no la hemos visto. ¡Como si se hubiera esfumado! Lo que más me extraña es que se dejó aquí toda la ropa.

—¿Se fue sin hacer las maletas?

—No se llevó la ropa ni la bisutería, ni nada de nada. Hasta se dejó la medalla de santa Rita.

Mauricio aún no se había repuesto de la sorpresa cuando la mujer, dejando de revolver el guiso, añadió:

—Se despidió a la francesa, sin pagar el alquiler. Usted no podría, no tendría...

Mauricio dudó unos instantes mientras un hombre en camisón y batín atravesaba la cocina para entrar en una habitación contigua. Entonces sacó la cartera y ofreció un manojo de billetes a la mujer.

—¿Hay bastante con esto?

Por primera vez, ella sonrió.

—Ya lo creo. Debe de ser bonito esto de ir siempre con los bolsillos llenos.

—Si me dice dónde se esconde Rita, le daré más dinero.

—¡Ay, no! ¡Dios me libre! Yo no quiero nada que no sea mío. Además, aunque quisiera, no podría. Aquí, en la pensión, nadie sabe qué ha sido de Rita. Tan bonita y elegante, demasiado para una chica pobre...Ya sabía yo que acabaría por irse. ¿Y qué voy a hacer yo con sus cosas si no las viene a recoger? ¿Usted no sabe a quién puedo avisar?

—Rita no tiene familia.

La mujer se secó las manos con el delantal antes de coger la tarjeta que Mauricio le ofrecía.

—Si se entera de algo, avíseme.

—Sí, señor, sí. Delo por seguro.

Mauricio se dirigió a la puerta huyendo de la claustrofóbica cocina y del olor de la miseria. Abajo, en el portal, el relojero le saludó con un «Buenos díaaas» con sordina que le pareció lleno de ironía y oscuro significado.

Habrá vuelto al pueblo, se decía mientras volvía a las Ramblas. Si es así, no pienso buscarla. A lo mejor le ha salido otro trabajo. Sea lo que sea, lo que está claro es que no había tal embarazo. De lo contrario, no la habría perdido de vista con tanta facilidad. Rita era calculadora, sabía lo que le convenía. Si hubiera estado embarazada, no habría desistido tan deprisa de buscar una clase u otra de protección. Se hubiera colgado de mí o de mi padre hasta sacarnos algo. Pero

¿por qué habrá dejado la pensión? ¿Para ahorrarse un mes de alquiler? ¿Por qué tiene un nuevo trabajo en otro barrio de Barcelona? ¿Para que no la pueda localizar? Desaparecer sin haber recogido sus cosas demuestra que ha sido una decisión precipitada. Claro que también puede enviar a alguien a recoger su equipaje. O piensa hacerlo ella misma a final de mes y pagar entonces la deuda pendiente. Pero entretanto, ¿adonde irá sin ropa ni zapatos? ¿Se habrá visto obligada a abandonar la pensión? ¿La bella durmiente quería ser absorbida por el grifo o era la mano que lo gobernaba la que decidía sobre su destino? ¿Dónde fue a parar, cañería arriba?

Al darse cuenta del cariz que tomaban sus pensamientos, se paró en seco. ¡Qué sarta de disparates! Quizá Alberto tiene razón en cuanto a los efectos de la absenta. Se trata, simplemente, de descubrir dónde está Rita. Para quedarme tranquilo. Para dejar este tema atrás de una vez por todas. Consultó el reloj: eran las once y media. Estaba a la altura de la fuente de Canaletas. Aún tenía tiempo de tomar el aperitivo en el Ecuestre y presentarse en La Perla de Oriente a la hora del cierre.

Los lunes por la mañana el Ecuestre estaba prácticamente desierto; solo lo visitaban algún grupo de socios veteranos que jugaban una partida de cartas o leían la prensa. Mauricio cogió *El Poble Català* y se sentó en una mesa junto a la ventana para tener buena luz. Pasó media hora tomando un Martini a pequeños sorbos y picando un par de tapas. «Estas almejas ya no son lo que eran, tendré que decírselo a Evaristo.» Se dirigió luego a un rincón de la sala de juego, y se entretuvo haciendo solitarios y fumándose un habano hasta que el reloj de pared señaló la una y cuarto. Como de costumbre, cargó la consumición a la cuenta de su padre, que la pagaría puntualmente a final de mes. Se consideraba poco elegante pagar al contado pequeñas facturas.

Al llegar a La Perla de Oriente, se caló el sombrero —que habitualmente guardaba el ángulo oportuno— sobre las cejas. Tenía que hacer todo lo posible para que no le reconocieran. Se situó ante el escaparate y con cuidado asomó la cabeza por la puerta para echar un vistazo al interior. Detrás del mostrador, la misma mujer de la otra vez entregaba un paquete a dos clientas que parecían madre e hija. No pudo ver si estaba Jaumet.

Se apartó del escaparate, acercándose lo máximo posible a la fachada del edificio. Si al salir iban hacia las Ramblas, pasaría desapercibido, pero si bajaban por Puerta del Ángel era inevitable que le vieran. Se arriesgaba demasiado. Si ahora metía la pata, quedaría atado de pies y manos y no podría continuar con sus pesquisas. Se alejó unos pasos del escaparate y se ocultó en el portal del edificio contiguo. Escondido en la penumbra podía observar sin ser visto. El trajín de la calle, a aquellas horas, no le dejaría escuchar el sonido de la puerta cuando la tienda cerrara, así que solo podía fiarse de sus ojos. Con la mirada clavada en el punto crítico y sin apenas parpadear, los minutos de espera le parecieron eternos. Se preguntó si no saldría nunca nadie de La Perla de Oriente, si allí todos estaban condenados a evaporarse como Rita y él a permanecer, como eterno centinela, haciendo guardia en aquella garita. Más disparates, se dijo. Basta de especulaciones metafísicas y manos a la obra.

Apenas había tomado esa decisión, salieron las dos clientas con el paquete y pasaron delante de él, hablando y gesticulando. La más joven lanzó una mirada arrobada a aquel extraño que se escondía bajo el ala del sombrero. En circunstancias normales, Mauricio hubiera hecho algún gesto pero, en aquel momento, no permitió que nada le distrajera y mantuvo los ojos fijos en la puerta de La Perla de Oriente.

Pasaron unos minutos. Por fin, un pie femenino se perfiló en el umbral de la tienda, anticipando la presencia de su dueña, acompañada de Jaumet. Se pararon un momento en la acera y ella guardó las llaves en el bolso, mientras Mauricio retrocedía para ampararse en la oscuridad. Desde allí, vio a la mujer con Jaumet colgado del brazo mientras caminaban hacia la Puerta del Ángel. Después de esperar unos segundos más en su escondrijo, salió de él decidido a seguirles. El vestido y el sombrero marrón de la mujer le sirvieron como referencia si se distanciaban demasiado. Ajustó su larga zancada al ritmo de la pareja, marcado por los pasos menudos de Jaumet que se balanceaba como una barca a la deriva. Rogaba por no encontrarse a ningún conocido, aunque, si se hubiera dado el caso, estaba dispuesto a ignorarlo y pasar por maleducado.

Desde la Puerta del Ángel enfilaron Cucurulla y luego la calle del Pino. Cruzaron una plaza y siguieron por una callejuela. Para Mauricio esos lugares carecían de nombre y formaban parte de un mundo laberíntico y extravagante alejado del suyo. Identificó, eso sí, la calle Fernando y, luego, la de Escudellers, que conocía por ser cliente esporádico del Palais de Cristal. Por un momento les perdió de vista, cuando cruzaron la calle y un cabriolé se interpuso entre las dos aceras. Los volvió a ver justo cuando giraban a la derecha y se metían en un callejón húmedo y oscuro que describía una curva suave. Era tan estrecho que no tenía aceras ni pasaban coches. Los únicos viandantes, en aquellos momentos, era un enjambre de moscas y el hedor que despedían las cloacas.

Mauricio se paró en la esquina al darse cuenta de que el callejón era corto y solitario, y corría el riesgo de ser descubierto. La grotesca pareja caminó treinta metros más y entró en el portal de un edificio de pisos. Dejó pasar medio minuto y avanzó, a pasos tan firmes y enérgicos que resonaban en los adoquines, con la esperanza de entrar en el edificio y enterarse de alguna cosa. El portal era pequeño y sórdido y no tenía portero. Acurrucado bajo el hueco de la escalera, escuchó los pasos mortecinos de una mujer y, asomando la cabeza con mucho cuidado, entrevió un rayo de luz en el rellano del segundo piso. La puerta se cerró bruscamente y la escalera permaneció silenciosa como una tumba. Esperó un poco más por si bajaba alguien. Finalmente, suponiendo que aquel era el domicilio de la mujer-esfinge y el retrasado mental, liberó su cuerpo de la posición fetal que le imponía el hueco de la escalera y salió a la calle para dar una ojeada a la fachada. Era consciente de que si a la mujer se le ocurría asomarse al balcón en aquel momento, estaba perdido. Pero, afortunadamente, los minúsculos balcones del edifico de tres pisos estaban cerrados a cal y canto. Tomó nota del número y se alejó en dirección contraria, preguntándose dónde desembocaría el callejón.

Hasta entonces, no se había dado cuenta de lo tarde que llegaría a comer. Tendría que inventar alguna excusa que disculpara su informalidad y, sobre todo, su ausencia en la fábrica. Mientras se devanaba los sesos buscando una justificación, observó que el callejón se remataba con un arco sobre el que se abrían más ventanas y balcones, formando una especie de galería que unía los dos lados de la fachada. Más allá del arco, se entreveía la plaza Real abarrotada de gente y de palomas. Antes de cruzarlo, leyó una placa donde figuraba el nombre insólito de CARRER DELS TRES LLITS, el callejón de las Tres Camas.

4

Nunca llegaba a la fábrica antes de las diez y muy pocas veces se quedaba más tarde de las seis. Gracias a su relativo dominio del francés y a su aún más relativo dominio de las leyes arancelarias, Rodrigo Aldabó le había confiado los clientes extranjeros. Lo cierto es que a Mauricio la fábrica le era totalmente indiferente. Le faltaba el espíritu empresarial de su padre y se aburría mortalmente con la monotonía y la minuciosidad de la contabilidad. Pasaba las horas muertas redactando, firmando y repasando documentos —cuando no leía el periódico— o paseando entre los telares fingiendo que supervisaba su funcionamiento. En realidad, era incapaz de reprender a los trabajadores y, por supuesto, de despedirlos. Estas tareas desagradables se las dejaba al contramaestre, un hombre de unos cuarenta años, bregado en el tema, malcarado, y de toda confianza; y, en última instancia, a su padre que tenía la virtud de imponerse sin levantar la voz. Él no se ensuciaba las manos con semejantes bajezas. A pesar de sus limitaciones, no se podía negar que Mauricio era efectivo con los clientes que dependían de él, porque les escuchaba como si fueran la única persona digna de su atención y minimizaba cualquier problema que tuvieran. Su eficacia no se debía tanto a la perfección de su francés o a sus dudosas credenciales como abogado sino a aquel magnetismo natural que emanaba de su persona.

En cualquier caso, después de su ausencia del lunes, intentaba dar muestras de diligencia. Su padre hacía tiempo —desde la desafortunada aventura con aquella criada indiscreta— que respetaba su intimidad. No le preguntaba ni adónde iba ni de dónde venía, y no le reprochaba que se divirtiera y volviera tarde algunas noches entre semana, tropezando con los muebles. En cuanto al trabajo, eso ya era harina de otro costal. Podía tolerar una excusa de vez en cuando, pero que no se convirtiera en una costumbre. Además, Mauricio no quería parecer un crápula. Debía ser muy discreto. Se había embarcado en una empresa en la que debía llegar a puerto por sí solo.

Aquella mañana, su padre había ido a Badalona a entrevistarse con otro fabricante. Mauricio no podía concentrarse en los pedidos que tenía pendientes sobre la mesa. A pesar de que su excursión al callejón de las Tres Camas no le había dado demasiadas claves para resolver el misterio, le acuciaban las ganas de volver. Rita se había esfumado, pero había dejado un hilo invisible tras ella; cuando encontró el extremo del cabo, se había asido a él con tanta fuerza que ya no podía soltarlo. Y nadie sabía hasta dónde lo conduciría.

Intentó olvidarse de todo yendo a la nave de los telares. Recorrió distraído los diversos pasillos, indiferente al latido frenético de la maquinaria, tan intenso que con el tiempo dejaría sordos a los obreros. «No pierdas de vista a los trabajadores», solía sentenciar su padre. «Si te desconectas del personal, estás perdido.» De repente, un grito aún más potente que el rítmico martilleo de las máquinas rasgó el aire. Justo a sus espaldas, la aprendiza Remedios Sallent, del telar número once, de ocho años y huérfana de padre, se sujetaba el dedo índice ensangrentado de la mano izquierda. La aguja le había partido en dos la yema. Mauricio no pudo evitar un gesto de repugnancia e instintivamente retrocedió, pero los ojos desorbitados de la niña lo dejaron clavado en el suelo. Mientras una tejedora corría a ayudarla, ella permanecía como hipnotizada, con la vista fija en las pupilas de Mauricio, sin poder llorar. El contramaestre había acudido a atender a la víctima, pero, ante la presencia del hijo del amo, se paró en actitud expectante. Era un gesto de deferencia, casi un honor, pero al mismo tiempo un reto. Mauricio desvió la mirada hacia el dedo herido que le señalaba a él. La niña se levantó, dio un paso al frente con una expresión que tenía más de exigencia que de ruego, y cayó de rodillas como si la hubiesen abandonado sus fuerzas.

Los brazos de Mauricio la recogieron antes de que llegara al suelo. La sentó en sus rodillas, la movió suavemente y le dio pequeños cachetes en las mejillas.

—¡No te duermas... nena! —De repente recordó el nombre—. ¡Remedios! ¡Oye, escúchame! ¡No te duermas!

Se sentía impotente pero ya era demasiado tarde para pedir ayuda. Buscó en su memoria, intentando recordar antiguos accidentes infantiles en La Garriga.

—Traedme agua oxigenada, vendas, esparadrapo... ¡Y agua del Carmen!

La niña, pálida como un lirio, no apartaba sus ojos inmensos y redondos de los de Mauricio. Era imposible saber qué pensaba, pero la mirada era tan intensa y poderosa que atemorizaba. La sangre le goteaba sobre el chaleco y le teñía de rojo las mangas de la camisa.

—¡Necesito un trozo de galón para hacer un torniquete!

Mientras le ataba con fuerza el dedo por debajo del corte, una mujer gritó:

—Tendríamos que llevarla al dispensario para que le dieran unos puntos.

Remedios se asustó y comenzó a llorar. Mauricio, mientras le apretaba el torniquete, le susurró:

—No tengas miedo que no te llevaremos al dispensario. Bébete esto —le dijo, acercándole el vaso a los labios.

Y como si de un conjuro se tratase, el llanto cesó.

A pesar de la seguridad que había transmitido a la niña, temía que la hemorragia no se cortara y no paraba de aplicarle algodones empapados en agua oxigenada mientras sujetaba el dedo. Los operarios, en pie, le rodeaban. Los telares habían enmudecido.

—¡Ya para! ¡Ya sangra menos!

Cuando comprobó que las manchas rojas del algodón eran cada vez más pequeñas, vendó la herida con una destreza sorprendente. La niña estudiaba su expresión con una seriedad curiosa y tranquila. Mauricio esbozó una sonrisa, volvió a tomarla en brazos, y la depositó en una butaca de la antesala de su despacho.

—Dadle algo de comer.

Se secó el sudor. De buena gana se hubiera tomado él el agua del Carmen. Las operarias se ofrecieron a quitarle las manchas de sangre de la camisa, pero las alejó con un discreto gesto de gratitud. Entonces le enseñaron a Remedios las cicatrices que la aguja había dejado en sus dedos: «No ha sido nada, ¿ves? Nosotras también nos hemos cortado alguna vez». Todo el mundo, incluido el contramaestre, veía a Mauricio con otros ojos; era como si le hubieran puesto un sello de calidad como el que llevaban las cajas al salir de la fábrica. «No se le caen los anillos», comentaban. «Al hijo del amo no le importa arremangarse.» Solo él sabía que había actuado así por cobardía.

Al día siguiente de su acto heroico, al cerrar la fábrica, cogió el coche de alquiler y fue hasta la plaza Real. Los viejos charlaban sentados en los bancos y los niños se empujaban o saltaban a la comba bajo la atenta vigilancia de madres, niñeras o criadas. Bajo los porches, unos cuantos fumadores y alguna pareja hacían la pausa de media tarde tomando algo en el Café Suizo.

Cruzó el arco y enfiló a paso lento y cauteloso la curva del callejón de las Tres Camas. Afortunadamente los días ya se habían alargado y aún quedaba por lo menos una hora de luz. Tenía que encontrar un buen escondite. No se sentía con fuerzas de volver a pasar un rato agachado en el hueco de la escalera donde, además, cualquiera que entrase podía verle. Era un callejón tranquilo y silencioso. Un apéndice olvidado de los intestinos de Barcelona. Al llegar al edificio de los tres balcones, observó un portal abierto en la cera de enfrente. Era una taberna de mala muerte y peor vida, sin ventilación y llena de botas de vino barato que apestaban el ambiente.

Para entrar, había que bajar un par de peldaños. Mauricio se dirigió hacia una mesa minúscula —en total no llegaban a la media docena— y se sentó mirando hacia la calle. Aunque la taberna no estaba situada frente al edificio, el hecho de estar medio hundida le concedía una buena visibilidad. Solo había un cliente, joven y bien vestido, que parecía entregado a una indescifrable conversación con un vaso vacío.

Mauricio pidió un coñac y el camarero, que seguramente era el propietario, se lo quedó mirando como si le hubiese pedido la luna. Después de leer los letreros escritos con tiza en cada bota, se decidió por la ratafía. No estaba seguro de saber qué o a quién esperaba pero su intuición le decía que, si espiaba las idas y venidas de la dueña de La Perla de Oriente, percibiría algún gesto, alguna palabra que resultara clarificadora. A las ocho cerraría la tienda; con un poco de suerte, media hora después llegaría a casa. Mauricio pensaba colarse tras ella en el portal y, si volvía a escuchar voces como la vez anterior, subiría hasta el entresuelo.

Mientras sorbía la ratafía, un hombre de mediana edad y aspecto tan distinguido que desentonaba con el entorno salió de la portería y, mirando a un lado y otro de la calle, se dirigió a la plaza Real. Mauricio miró hacia arriba y observó que había luz en el balcón del último piso. En el primero, sin embargo, las persianas bajadas no dejaban ver el interior. Sobre el mostrador de la taberna estaba la edición de tarde de *La Vanguardia*. La cogió para ojear los titulares, pues no quería distraerse de su objetivo. De repente se oyó:

—¡Qué desgracia! ¡Nacido en Manresa, catalán por los cuatro costados y apellidarme Sánchez! ¡Sánchez! ¿Queréis decirme por qué me tiene que pasar esto a mí? Hijo de Manresa...

Era el bebedor solitario quien se lamentaba desde su rincón. El tabernero le cortó el soliloquio.

—¡Venga, señor Sánchez, anímese! Si todas las desgracias fueran como esta...

—¡El nombre ni mentarlo, Mariano, ni mentarlo! Qué desgracia...

Mientras el borracho farfullaba, Mauricio observó que dos hombres más del mismo estilo que el que había salido pocos minutos antes, entraban en el edifico con un intervalo de diez minutos. La luz del día decaía y la iluminación de la taberna era tan miserable que prácticamente resultaba imposible leer el periódico. Cada dos por tres consultaba el reloj.

—¡Hijo de Manresa y llamarse Sánchez!

El propietario volvió a llenar el vaso del señor Sánchez y ofreció a Mauricio un juego de dados y una baraja de cartas. Las rechazó y pidió que le sirvieran garnacha. De vez en cuando hacía ver que sorbía, pero en realidad no tenía ninguna intención de seguir bebiendo. Quería conservar la mente despejada. Cuando la penumbra del atardecer ya comenzaba a invadir el tugurio, de las entrañas del edificio salió un niño de seis o siete años que cruzó la calle, entró en la taberna y pidió que le llenasen una botella de vino tinto de un real:

—¡Qué desgracia! Nacido en Manresa...

El niño se quedó embobado ante el borracho que renegaba de su linaje; por fin, el tabernero le dijo:

—Bueno, Manolito, ya está bien de perder el tiempo. Aquí tienes la botella. ¡Vuelve a casa!

Viendo que el amo de la taberna conocía a los vecinos, Mauricio estuvo tentado de preguntarle por los inquilinos que ocupaban el primer piso del número cinco. Desistió, sin embargo, de utilizar esa fuente de información porque aún no sabía si ese hombre era de confianza y no le convenía levantar la liebre. Lo más probable es que acabara por alertar a los vecinos de la presencia de un forastero que hacía demasiadas preguntas.

Las pupilas de Mauricio se iban adaptando como las de un gato a la progresiva falta de luz. Después de la visita del niño, contó tres personas más que salieron del número cinco: primero, una mujer vestida con ropa de casa que regresó al poco tiempo con un paquete en la mano y después dos hombres, uno con el pelo blanco que había entrado poco antes y llevaba un bastón sin empuñadura y otro que, al pasar delante de la taberna en dirección contraria a la plaza, le pareció de mediana edad y estatura más bien escasa, de piel cerúlea y bigote negro y espeso. Sacó una libreta y la estilográfica y tomó nota del aspecto de cada uno de ellos y de la hora precisa en que había registrado sus movimientos. No sabía si esos detalles le serían o no de utilidad, pero procuraba tener todos los datos posibles.

Dieron las ocho y media y se encendió una luz en el entresuelo.

—¿Queréis explicarme cómo puede llamarse uno Sánchez habiendo nacido en Manresa? De Manresa, sí señor... ¡Mira que es triste!

Durante un rato la calle quedó desierta. Mauricio se entretuvo escribiendo y dibujando en el bloc sin dejar de vigilar el portal. Cuando ya faltaba poco para las nueve, apareció otro hombre, una silueta entre las sombras que desdibujaban los edificios. Le resultó imposible saber si era uno de los que había visto entrar. De la mujer de La Perla de Oriente, ni rastro. A las diez y veinte se dio por vencido y pagó. Ya tenía un pie en la calle y aún le perseguía la retórica repetitiva del manresano ultrajado:

—¡Sánchez! ¡Y ser de Manresa!...

Al día siguiente, a las ocho de la tarde, volvía a estar al acecho en la taberna de Mariano. En lugar del señor Sánchez, mataban el rato dos carreteros de voz ronca y barba de tres días que bebían vino tinto y jugaban a los dados. Durante la hora y media que permaneció sentado a la mesa, entreteniéndose con el periódico y fumando habanos, desfilaron una gitana que pedía limosna, y un ciego empeñado en venderle los últimos décimos de lotería del día. Mariano se encaró con la gitana: «Araceli, ¿cómo tengo que decirte que no te quiero aquí?». La respuesta de ella no se hizo esperar. Mauricio le compró al ciego todos los décimos con tal de conseguir que se fuera lo antes posible, puesto que su vaivén entre las mesas dificultaba su campo de visión. El tabernero y los clientes no apartaban la vista de aquel forastero bien vestido, que no tocaba el vaso de vino y compraba los billetes de lotería de diez en diez.

Apuntó en la libreta la entrada en el número cinco de dos hombres, uno detrás de otro, distintos a los del día anterior y la salida de uno de ellos tres cuartos de hora más tarde. Cuando ya se había hecho de noche, identificó al hombre de piel como la cera y el bigote negro que pasó de nuevo por delante de la taberna en dirección a la calle Escudellers. La dama de La Perla de Oriente y Jaumet siguieron sin aparecer. Mauricio llegó a la conclusión de que era bastante improbable que vivieran en el número cinco, donde habrían ido a visitar a un pariente o un conocido, y que, por tanto, no valía la pena correr el riesgo de entrar en el portal y espiar lo que acontecía en el primer piso. Tal vez el hilo conductor que llevaba hasta Rita no pasaba por el callejón de las Tres Camas.

Aquella semana Mauricio no parecía el mismo. Cumplía con la rutina de la fábrica con más seriedad que de costumbre. Rodrigo Aldabó estaba enterado del incidente de la aprendiza Remedios Sallent y se daba cuenta de que, cuando Mauricio inspeccionaba los telares, la niña lo contemplaba como si de un arcángel caído del cielo se tratase. Muchas tardes llegaba tarde a casa pero sin el entusiasmo de otras veces; regresaba cabizbajo y taciturno, con el mechón de cabellos negros, que siempre había sido una señal inequívoca de su carácter alegre, sombreándole la frente como una nube tormentosa.

En la mesa, comía menos y estaba más distraído. No había vuelto al Ecuestre ni había ido de juerga con los amigos que se hacían cruces por su desaparición: «¿Qué ha sido de Mauricio?». Su padre estaba satisfecho del nuevo rumbo que parecía haber tomado su hijo y confiaba en que fuera un síntoma de madurez. Lidia, sin embargo, estaba preocupada. Evitaba interrogarle directamente, pero el poco tiempo que estaba en casa lo observaba, y se preguntaba qué clase de problema personal marchitaba la aureola que siempre le había nimbado y que ella consideraba un atributo único y personal de su hijo.

El regreso a La Perla de Oriente, único punto de referencia, aunque impreciso, que le unía a Rita, se hizo obligado. El jueves volvió a la calle de Santa Ana pocos minutos antes de las ocho de la tarde, resguardado bajo un paraguas. A lo largo del día no había dejado de lloviznar y las ruedas de los automóviles se hundían en los charcos, salpicándole los zapatos y los pantalones. Su flema innata, más la práctica adquirida en esos últimos días, le ayudaba a esperar con paciencia, mientras los viandantes pasaban ante él con el paso ligero característico de los días de lluvia y del que sabe exactamente dónde va. Sin embargo, pensó, cuando hace buen tiempo, caminan de otra manera.

Después de quince interminables minutos, la mujer abandonó la tienda acompañada por Jaumet y, en vez de dirigirse hacia la Puerta del Ángel, fueron hacia las Ramblas. La gran cantidad de paraguas dificultaba la persecución, y además el que llevaba la pareja era de un tono morado que, bajo el cielo encapotado, resultaba casi invisible. Los brincos de Jaumet eran, sin embargo, lo que le permitía reconocerlos, siempre que no se interpusiera entre ellos alguien de elevada estatura y tapara la figura del saltarín. Se fijó, también, en la falda verdosa de la mujer. En la esquina de Pelayo se detuvieron ante un tenderete. Ella compró una bolsa de altramuces o chufas, era difícil de precisar, y se la dio a su compañero que, al momento, empezó a engullir los frutos, uno tras otro. Nadie más se entretenía en comprar golosinas y comérselas bajo la lluvia.

La calle Pelayo estaba abarrotada de gente y la lluvia era intensa. A pesar de la ventaja que su altura le confería, Mauricio distinguía a duras penas retazos de falda verde y los pasos menudos de Jaumet. En ocasiones tenía que agachar la cabeza entre los paraguas de quienes le precedían; otras tenía que ponerse de puntillas en busca del paraguas morado. Había dado y recibido empujones y las varillas de su paraguas se entrecruzaban con otras como si fuesen espadas. Los que sufrían el atropello le lanzaban miradas furibundas que él ignoraba, y si iban acompañadas por un «¡Mire por dónde anda!», se disculpaba sin prestar demasiada atención. Por fin, cuando se acercaban a la plaza Universidad, se amplió el campo de visión y finalizó la batalla. La pareja atravesó la plaza, tomó la calle Aribau y, una vez cruzada Diputación, entró en el tercer portal a mano derecha. Mauricio permaneció unos momentos ante el edificio. Estaba empapado y no muy seguro de lo que había conseguido. Lo que sí sabía era que, al día siguiente a las ocho en punto de la tarde, regresaría a La Perla de Oriente.

El viernes hizo el mismo trayecto pero esta vez bajo un cielo despejado. Volvieron a pararse ante el tenderete de la calle Pelayo y la mujer, después de intercambiar cuatro palabras con la vendedora, le dio la bolsa a su compañero como había hecho el día anterior. Al llegar al edificio de la calle Aribau, Mauricio se entretuvo unos minutos en la acera mientras el portal engullía a la pareja y, cuando estuvo seguro de que ya habían subido la escalera, se decidió a entrar. A la derecha, tras una pequeña vidriera de colores, la portera, una mujer delgada de cabello canoso, zurcía ropa. Mauricio pasó de largo mientras ella lo observaba por encima de las gafas que cabalgaban sobre la punta de la nariz. No había preparado ninguna respuesta en caso de que la portera le preguntara a quién buscaba; tendría que inventarse cualquier excusa. Afortunadamente, su inventiva no fue puesta a prueba.

La escalera, medianamente iluminada y con dos puertas por rellano, era más ancha en la base e iba estrechándose a partir del segundo tramo. Subió pegado a la pared, cuidando de no ser visto e intentando no hacer ruido. Del principal salió una mujer de aspecto adinerado con un perro grande y blanco que demostraba mucho interés en olisquear los zapatos de Mauricio. Ella le dio las buenas noches, y él respondió con una ligera inclinación de cabeza, llevándose la mano al sombrero. La respiración jadeante del perro que, tirando de la correa, intentaba bajar rápidamente a la calle y el taconeo de su ama ahogaron cualquier ruido que Mauricio pudiera hacer mientras continuaba subiendo hasta el primer piso. Las pisadas eran cada vez más lentas y el jadeo fatigado de la mujer y Jaumet se escuchaba entre el segundo y el tercero donde, por fin, se pararon ante la segunda puerta. Se asomó al hueco de la escalera apoyándose en la barandilla y miró hacia arriba. Ella sacó un manojo de llaves del monedero mientras Jaumet gesticulaba ante la cerradura y emitía un sonido gutural de impaciencia:

—¡Ya va, hombre, ya va! —dijo dulcemente la mujer.

Mauricio retrocedió de nuevo hacia la oscuridad de la pared. Después del tintineo de las llaves, el chirriar de la cerradura al dar las vueltas y un portazo seco y pesado, la escalera quedó en silencio.

Bajó despacio, saludó a la portera con naturalidad y salió a la calle. Bajo un farol, anotó en la libreta: ARIBAÚ, 11, TERCERO SEGUNDA. Era evidente, había localizado el domicilio.

Los sábados nunca iba a la fábrica. Se levantó pasadas las nueve y a media mañana se presentó en el Ecuestre, donde Alberto, Sebastián y otros conocidos que le habían echado de menos le recibieron efusivamente. Fue sin demasiadas ganas, solo para dejarse ver y dar a entender que todo seguía como siempre.

—¿Se puede saber dónde te has metido? —preguntó su primo—. El otro día fui a tu casa para ver si estabas enfermo o te pasaba algo.

—Sí, ya me lo dijo la criada. ¿Qué quieres que me pase? Nada, que he tenido trabajo.

Sebastián saltó:

—¡Trabajo! Pero ¿qué trabajo puedes tener tú?

—No todos nos dedicamos a la buena vida. —Mauricio, sin perder a calma, dejaba que floreciera su sonrisa luminosa e indulgente—. Mi padre me necesita en la fábrica.

—¿Desde cuándo? —insistió Sebastián con picardía—. ¡Bah! No nos expliques películas. Tú estás tramando algo.

Y, dándole un codazo, añadió:

—¡Algo que quieres para ti solito!

La sonrisa no había desaparecido de la cara de Mauricio.

—¿No quieres creértelo? Pues no te lo creas; tú verás.

—Vamos a tomar el aperitivo y planear el fin de semana —propuso Alberto.

Les siguió la corriente a lo largo de toda la conversación, en la que se alternaron los altos y bajos de la bolsa con la aventura de Sebastián con una cupletista, que estudiaba canto en una academia de la calle Conde del Asalto. Cuando los otros dos repitieron con el vermut y Mauricio no, Sebastián se extrañó de nuevo.

—¡Chico, estás desconocido! ¡Si te tomabas tres o cuatro Martinis de una vez, como si tal cosa!

Aunque se resistía a revivir aquel desafortunado incidente, Mauricio le recordó:

—Ya sabes que últimamente no me sienta muy bien beber mucho.

—¡Venga, hombre! Aquello fue por la absenta. Qué daño quieres que te hagan un par de vermuts...

Las horas se le hacían eternas y apenas podía concentrarse en el insulso parloteo de Sebastián. Estaba pendiente del reloj y lanzaba discretas miradas al que colgaba de la pared que tenía enfrente. Sus amigos hablaban de ir a La Buena Sombra aquella noche, y de llevarse a unas cuantas chicas al piso de soltero que Sebastián tenía en Sarriá. Cuando por fin sonó la una, Mauricio saltó de la silla y se marchó del bar, diciendo:

—Procuraré ir pero no os lo puedo asegurar.

—Tú sabrás... —se burló Sebastián

Bajó sin prisa por la Puerta del Ángel. Le sobraba tiempo pero prefería perderlo por la calle que sentirte prisionero en el Ecuestre mientras escuchaba las tonterías de Sebastián. Se entretuvo mirando los escaparates y observando la policromía humana que se exhibía arriba y abajo. ¿Quién era toda aquella gente, con la que no tenía nada en común? Le costaba imaginar dónde iban, cómo vivían. ¿Quién era aquella mujer de La Perla de Oriente y el pobre cretino que la acompañaba? ¿Y la dueña de la Pensión Lola? Incluso Rita, ¿quién era? ¿Acaso personajes oscuros y olvidados como los abuelos Aldabó? ¿Hormigas idénticas que trabajaban de sol a sol y por la noche desaparecían en sus hormigueros sin dejar rastro? ¿Gente que no cogía coches de alquiler, ni tomaba el té en el Lyon d'Or ni era socia de ningún club? ¿Los mismos que contaban los pasos de una sardana los domingos por la mañana delante de la catedral? Sus pensamientos, de naturaleza poco curiosa, se desviaban ahora por senderos desconocidos, y a punto estuvo de que se le hiciera tarde. Al darse cuenta de ello, aceleró la marcha y se puso a hacer guardia en la portería contigua a La Perla de Oriente. Tenía la pequeña esperanza de que, al ser sábado, la ruta de la pareja se desviara de la habitual.

No se equivocó. Al salir juntos de la tienda, la mujer y Jaumet se dirigieron hacia la Puerta del Ángel, en lugar de hacia las Ramblas. Al pasar ante él, Mauricio se volvió de espaldas para encender un habano. Satisfecho porque no le habían visto, echó a andar tras ellos a unos metros de distancia en dirección a la calle Cucurulla, y cuando vio que cortaban por la calle del Pino murmuró: «Al callejón de las Tres Camas». No se equivocaba. Tras seguir el laberinto de calles y callejuelas, se encontró de nuevo ante la fachada de tres balcones.

Con la seguridad de aquel que se sabe un maestro en el arte, tan en desudo como monótono, del espionaje calculó los segundos precisos y se coló en la portería, agachándose en el hueco de la escalera mientras ellos subían al primer piso. El tictac del reloj de bolsillo. Dos golpes de picaporte y el chirriar de la puerta al abrirse. La voz inexpresiva de la mujer y de una desconocida. Palabras ininteligibles, ahogadas por el eco de la escalera. Un portazo. Más tictac de reloj.

Cuando Mauricio se disponía a desdoblar el cuerpo y salir del escondrijo, alguien inició el descenso de la escalera. Se escondió de nuevo a toda prisa. Al acercarse los pasos, reconoció los de la mujer de La Perla de Oriente que salía del portal sola y sin Jaumet.

Cortando por Escudellers y Fernando, la mujer y Mauricio conectados por un hilo invisible que se alargaba o se acortaba según el momento, fueron a parar a las Ramblas. Mauricio nunca había caminado tanto, acostumbrado al coche de alquiler o a llamar a un simón para recorrer un kilómetro. Afortunadamente, el hábito de hacer deporte que nunca había abandonado, le daba alas. Quedó atrás la plaza de Cataluña. La esfinge no iba a su casa de la calle Aribau. Con pasos ligeros, liberada del lastre de tener que arrastrar a Jaumet, tomó la ronda de San Pedro y atravesó la plaza Urquinaona. A la derecha se extendían los derribos del Puente de la Parra, una inmensa cicatriz abierta en las entrañas de Barcelona sobre la que estaban construyendo una amplia avenida que, según decían, se llamaría Pau Claris. El último tramo de la ronda estaba tranquilo y adormecido, como si hiciese la digestión de la comida a la sombra intermitente de los plátanos.

Mauricio escuchaba cada vez con más intensidad los martillazos de su corazón, como si este quisiera llenar el silencio de la calle; por un momento, deseó volver atrás y perder definitivamente la pista de la mujer-esfinge, pero sabía que ya era demasiado tarde. En el cruce con el paseo San Juan, la silueta giró a la izquierda, continuó un trecho por la acera y, aflojando el paso, entró en el portal de los Aldabó.

Mauricio hizo de forma mecánica el resto de los movimientos. Entró sin saludar al portero, que, de pie en el umbral, lo miró extrañado y se detuvo al principio de la escalera, aguantando la respiración. No sabía por qué, pero lo que pasó a continuación no le sorprendió. La mujer llamó al picaporte del principal segunda y dijo a la criada que le abrió la puerta:

—Dígale al señor Aldabó que la señora Prat ha venido a verle.

Mauricio se alejó de la portería, ahora saludando al portero como un autómata, y se refugió en la esquina siguiente. En aquellos momentos tenía la mente en blanco, disfrutaba del privilegio de no pensar en nada; solo captaba sensaciones a nivel vegetativo: el murmullo de la fuente del paseo, la tibieza del sol, el rumor de las hojas de los plátanos, una ventana que se abría, una mujer que iba hacia su casa con un *tortell* envuelto, una muchacha que paseaba por la acera dejando tras de sí un intenso olor a agua de rosas. Permaneció de pie en el chaflán, en un estado contemplativo que le permitía alimentar la ilusión de no haber intervenido en los acontecimientos e incluso de poderlos suspender indefinidamente. Encendió un habano y respiró hondo el humo azulado de la primera calada. Recordó un mes de diciembre de años atrás, cuando toda la familia se reunió a medianoche en Santa Ana para escuchar las doce campanadas que despedían al siglo XIX. Acallado el eco del último golpe de badajo, trascurrieron ocho minutos que no quedaron registrados en ningún sitio, en ningún reloj ni calendario, ocho minutos vividos entre siglo y siglo que no existieron, ocho minutos sin historia, sin cronología, puramente biológicos, de los que el mundo no guardaría noticia ni conciencia.

Tal vez los ocho últimos minutos también habían sido irreales, tal vez podrían guardarse en el mismo saco del olvido, y atarlo bien atado para impermeabilizarlo contra la filtración del tiempo.

Se levantó una ventolera de aire fresco que cerró el paréntesis con un escalofrío. El reloj y el cerebro de Mauricio se pusieron en marcha otra vez. Se apoyó en la fachada de un edificio, doblando una pierna. Aparentemente, la señora Prat —por fin tenía nombre— conocía a su padre. Aquel, ni más ni menos, había sido el descubrimiento del día. Bien. No era necesario precipitarse ni sacar conclusiones alarmantes. Su padre tenía muchos contactos, muchos intereses en diversos negocios de Barcelona. ¿Qué tenía de raro que un fabricante de medias de seda tuviera trato con la dueña de una lencería? En principio esta circunstancia no tenía nada que ver con

Rita. El hecho de que fuera su madre la que, de vez en cuando, enviaba a la costurera a La Perla de Oriente tampoco quería decir nada; si a Rodrigo Aldabó le convenía que La Perla de Oriente fuera rentable era lógico que su propio personal comprara allí el género en lugar de ir a la competencia.

En cualquier caso, lo que había estado haciendo aquellos últimos días se podía considerar poco más que un juego. Un juego incluso excitante —había que admitirlo— pero impropio de su temperamento y de la vida que llevaba; un juego que consistía en creerse que era otro Mauricio embutido en una nueva piel y viviendo una vida alternativa, como el Quijote cuando, aburrido de la suya, se lanzó a buscar envites caballerescos por los yermos de la Mancha. No podía tomarse en serio sus incursiones a barrios miserables y sórdidamente pintorescos, las tardes en tabernas pestilentes, los espionajes inverosímiles en rincones de escalera, el seguir a personajes grotescos, los trayectos repetitivos y aburridos, los datos intrascendentes anotados en la libreta. Después de pasar revista a esas actividades, le parecieron tan absurdas e infantiles que casi se le escapa una sonrisa.

Desengañémonos, aquel no era el auténtico Mauricio; era un doble que se divertía a su costa. ¿Qué dirían los clientes de la fábrica si supieran que el otro Mauricio perdía el tiempo y malgastaba energías empeñándose en descifrar jeroglíficos sin pies ni cabeza? ¿Y qué hartón de reír se darían sus amistades del Ecuestre si lo vieran introducirse en ambientes sórdidos por otro motivo que no fuera el de probar nuevos placeres? Le parecía imposible haberse abandonado con tanta pasión a aquella mascarada. El episodio mismo de Rita, ¿qué había sido sino una travesura? Tal vez su desaparición había sido solo la travesura final. Ahora había llegado la hora de bajar el telón y enfrentarse con la realidad. A partir de ese momento todos los minutos contaban y quedaban registrados en el calendario.

En casa no le esperaban a comer. Deshaciendo el camino, volvió a la plaza de Cataluña para comer en el Café de la Luna. Eligió unas cuantas exquisiteces del menú y apurados el café y la copa de coñac, pasó media hora más hojeando el periódico antes de dirigirse al Ecuestre, dispuesto a recuperar el tiempo perdido. Su entrada en la sala de juegos fue casi teatral. Los que lo apreciaban sinceramente como su primo y también aquellos que preferían no tenerlo cerca para evitar que su presencia les hiciera sombra, reaccionaron con muestras de euforia. Se quitó la americana sin prisa, se arremangó las mangas de la camisa, pidió un whisky de importación y se metió en la partida de póquer que Alberto, Juan, Sebastián y dos jóvenes socios acababan de empezar.

—Hoy pienso dejaros a todos con los bolsillos vacíos.

Fue una bravuconada que resultó ser cierta. Durante las dos horas que siguieron ganó mucho más de lo que perdió y con las ganancias pagó unas cuantas rondas de consumiciones.

—¿No queríais ir a La Buena Sombra el otro día y llevar a unas cuantas chicas al piso de Sebastián?

—Un desastre. La amiguita de Sebastián tenía gripe y al final fuimos los tres solos al cinematógrafo Napoleón. ¡Qué aburrimiento!

—A estas alturas la amiguita de Sebastián ya se habrá repuesto. Que se busque tres o cuatro amigas más y montaremos una buena fiesta.

—Mauricio, vuelves a ser de los nuestros —sentenció Sebastián con una solemnidad cómica.

Cenaron en La Buena Sombra y salieron a las doce y media con botellas de cava en los bolsillos acompañados por la amiga de Sebastián, que se llamaba Aurora, y cinco chicas más que formaban parte del espectáculo.

Una vez en la calle subieron a una jardinera que, como no tenía suficientes asientos libres para todos, obligó a las muchachas a sentarse en las rodillas de los hombres. Una de ellas se decidió rápidamente por Mauricio, quitándole el sitio a otra con un rápido regate. Durante el trayecto hasta Sarriá, comenzó a comérselo a besos con una voracidad que parecía que iba a devorarlo de pies a cabeza y que no quedaría ni un bocado cuando saliera el sol.

El nido de Sebastián estaba en un ático flanqueado por dos magníficas terrazas. Estaba bien provisto de bebidas, plantas, alfombras, sofás y otras superficies blandas, más una serie infinita de rincones oscuros y tenebrosos idóneos para ocultar las intimidades de los lujuriosos invitados. Entre las explosiones de los tapones de corcho y el rumor de las cascadas de burbujas, Mauricio se sentó al piano y tocó de memoria un par de danzas de Granados. Cuando la chica portátil que llevaba colgada del cuello protestó porque aquella música le parecía muy aburrida, interpretó decidido una polca y después, una cavatina. El alcohol, en lugar de entorpecerle los dedos, parecía que los hacía más ágiles y ligeros. La chica aplaudía y lanzaba carcajadas al aire, cuando no ahogaba al pianista con sus abrazos.

Por las terrazas abiertas entraba una brisa húmeda, perfumada, protectora. Sebastián hacía juegos de manos con los interruptores hasta conseguir la media luz idónea. Tras un primer momento de brindis, baile y desenfreno, siguió un paulatino descenso de ruidos, gritos, alboroto y movimiento que dio paso por fin a susurros y un discreto recogimiento hacia los diferentes territorios que cada pareja marcaba como suyo. Mauricio no podía precisar en qué momento ni cómo había resbalado de la banqueta y de qué forma la muchacha —cuyo nombre nunca llegó a saber— le había arrastrado bajo las patas del piano. Veía a medias cómo su primo abrazaba a una figura monumental de melena oscura y alborotada, y cómo Sebastián desaparecía pasillo adentro con la que debía de ser Aurora, pero cuya cara no hubiera reconocido si se la hubiese encontrado al día siguiente. Recordaba entre brumas, suspiros, jadeos y botones que se escapaban de los ojales, las caricias apresuradas de la muchacha y las respuestas rítmicas y automáticas de su propio cuerpo, como si fuera el de otro que se encontrara a kilómetros de distancia. Recordaba la sensación de evaporarse del todo, hasta la última gota, como la música y el alcohol.

La despedida y el regreso a casa eran una mancha oscura en su memoria. No sabía cómo había bajado de Sarriá, ni cómo había entrado en el portal y encontrado la puerta del piso, ni tampoco cómo se había desnudado y se había metido en la cama. Solo recordaba vagamente que el sueño había llegado como una caída lenta en el interior de un pozo de profundidad infinita.

El domingo se despertó a las once y media con la garganta ardiendo por el humo y la bebida y la cabeza hueca como una caja de resonancia. Al descorrer las cortinas, la luz le hirió la vista. El malestar que sentía le provocaba náuseas. Solo bebió café y vegetó el resto de la mañana. Por la tarde, hizo un esfuerzo y se fue al Condal a jugar al frontón. Durante los primeros minutos, le pesaban los brazos y las piernas, pero al poco rato ya cubría la pista con rapidez y los pelotazos eran cada vez más potentes y certeros.

Aquella semana fue a menudo al Ecuestre y salió una noche sí y otra también. Un par de mañanas llegó al trabajo más tarde que de costumbre y su padre le amenazó con recortarle el sueldo si reincidía. Volvía a comer en abundancia sin hacer aspavientos, y las salidas ocurrentes y la sonrisa panorámica afloraban a menudo a sus labios. En la fábrica reanudó las conversaciones en francés, aliñadas con expresiones castizas y pícaras, con los clientes que últimamente lo habían encontrado algo más reservado. Cuando paseaba entre los telares, se permitía el lujo de hacer alguna broma a los operarios —especialmente a las tejedoras— y a la pequeña Remedios le acariciaba levemente la cabeza con aquella mano suave que parecía incapaz de oprimir o hacer daño.

Lidia se quitó un peso de encima. Había recuperado a Mauricio, al Mauricio de siempre. La aureola brillaba con más fuerza y su hijo daba, de nuevo, la impresión de poseer una gran facilidad para vivir.

5

Barcelona és bona si la bossa sona. Y si la bolsa no suena, Barcelona también es buena. Tanto si suena, como si no... Barcelona... duerme la mona. La mona. La mona y el mico y un señor de Puerto Rico. La mona. Yo también dormiré la mona. La mona y el mico. Tan pronto como me acuerde de d-dónde vivo. Dormiré la mona. Ya me vendrá a la memoria. En cuanto encuentre la calle. Seguro que la parienta se despierta. Son las tres de la mañana. No, las tres de la tarde. De la ma-mañana, de la tarde. Las tres de la tarde y está oscuro como la boca del lobo. Buena mujer, la parienta. Buena mujer, la parienta. Una s-santa. ¿Quién dice que no, eh? ¿Quién lo dice?, que le doy un puñetazo. Un p-puñetazo, así. Número... calla, que no lo veo. Pone número 27; no, 21; no, 27; 27-21; 21-27... ¿Por qué tiene que estar tan oscura la calle? Ma-Maldito ayuntamiento. Ya he pasado una vez por esta calle. Barcelona és bona... Ahora se bifurca. La calle se bi-bi-furca. ¿Voy a la derecha o a la izquierda? Derecha, izquierda; derecha, izquierda. Tiremos para la derecha. Siempre a la derecha para ir a casa. Eso es, a la derecha. Ah, espera, espera, espera... que me parece que voy hacia la izquierda. Ya he pasado antes por esta calle. He ido a la izquierda, no, hacia la derecha, hacia la izquierda...

¡Eh!, ¿qué ha sido de la botella? Yo tenía una b-botella. ¡Al ladrón! ¡Vigilante! La botella, mi b-botella ¡Ah!, aquí está. Botella, botellita mía... ¡Está vacía! ¿Quién me ha mangado la ginebra, eh, quién? Ladrones. ¡Vigilante! ¿Era ginebra, verdad? Sí, hombre, ginebra. ¿O era anís? Bah, qué más da ginebra como... Este barrio ya no es lo que era. ¡Ni por asomo! Gentuza, nada más que gentuza. *Barcelona és bona...* Barcelona está llena de gentuza. Buena gen-gentuza. Si la bolsa suena. Pero no suena, ¡ja, ja! La bolsa no suena y la botella está vacía. Ladrones, gentuza. ¡Vigilante! Espera, mujer, que ya voy. En cuanto me acuerde... Nadie, en la calle no hay nadie. Barcelona duerme la mona. Este es el problema. Barcelona tiene una mona monu-monu-monumental. Mona monuuumental. La mona y el mico. Y el señor de Puerto Rico. Se bifurca, la calle se bi... No acaba nunca de bi... Barcelona está mareada. Como una so-sopa. Tanto si suena como si no suena... duerme-duerme la mona.¡Eh! Estas palmeras ya las he visto... No jodas, ¿eh? Esto no vale. Ya has pasado por aquí, Agustín... te digo que sí, q-que ya has pasado por aquí. Paciencia, mujer, que ya voy. En cuanto encuentre... algún sitio donde me llenen la botella. La botella estaba llena, bien llena. La-Ladrones, gentuza. Ya ni siquiera se puede ir por la calle. ¿Qué coño le pasa a esta calle? Se bifurca, no para de bi... *Barcelona és bona...* Ningún bar abierto ¿Me queréis decir quién me va a llenar la botella? Gandules, lo que no queréis es trabajar. Gandules. No hacéis n-nada de provecho. Oscuro, cerrado a cal y canto. Barcelona duerme la mona. La mona y el mico. Y la botella vacía y el señor de Puerto Rico. Gandules, la-ladrones. Os lo digo yo, Agustín. Gentuza. Ya ni siquiera se puede ir por la calle. ¿Y dónde lleva esta calle, eh? ¿Quién la ha cambiado de sitio? Y vuelta otra vez... las palmeras. Me parece que estas palmeras... Mujer, no te preocupes que ya voy. ¡Ya voy, re-reina, ya voy! En cuanto me acuerde de la calle. Calle, calle... Número... 27. No, 21. Y hablando de eso, ¿qué se ha hecho de la calle, eh? ¿Quién la ha cambiado de sitio? Gentuza, más que gentuza. *Barcelona és bona*... tanto si suena, como si no su-suena. ¡Eh, alto! ¿Quién va? Un gato. Miau, marramiáu, no te escapes... Ven, que te pregunto una cosa... Jefe, ¿tú sabes quién me puede llenar la botella? ¿No? ¡Pues estamos arreglados! Ya no se puede andar por la calle. Nadie sabe nada. ¡Gandules, que sois una pandilla de gandules! ¡Vagos, que no queréis trabajar! *Barcelona és bona*... que no servís ni para llenar una botella. ¿Era ginebra, verdad, lo que bebía? No, anís. No, ginebra. A ver si todavía queda. Nada. Ni una gota. Ladrones. Barcelona duerme la mona. ¡Que no te enfades mujer, que ya voy! ¡Ya sé que me echas de menos! En cuanto la calle acabe de bifurcar-se, de bi... *Barcelona és bona si la bossa sona*. La mona, el mico y el señor de Puerto Rico. En la próxima esquina, giraremos a la derecha. Ya estoy cansado de esta calle que se bifurca. ¿Qué se han creído, cambiar las calles de sitio? Gentuza, ladrones. Antes se podía pasear por aquí. Había gente y faroles encendidos. Las calles no se bifurcaban. Se quedaban en su sitio. Sí, señor. Señor de Puerto Rico. Había bares que te llenaban la botella. Solo con que uno me llenara la botella... me acordaría de la calle. Ese es el error. Que son gandules y no quieren trabajar. Ladrones. Si lo siento, es por la parienta. La parienta sufre. Ya voy, Ramoneta, ya voy. ¿Qué es eso que se mueve? Una rata. Dos ratas. Diez ratas. Once, doce, trece... La calle está llena de ratas. ¡Miau! ¡Miau! ¿Y el gato? ¿Dónde está el gato? Gandules, que cuando se les necesita no se les encuentra. ¡Fuera, rataza, fuera! ¡Fuera de aquí! ¿Es la ginebra, verdad? Lo que queréis, es quitarme la ginebra. Ladrones, gentuza. ¡Fuera!

Barcelona és bona... Ahora se van. Ya se han ido. ¡Adiós, ratazas! Ahora puedo buscar la calle. Se llama calle... Número... ¡Ya voy, Ramoneta, ya voy! Si viera a alguien, le preguntaría. Oiga para ir a la calle... número... No hay nadie. Este barrio no es el que era. ¡Qué va! ¡Ni de lejos! Quién te ha visto y quién te ve... Barcelona duerme la mona. Tanto si suena como si no suena. El suelo no es llano. Unos adoquines están más altos que otros. Cuesta andar por ellos. Que lo arregle el ayun-ayuntamiento. Gandules, que son una panda de gandules. Así no se puede ir por la calle. Esta calle se bif...se bif...urca. Yo creo que se bif...urca demasiado. Y todo para volver a salir a la plaza. Y venga palmeras. ¡Qué hartón de palmeras! Ramoneta, que ya falta poco. Ya casi estoy ahí. La mo-mona, el mico y el señor de Puerto Rico. Eh, ¿es que nadie va a llenarme la botella? ¡Ginebra, he dicho! ¡Llenadme la botella de ginebra! No me acuerdo de dónde vivo. ¿Y qué? A nadie le importa dónde vivo. No sufras, Ra...moneta, que estoy llegando. Si aquí no queréis servirme, cambiaré de bar. ¡Ya lo creo! Cambiaré de ba-barrio. No se me ha perdido nada en este barrio. *Barcelona és bona si la bossa sona.* ¿Y la botella? La botella no suena. En cuanto encuentre la calle, ¡arriba y a dormir con la parienta! Ya va, Ramoneta, ya va.

Eh, esto ya es otra cosa. Esta calle va re-recta. Este camino no es-está torcido. No se bif... A-ahora, ahora voy por buen camino. Ahora, sí que te encontraré Ramoneta. Ni una gota. No queda ni una gota. La-ladrones, vagos. Vergüenza, que no tenéis vergüenza. ¡Eeeeeh! ¡Que me llenéis la botella, os digo! ¡Que lo arregle el ayuntamiento! El ayunt... *Barcelona és bona.* Tanto si suena como si no suena. ¿Cómo que no suena? Gandules, ladrones. La calle va en línea recta. ¡Adelante! Ya voy, Ramoneta. ¡Adelante! ¡Tira pa'lante! Se alarga, se acorta. Se alarga y se acorta. ¡Quieto! ¡Estate quieto! ¡La botella, que me llenen la botella! Ni una go-gota. Al final, giraré a la derecha. No, a la izquierda. No, a la derecha. Derecha, izquierda...

¡Eh! ¡Alto! ¿Qué es eso de ahí? ¡Eh! Un bulto. Al final de la calle hay un fardo. Ya-ya estamos al final de la calle. ¡Ja, ja! Fardo, apártate. Apártate, estorbo. Deja paso libre. Apártate, te digo. Lléname la bo-botella. Paso, he dicho. Déjame pasar. Fardo ¿estás sordo? Apártate, que me espera Ramoneta. Ra-ramona, ¡ya voy! Es un fardo muy grande. ¡Caray! Blanco, de color blanco. Todo... todo está oscuro menos el fardo blanco. Fardo... en medio de la calle. ¡Apártate! Blanco... t-todo blanco. Veamos... todo blanco. ¡Mentira! ¡Ja, ja, mentira! No, no, no. Rojo. Un fardo rojo. Señor fardo. ¡Ah, ja, ja! Perdone... se-señora fardo. ¡Es señora fardo, ja, ja! ¿O es señorita, eh? Blanco, rojo, rojo, rrro-rojo... fardo. ¡Virgen santa! ¡Dios mío! ¡Auxilio! ¡Corred! ¡Una desgracia, ha habido una desgracia! ¡Vigilante! ¡Vigilante! ¡Vigilante!

Entró en el Ecuestre silbando distraídamente. No sabía dónde se le había pegado aquella melodía insulsa, que le rondaba la cabeza desde que se había levantado, por cierto no demasiado pronto. Cruzó el bar y saludó a Evaristo que estaba fregando vasos detrás de la barra, y a algunos socios conocidos; después, subió la escalera alfombrada con agilidad pero tranquilo, aunque recorrió el último tramo subiendo los peldaños de dos en dos con piernas largas y flexibles. En la barbería, le esperaba Alberto. Desde que eran muy jóvenes, habían respetado la costumbre de acudir juntos al barbero. Tenían día y hora fija y nunca faltaban a la cita, a no ser que uno de los dos estuviera enfermo, lo cual ocurría pocas veces. Alberto necesitaba más tiempo porque se arreglaba la barba; su primo seguía la moda de ir afeitado.

Los dos habían heredado los rasgos de la familia Palau, pero ese parecido era más evidente en Mauricio. Compartían unas facciones correctas —la nariz patricia, la mirada serena y la boca sensual— pero los rasgos de Alberto eran menos definidos, y el negro de sus cabellos menos intenso. Aunque tenía una buena estatura, no era tan esbelto como su primo.

Eladio, el barbero, comentaba la reciente actuación del *Musclaire* en el Teatro Español, mientras arreglaba la barba de Alberto:

—Cuando tiene un buen día, es decir, cuando no ha bebido, canta como los ángeles. ¡Y qué potencia de voz, Virgen Santa! Ahora, como no coja la nota al principio, estamos listos. Hizo tres entradas antes de empezar a cantar. Dicen que solo se sabe «Marina», y que su maestro de canto no se ve con ánimos de enseñarle otra ópera. Deja que le dé lecciones solo si le pone delante un vaso de vino; si no hay vino, no hay clase. ¡Es un desastre! ¡Qué lástima! ¡Tanta voz y tan poca cabeza!

El sonido precipitado de las tijeras y las risas de los dos clientes puntuaban el monólogo. Agotado el tema del *Musclaire*, Mauricio se entretuvo hojeando el *Diario de Barcelona*, hasta que tuvo que echar hacia atrás la cabeza para que le humedeciera la cara. Tenía el pelo tan oscuro que, según cómo le daba la luz, despedía un brillo azulado que las mujeres encontraban muy atractivo. Eladio, por su parte, sentenciaba:

—Usted es de aquellos que, como mínimo, deben afeitarse dos veces al día, ¿me equivoco?

—No, Eladio, en cuestión de pelo eres una autoridad; no te equivocas nunca.

Una vez recuperada la efímera suavidad de sus mejillas,

retomó el periódico mientras Eladio le cortaba el pelo y seguía hablando de ópera con Alberto, que le esperaba porque habían decidido ir luego a montar a caballo. Leyó las últimas noticias de la revolución mexicana y los titulares de la sección nacional, sin pararse en detalles, y se concentró brevemente en la información bursátil. Eladio manejaba las tijeras con la destreza habitual, preguntando sin esperar respuesta:

—¿Y qué vamos a hacer con este mechón, señor Aldabó? No hay fijador que pueda con él...

Había llegado a la página de deportes que merecía siempre una atenta lectura. El sol que entraba por la ventana, el olor a la loción que desprendía la piel, la acción monótona de las tijeras y los dedos de Eladio le envolvían en la somnolencia típica de las tardes de barbería. Pasó la página y, sin saber por qué, se puso tenso. La mirada se fue hacia un recuadro minúsculo y apenas visible entre dos columnas de imprenta: «Hoy, a las tres y veinticinco minutos de la madrugada, se ha descubierto el cadáver de una mujer en el callejón de las Tres Camas. Ha sido identificado como el de Rita Morera, de veintidós años, domiciliada en una pensión del número cinco de la misma calle. Aparentemente, la víctima se ha suicidado arrojándose desde el balcón del primer piso».

Las voces de Alberto y Eladio se alejaron hasta reducirse a un zumbido. De forma inconsciente, apretó los labios y tensó el cuerpo como si le faltara el aire. Los objetos que le rodeaban desaparecieron, envueltos en una nebulosa oscura que giraba a su alrededor cada vez más deprisa, y le dejaba la mente vacía. Solo veía chispas que surgían y al instante se extinguían, muriendo y volviendo a nacer casi simultáneamente. Le vino a la memoria una frase, ya olvidada, que Rita había pronunciado aquella última tarde: «... la habitación me daba vueltas como si fuera en el tiovivo». Sin saber muy bien qué hacía, se aferró a los brazos del sillón, con tanta fuerza que las articulaciones de los dedos palidecieron, como si pudiese así detener el vértigo. Pero el vértigo seguía ahí. La silla, el techo, el suelo desaparecieron, dejando lugar a una interminable caída en un agujero negro. No sabía cuánto tiempo había ido a la deriva, a merced de aquel terremoto anímico que lo quería tragar, asomado a un abismo lleno de horror y pánico; no lo sabía cuando oyó decir a Eladio: «¿Quiere alguna cosa más, señor Aldabó?», y el torbellino y el zumbido desaparecieron por fin y sus dedos, doloridos como si hubiesen sido sometidos a tortura, se liberaron de los asideros; nunca supo si los otros dos hombres se dieron cuenta de que el mundo le había caído encima.

Se levantó del asiento lentamente y con calma porque no se fiaba de sus movimientos ni de su estabilidad. Cuando estaba a punto de decirle a Eladio que cargara el servicio en la cuenta, cambió de parecer y sacó los billetes de la cartera, mientras decía en voz baja a Alberto que había olvidado hacer una gestión y debía irse enseguida. Este le miró extrañado:

—¿Y qué hacemos con lo de montar a caballo? ¿Quedamos para mañana?

—Mañana, no puedo. Ya te avisaré.

—Bueno, pues entonces, hasta la vista.

Bajó las escaleras sujetándose a la barandilla. El tacto le resultó novedoso puesto que no recordaba haberla utilizado jamás. De pronto, se encontró perdido entre la muchedumbre de la plaza de Cataluña como un sonámbulo, como un amnésico, como un extranjero sin amigos ni documentos de identidad, como un navegante que ha perdido la brújula y el rumbo. Tuvo que pararse unos momentos y centrarse antes de tomar el camino a casa.

Mientras cenaban, Lidia Aldabó lo miraba con aprensión. En cuanto su marido se retiró a fumar a su despacho, le preguntó:

—¿Qué tienes, Mauricio? Apenas has probado bocado y no tienes buena cara. ¿Qué te pasa?

Hizo un esfuerzo por sonreír.

—Son cosas de la edad, mamá.

—Déjate de bromas. Desde pequeño tienes la mala costumbre de no contestar a lo que se te pregunta.

—Bromas aparte, pues. Tengo un dolor de cabeza que parece que me va a estallar.

—Le diré a Doro que te prepare una tila y una aspirina.

Aceptó la tila y la aspirina para acabar con la conversación y poder escapar a su habitación lo antes posible. Al ver abierta la puerta del despacho, dio las buenas noches a su padre, que le respondió con una especie de gruñido distraído, sin dejar de sujetar la pipa entre los dientes. Aprovechando que estaba sentado de espaldas repasando unos papeles, Mauricio lo contempló unos segundos, como si supiera que un día desaparecería de su pensamiento, y quisiera detener en el tiempo la carrera hacia el olvido.

Una vez en la habitación se dejó caer sobre la cama con la mirada perdida por las molduras del techo, esforzándose inútilmente en recordar las facciones y el cuerpo de Rita. Al darse cuenta de que le resultaba imposible, comenzó a angustiarse de una forma insólita en su naturaleza tan poco dada a los extremismos. Sentía verdadero pánico. Era como si Rita nunca hubiera existido, y la noticia de su muerte también fuera una quimera nacida de su imaginación. Se levantó de un salto cuando recordó que tenía una fotografía que ella le había dado cuando empezaron a salir. Encendió todas las luces y registró armarios, cómodas, vestidor y mesita de noche con una sensación de urgencia que nunca había experimentado, introduciendo los dedos impacientes en los rincones y en los bolsillos de la ropa. Sudaba por todos los poros de su piel. Por fin, entre un montón de cartas de diferentes personas que no sabía por qué las había conservado, encontró la fotografía. Se sentó de nuevo en el borde de la cama para observarla detenidamente. Una de las esquinas estaba doblada. La belleza de Rita, rústica y sin misterio, matices o sutilezas, resultaba vulgar debido a la pose que adoptaba ante un fondo de camelias. Ella se había empeñado en que Mauricio llevara consigo esa fotografía. Ese tipo de tonterías le divertían, y también a él, en el pasado. Ahora, sin embargo, la ridícula imagen de la muchacha a quien, como a todas las demás, no había querido, le conmovió. Un espasmo le hizo doblar la cintura, se le anudó en la garganta y estalló en llanto. Lloró como nunca lo había hecho antes ni cuando era un niño, con impotencia y desesperación, sollozando con una intensidad sin reservas, entregando el cuerpo a las acometidas de la pena.

Incapaz de enfrentarse a la oscuridad, dejó el quinqué encendido como cuando era pequeño. Se desnudó y se metió en la cama sin dejar de llorar con las mejillas y los ojos enardecidos como si tuviera fiebre. No sabía de dónde provenían tantas lágrimas ni cómo el corazón podía latirle a un ritmo tan violento, que acallaba el tictac del reloj de la mesilla de noche. Por primera vez sintió ganas de morirse y, peor aún, miedo a volverse loco. No podía pensar ni explicar con claridad lo que le pasaba. Era una emoción que desconocía y que le había asaltado con tanta furia que anulaba todas sus facultades. Se durmió de madrugada, agotado, sobre la almohada húmeda.

Llegó a la fábrica tan temprano que sorprendió a su padre. Trabajó en silencio en su despacho y, cuando no tenía nada que hacer, intentaba ocuparse en algo para no pensar y evitar que el dolor y la pena lo embargaran de nuevo. Sin energía pero con eficiencia, contestó telegramas, tramitó pedidos pendientes, pasó revista a los telares e inspeccionó personalmente la llegada de un cargamento de hilaturas, con el contramaestre siguiéndole los pasos a una distancia prudencial y con actitud de confidente respetuoso. A las seis y media preguntó a su padre si le necesitaba para alguna cosa más y, en vista de su negativa, salió y cogió el coche de alquiler.

Sabía lo que tenía que hacer. No sabía qué era La Perla de Oriente, quién era la señora Prat, quién había sido Rita, quién era su padre, quién era él mismo. Pero tenía claro lo que debía hacer. La catarsis de la noche anterior le había drenado las emociones y el ánimo para todo lo que no fuera su objetivo. No tenía ganas de hablar con las personas de su entorno, ni de ver a los amigos, ni de reemprender las actividades cotidianas a pesar de la impresión de diligencia que había dado en la fábrica. Quería quedarse solo con su propósito y llevarlo a término hasta las últimas consecuencias. Si no lo conseguía, entonces sí que estaba perdido; no tendría salvación. Ignoraba cómo y en qué momento se había producido el cambio: se había dormido en un estado de total confusión y al despertarse aquella mañana lo había visto claro. Era muy sencillo. Se habían invertido los papeles: el Mauricio que iba a la fábrica, jugaba a las cartas en el Ecuestre y cumplía con las exigencias sociales y familiares sería, a partir de ahora, el falso. El auténtico acababa de cruzar la plaza Real y se internaba en el callejón de las Tres Camas.

Al bajar los escalones de la taberna, Mariano le saludó efusivamente. En aquel ambiente, la figura de Mauricio era muy fácil de recordar. Dos mujeres de treinta y cinco o cuarenta años, con delantales de trabajo y aspecto dudoso, cuchicheaban entre ellas en una mesa; un poco más lejos, un hombre con los ojos vidriosos y la pose solemne del bebedor solitario, no les quitaba los ojos de encima.

Pidió una *barreja* y la edición de la tarde del periódico mientras sacaba la libreta y el lápiz del bolsillo.

—¿Cuánto es? —preguntó, y al oír la respuesta dejó el dinero sobre la mesa por si tenía que irse precipitadamente.

Durante los primeros diez minutos no pasó nadie, a excepción de un afilador que pregonaba con entonación y acento característicos: «El afilaor...». Una mujer salió corriendo de un portal situado al principio de la calle y le pidió que le afilara unas tijeras. Una vez acabada la operación, el afilador volvió a empujar la rueda que saltaba ruidosamente sobre los adoquines hasta perderse en dirección a la plaza. Pasó un rato más, durante el cual las dos clientas de la taberna miraban de reojo a Mauricio, quien ya empezaba a estar acostumbrado a ese tipo de escrutinio. El misántropo ebrio continuaba impasible con su pose de momia.

De los edificios lindantes salieron y entraron dos o tres personas, pero nadie salió del número cinco, hasta que cruzó el umbral la figura de un hombre de más de cincuenta años, con expresión arrogante y vestido con ropa cara. Mauricio miró hacia arriba y observó que, tras el balcón del primer piso, las persianas continuaban bajadas. Dio un sorbo a la *barreja* y, dispuesto a dejar pasar las horas, echó una ojeada a los titulares del periódico. Las dos mujeres pagaron y se fueron, mirándole descaradamente al pasar por su lado. Unos minutos después, un hombre que venía de la plaza, a quien nunca había visto, entró en el número cinco. Sin perder un segundo, salió de la taberna y en cuatro zancadas se plantó en el portal y entró en él con mucho cuidado. El hombre acababa de subir el primer tramo de la escalera.

Sabía por experiencia que debería renunciar a la protección del hueco de la escalera, porque desde allí no podía oír las voces del primer piso. Se paró un instante y, cuando los pasos del otro ya resonaban en el rellano del entresuelo, se quitó los zapatos para evitar cualquier ruido y subió tras él. La escalera era empinada y oscura, con los escalones alicatados y el borde de madera desgastada. A tono con la miseria del rellano, había una ventana con un vidrio roto que daba a un patio de luces demasiado estrecho para dejar pasar la luz, y un pequeño asiento triangular de obra en cada esquina. En uno de ellos, Mauricio permaneció inmóvil, con los zapatos en la mano y aguantando la respiración, esperando que los pasos se detuvieran ante la puerta indicada o continuaran escaleras arriba. Solo pedía que, durante unos minutos, no subiera ni bajase ningún vecino inoportuno que impidiese oír los movimientos del desconocido.

Los pasos cesaron y el hombre dio dos golpes de picaporte en el número uno. Mauricio se encontraba en el lado opuesto, entre la ventana del patio de luces y la segunda puerta del entresuelo. Desde allí la escena quedaba dentro de su campo de visión. Claro que también podían verle a él, pero el riesgo era menor gracias a la oscuridad del rellano y al traje gris que, previsor, llevaba puesto. Después de unos estridentes sonidos de cerradura y cadenas, la puerta se abrió lentamente. Una mujer gruesa de cabellos blancos recogidos en un moño alto, saludó al visitante que, seguidamente, metió la mano en el bolsillo interior de la americana y sacó un objeto que Mauricio no pudo identificar porque la espalda del hombre se lo impedía. Estiró un poco la cabeza hacia fuera y, cuando la mujer tomó el objeto en sus manos, le pareció que se trataba de una tarjeta. La impresión quedó confirmada por las palabras:

—Pase, pase. Usted es como de casa; sobran las formalidades.

Y la puerta se cerró con cuidado para evitar hacer ruido. Se calzó y bajó con cuidado puesto que apenas veía los escalones. Desafiando la sorpresa de Mariano, que al verle regresar a la taberna dejó momentáneamente de limpiar el mostrador con la bayeta. Mauricio se sentó a la mesa que quedaba más próxima a la calle y pidió otra *barreja*. Apenas había tocado la primera.

—Sí, señor, como quiera —dijo el tabernero, disimulando la extrañeza que le causaba el excéntrico comportamiento del forastero que, al igual que la vez anterior, pagó la bebida antes de consumirla.

En otro rincón, un grupo de ancianos jugaban a las damas y armaban jaleo mientras fumaban cigarros pestilentes. El bebedor momificado ya se había marchado, pero en ese momento entró otro, totalmente diferente. «Es curioso —pensó Mauricio, recordando de repente al mal llamado señor Sánchez— que se pueda beber de tantas formas diferentes. El nuevo cliente, que distaba mucho de ser un pipiolo, se tambaleó hasta el mostrador con una botella vacía en la mano:

—Lle-lléname la botella, venga, llen...

—Sí que la has pillado buena hoy, Refranes. Ya está bien, ¿eh?

—Lle-lléname la botella...

—Sí, hombre, sí. Veamos cuánto dinero llevas.

Mariano le registró los bolsillos desde detrás del mostrador, sacudiéndolo como si fuera un muñeco de trapo.

—Llen...

—Ya va, ya va.

Y se volvió, refunfuñando, para llenar la botella del tinto de una de las botas. Entretanto, el Refranes se apoyó en el mostrador de cara al público y recitó:

—*Barcelona és bo-bona, si la bossa sona.*

Silencio.

—*I si la bossa no sona...*

Silencio y después, con decisión:

—*Barcelona també és bona.*

—¡Olé! —gritó uno de los jugadores de damas.

Estimulado por la buena acogida, el Refranes prosiguió, como era de esperar:

—Tanto si suena como si no suena...

Silencio prolongado para medir el efecto del último verso:

—Barcelona duerme la mona.

Los jugadores estallaron en carcajadas. Incluso a Mauricio, que no apartaba la vista de la calle, se le escapó una sonrisa a pesar de su tétrico estado de ánimo. Inesperadamente, el Refranes se abalanzó sobre el tabernero, lo sujetó por las cintas del delantal, y en tono patético dijo:

—Un fardo, había un fardo...

—Sí, hombre, sí, ya lo sé. Ya me lo has explicado muchas veces. Venga, vete a casa que la marquesa se impacienta y el faisán se enfría...

Nuevas carcajadas de los jugadores de damas.

—Al extremo de calle había un fardo...

—Venga, Refranes, vete a casa a dormirla y que Dios te ampare.

—Un f-far-fardo blanco...

En medio de un murmullo largo e incoherente, Refranes avanzó a trompicones hasta la salida, subió los escalones haciendo equilibrios tan precarios como increíbles, y puso rumbo hacia la plaza Real, sin abandonar su monólogo sobre el fardo.

Poco después de la actuación del Refranes, Mauricio vio pasar a un hombre por delante de la taberna y desaparecer en el interior del número cinco. Se levantó precipitadamente y repitió la operación anterior en todos sus detalles. Cuando vio que el visitante se paraba en el primer piso y llamaba a la misma puerta que el anterior, puso los cinco sentidos en observar lo que sucedía a continuación. La mujer de cabellos blancos abrió de nuevo. Amparado por el velo cada vez más tupido de la noche y la falta de iluminación de la escalera, se arriesgó a sacar la cabeza más de lo que se había atrevido antes. Al igual que su predecesor, el hombre sacó un objeto del bolsillo y se lo enseñó a la mujer, que fijó la vista un momento y, abriendo la puerta de par en par, dijo:

—Ya puede pasar.

El quid de la cuestión era, por tanto, la tarjeta.

A pesar de que había ido al callejón de las Tres Camas con la intención de presentarse en el piso, comprendió enseguida que si erraba el primer tiro, no tendría ocasión de disparar el segundo. Se lo jugaba todo a una sola carta y era la única que tenía. Si en un principio le cerraban el paso, no se lo abrirían jamás.

Al llegar a casa y no ver a su padre, le preguntó a Lidia, que estaba leyendo en la sala:

—¿Y papá?

—Tiene una visita. ¿Ya has cenado?

Lidia se daba cuenta de que su hijo tenía otra vez ese aire abstraído y concentrado que tanto le preocupaba. «¿Se tratará de una mujer?», se preguntaba y, al momento, rechazaba tal teoría pensando que a Mauricio las mujeres nunca le habían hecho daño. Por otra parte, ¿qué otra cosa podía ser? ¿Una deuda de juego? Esta posibilidad era aún más remota, dado que jugaba en el Ecuestre y era muy difícil que Rodrigo

Aldabó, que era socio honorario y pagaba las facturas, no se hubiera enterado.

Mauricio se fue a su habitación y al pasar por el despacho de su padre, vio que la puerta estaba cerrada. Por el resquicio se filtraba un rayo de luz, pero no se oían voces ni ruido.

Se cambió de ropa, cenó solo sin fijarse en lo que comía y, en cuanto acabó los postres, fue hacia el despacho. Suponía que la visita todavía no se había ido porque no había oído abrirse ni cerrarse la puerta. Efectivamente, el despacho continuaba cerrado y la luz encendida. Tal vez ya habían salido y su padre no se había acordado de apagarla, se dijo sin demasiada convicción, y a continuación llamó suavemente a la puerta. Silencio. Abrió un palmo, poco a poco, e inspeccionó el interior.

Rodrigo Aldabó estaba sentado detrás de la mesa de caoba, con las mejillas enrojecidas y la barba blanca sobre el pecho, durmiendo con una respiración profunda y rítmica. La butaca que quedaba de espaldas a la puerta estaba ocupada por otra persona, de la cual solo se distinguía un pie estirado sobre la alfombra y calzado con zapato masculino. Fue de puntillas hasta situarse ante el asiento que ocupaba el visitante y se quedó helado. Era el hombre del bigote negro y piel cerúlea que había visto entrar varias veces en el portal del callejón de las Tres Camas y estaba durmiendo tan plácidamente como su padre. Sobre una mesa auxiliar, situada a su lado, había una botella de coñac medio vacía, dos copas y un habano que todavía humeaba.

Los ojos de Mauricio se detuvieron unos instantes en la fisonomía translúcida y el pequeño cuerpo del forastero. Con movimientos felinos, aplastó el cigarro en el cenicero y salió de puntillas, tal como había entrado. Una vez en su habitación, dejó el quinqué encendido y se sentó sobre la cama para evitar la tentación del sueño. Estuvo atento al abrir y cerrar de puertas y, al cabo de un rato, oyó a su madre caminar por el pasillo en dirección al dormitorio. Y así, vigilando, como un intruso en su propia casa, pasó cerca de dos horas.

Cuando ya eran más de las doce y media se produjo un cierto movimiento en el pasillo. Saltó de la cama y con cautela abrió la puerta un par de dedos. Con dificultad, vio las siluetas de los dos hombres en el recibidor, que estaba totalmente a oscuras. Captó, eso sí, las voces amortiguadas y el lamento sostenido de la puerta. Evidentemente, unas horas antes habían sucumbido al ambiente recogido del despacho y al tibio cosquilleo del coñac en las venas, y no habían despertado hasta pasada la medianoche.

Volvió a cerrar la puerta y esperó a que su padre se acostara. Veinte minutos después, cuando calculó que ya se había dormido, abandonó su habitación a tientas, cuidando de no tropezar con los muebles que adornaban el inmenso corredor. Afortunadamente, el matrimonio ocupaba la alcoba y la sala del fondo, mientras que el despacho estaba al otro extremo del piso. Al llegar, cerró la puerta tras de sí sin hacer ruido y no encendió la lámpara del techo, sino la que estaba encima de la mesa. Sentado en la poltrona de piel que ofrecía un molde perfecto del cuerpo de Rodrigo Aldabó, comenzó a registrar los cajones sin prisa pero sin pausa. Dentro de una caja de tabaco, encontró las tarjetas del médico, del sastre, del notario, de amistades, de establecimientos y otros negocios que le resultaban conocidas. Las repasó todas, se dio cuenta de que no había ninguna de La Perla de Oriente, y las guardó de nuevo. A continuación separó los papeles, sobres y cuadernos del cajón del medio y, antes de cerrarlo, alargó la mano y tropezó con un paquete arrinconado al fondo. Estaba envuelto en papel de seda blanco y atado con un cordel. Al deshacerlo, aparecieron unas tarjetas en las que ponía:

COMPAÑÍA DE MUDANZAS LA FIDELIDAD

CALLE VILLARROEL, 29

BARCELONA

Le llamó la atención la parquedad del texto y la abundancia de tarjetas —contó veintidós— y también el hecho de que estuvieran tan bien envueltas y apartadas del resto. Cogió una, rehízo el paquete con dedos ágiles y seguros, y lo colocó en el mismo sitio donde lo había encontrado.

En su habitación se respiraba un aire espeso y cálido. Abrió las ventanas y, una vez escondida la tarjeta en la cartera, se quitó la ropa y se metió desnudo en la cama. Se quedó dormido al instante.

Al día siguiente, al salir de la fábrica, el coche de alquiler lo llevó a la calle Villarroel. El número 29 era un edificio viejo de dos pisos con una tienda de ultramarinos en la planta baja. La gente hacía cola ante el mostrador, aprovechando las últimas horas del día para comprar aquello que se les había olvidado. Mauricio esperó su turno a una distancia prudente y cuando se marchó la última clienta, el tendero, un hombre bajo y rubicundo, le preguntó:

—Buenas tardes. ¿Usted no es el representante del jabón Lagarto, verdad?

—No. —Mauricio sonrió levemente.

—Ya me parecía a mí que no. ¿En qué puedo servirle? —dijo mientras pasaba una bayeta por el mármol recogiendo restos de queso y fiambre.

—Estoy buscando una casa de mudanzas, La Fidelidad.

—¿Qué dirección le han dado?

—Esta. Villarroel veintinueve.

Mauricio sacó la tarjeta de la cartera y se la acercó. El tendero interrumpió la limpieza del mostrador y, después de leer la dirección, negó con la cabeza.

—Aquí solo hay dos pisos; el de encima de la tienda donde vive un servidor con su mujer y sus dos hijos, y el de arriba que es de un matrimonio anciano. Le han informado mal. Hace diez años que estoy aquí, y no he oído hablar nunca de esta firma.

6

Aquel sábado por la tarde se encontró de nuevo, como una marioneta movida por hilos mecánicos, en el callejón de las Tres Camas pero, en lugar de refugiarse en la taberna de Mariano, entró con aire decidido en el número cinco. Sentía una sensación liberadora al franquear el portal sin necesidad de esconderse, menospreciando la protección del hueco de la escalera y desafiando la oscuridad con un traje de hilo blanco. Por primera vez, enfiló los escalones sin imponer silencio ni invisibilidad a sus pisadas; por fin, el verdadero Mauricio salía a la luz. Sabía que ahora se jugaba el todo por el todo, que llevaba en el bolsillo la baza definitiva. Sabía, también, que sin riesgo no había victoria, y que tarde o temprano debía enfrentarse al momento decisivo.

Los escalones eran tan altos y los tramos tan largos que, a pesar de estar en buena forma física, llego al primer piso sin aliento. Delante de la puerta, observó la mirilla redonda, enmarcada en una pieza dorada y bruñida y dio dos golpes con la mano de bronce. Desde el rellano, se oían unos gemidos que no parecían humanos. La mirilla se abrió con un movimiento circular y notó que un ojo se esforzaba inútilmente por captar su imagen, puesto que el visor le quedaba a la altura del pecho y que él, a propósito, se había acercado a la puerta.

Probablemente esa precaución era innecesaria; sin embargo, sentía una especie de alegría malsana en esconderse, que quizá era consecuencia del hábito de espiar o de un deseo de venganza contra todos aquellos que se interponían entre él y la verdad.

Después del conocido ruido de cerraduras y cadenas, apareció la mujer de cabellos blancos recogidos en un moño. Sin quitarle la vista de encima, Mauricio introdujo la mano en el bolsillo interior de la americana, y enseñó la tarjeta de la casa de mudanzas La Fidelidad. La mujer estiró el cuello y entornó los ojos como si, a la luz de la vela del recibidor, no la pudiera leer; la puerta, obediente al poder del talismán, se abrió de par en par.

—Pase. Bienvenido.

El recibidor no era más que un pequeño ensanchamiento del pasillo; al igual que este, estaba inmerso en una media luz rosada. Después de colgar el sombrero en un perchero, al lado de otro, siguió a la mujer hasta una salita empapelada y alfombrada en tonos azules y granates. Entre los muebles, de estilo Luis XV, había un tresillo muy delicado, un aparador con espejo y varias mesas pequeñas en las esquinas. Sobre una de ellas vio una bandeja de plata con una botella de cristal llena de vino dulce, copas y unos cuantos bizcochos. Una cortina tapaba el minúsculo balcón; junto a este, un loro —sin duda el autor de los gritos que había oído en el descansillo—, examinaba al recién llegado desde un pie de madera, con una pata levantada y una cierta impertinencia. La sala, de techo bajo, también estaba escasamente iluminada, con una tonalidad más tétrica que la del pasillo, y olía a humedad. Dos cuadros de tema bucólico, con ninfas y pastores brincando por una Arcadia desconocida, animaban un poco el ambiente; junto a ellos, un sagrado corazón que exhibía una gran profusión de espinas y de gotas de sangre.

—Soy la señora Práxedes.

—Encantado —mintió Mauricio, tomando posesión del asiento que la mujer le señalaba y cruzando las piernas—. ¿Cómo se llama el loro?

—¿Le gusta? Todavía no le hemos puesto nombre, porque hace poco que lo tenemos. Cuando lo compré en una tienda de la calle Ferran, solo sabía decir disparates. No sé quién se los habrá enseñado. Pero, con paciencia, he conseguido que aprendiera a decir: «Ave María Purísima».

—¡Ave María Purísima! ¡Ave María Purísima! Rrrrr... —repitió como un eco estridente.

La señora Práxedes tenía las mejillas caídas, unos ojillos entelados que nunca enfocaban a un objeto concreto y una leve sonrisa, beatífica y elusiva, que no se despintaba nunca de sus labios. Le ofreció la bandeja a Mauricio, mientras de sus ojos escapaban algunas chispas, rescoldos de su época dorada.

—¿Tomará un pequeño refrigerio?

Lo último que deseaba era comer bizcochos y beber moscatel en compañía de aquella arpía pero sabía que no le convenía mostrarse arisco y aceptó.

—¿En qué le podemos servir?

—Eso es usted quien me lo tiene que decir.

La sonrisa de la señora Práxedes se acentuó un poco.

—Veo que le han hablado de nosotras.

—Me han recomendado la casa, sí.

—Pues mire, tengo tres pupilas, tres chicas de fuera que, como no tienen familia en Barcelona, necesitan una pensión para vivir. Claro que no acepto a nadie sin referencias, ¿sabe?

Aquí están muy bien atendidas, créame. ¡Calla! —dirigiéndose al loro—. Hago todo lo posible por que se encuentren como en casa y no les falte de nada. Son unas chicas estupendas, limpias, que nunca me han dado motivo de queja. Y, gracias a Dios, todas tienen buena salud. ¿Le gustaría conocerlas?

—Si es tan amable.

La señora Práxedes se levantó y caminó por el estrecho pasillo con pasos cansinos como si tuviera que hacer un gran esfuerzo para mover su cuerpo voluminoso. De vez en cuando tosía con esa tos característica del que tiene los bronquios congestionados. Mauricio observó que, al fondo del recibidor, había una puerta con vidrios de colores que impedía ver el otro lado del piso. Cuando la anfitriona la abrió, se oyeron voces amortiguadas y carcajadas de hombre. Minutos después, regresó acompañada de dos mujeres jóvenes.

—Le presento a dos flores de nuestro jardín: Margarita y Hortensia.

La sala de repente se llenó de un perfume dulzón. Mauricio se levantó y las saludó con una leve sonrisa y una inclinación de cabeza. Ellas hicieron una reverencia bien estudiada.

—Señoritas... Me han dicho que eran tres.

—Violeta está con un cliente —dijo Hortensia, menuda y con unos ojos excesivamente grandes y redondos.

—Quieres decir que está con una visita —la reconvino la mujer en tono recriminatorio.

La muchacha sacudió los rizos en señal de afirmación.

—Eso, eso mismo.

Y lanzó una rápida y descarada mirada a Mauricio. La señora Práxedes intervino:

—Si quiere... conocer a las tres a la vez no hay problema. Le daremos cita para otro día...

—No, no. No se moleste. Las flores de una en una...

Las «flores» rompieron a reír y la dueña los dejó solos con la excusa de ir a hacer café. Mauricio había frecuentado prostíbulos; pero ninguno estaba instalado en un piso, que pretendía ser una pensión de señoritas, donde se recibían «visitas» con maneras y respetabilidad burguesas, se servían copas de moscatel en lugar de champán a chorro, y un loro saludaba gritando «Ave María Purísima». Él se había estrenado siendo un adolescente, con todo el fausto que requería la ocasión, en Madame Petit —un establecimiento apropiado para los jóvenes de su clase— que, con su llamativo lujo, proclamaba con orgullo lo que era. Esta discreción le resultaba desconocida y debía proceder con tacto, evitando llamar a las cosas por su nombre.

Margarita era alta y guapa, con una melena de cabello negro, cutis cetrino y un toque exótico en las facciones. Los ojos, de un azul oscuro e intenso, lanzaban un destello de inteligencia. El recién llegado se acercó a Hortensia, y le susurró algo al oído que le hizo mucha gracia. Luego, tomó de la mano a su compañera y la siguió pasillo adelante.

Mauricio que nunca había estado en un piso tan lúgubre y mal ventilado como aquel, tenía la impresión de encontrarse encerrado en una caja, en un espacio comprimido artificialmente, que producía un efecto visual parecido al de los objetos cercanos cuando se contemplan a través de unos prismáticos puestos del revés. Pasado el recibidor, observó un gato negro de porcelana y ojos de jade verdes sobre un estante, y una ventana interior cubierta con una cortina gruesa. Más allá, un crucifijo colgaba de la pared. A la izquierda había un par de puertas cerradas, tras una de las cuales sonaban las voces que había oído antes. El *boudoir* de Margarita estaba al fondo, a mano derecha. De dimensiones sorprendentemente amplias, contenía un *chiffonnier*, una otomana, dos butacas, un par de mesillas y una gran cama con dosel. El armario abierto ofrecía un muestrario completo de batas de satén, lencería fina, trajes de seda y terciopelo, sombreros más o menos llamativos, adornos de piel y marabús. Al lado había una gramola y, por todas partes, lámparas panzudas de luz violácea y algún quinqué de los que habían sobrevivido al paso a la era de la electricidad. Detrás de una cortina, se entreveía una recámara con estanterías llenas de toallas y un pie con palangana y jarro de metal. La ventana, que presumiblemente daba al patio trasero, estaba tapada como el resto de aberturas de la casa. En la pared del fondo había una puerta cerrada. El conjunto daba la sensación de una comodidad desordenada y un total aislamiento del mundo exterior, que allí parecía no existir.

Mauricio se quitó la chaqueta, se aflojó la corbata y se sentó en la otomana.

—¿Estás cómodo? ¿O prefiere que le trate de usted?

—No, dejémonos de formalidades. ¿De dónde eres? —preguntó al notar que Margarita tenía un ligero acento extranjero.

—Francesa.

Le lanzó una mirada de entendido.

—*Très belle. Où est-ce que tu es née, en France?*

Margarita con las manos en las caderas, estiró el cuerpo, e intentó reprimir su desagrado.

—En realidad, soy argelina. Pero mi padre era francés —añadió rápidamente.

—¿Y cómo has venido a parar a Barcelona?

Margarita puso en marcha la gramola y las primeras notas de una rumba lenta se esparcieron por el aire. Se quitó la *négligée*, dejándola resbalar hasta el suelo, y se quedó con la camisa y las enaguas de batista que revelaban más de lo que cubrían. Fue hacia Mauricio con sinuosos pasos de baile, se deslizó a su lado, piel con piel, y empezó a desabrocharle delicadamente los botones del chaleco.

—Es una historia muy larga. ¿Me concederás el honor de bailar conmigo? —suspiró, quemándole la mejilla con su aliento.

Mauricio se levantó y la acarició al ritmo sensual de la rumba.

—Cuéntamela —le murmuró al oído.

—Yo era bailarina desde los doce años y me moría de hambre en Argelia. Mi padre nos abandonó para regresar a Francia, y mi madre no ganaba lo suficiente como para mantenernos a las dos. Me dijeron que en Barcelona había trabajo en el mundo del espectáculo y, cuando cumplí quince años, subí de polizón en un barco que me trajo hasta aquí.

—¿A los quince años?

—No te sorprendas. A los catorce, un moro sinvergüenza ya me había enseñado todo lo que tenía que saber para triunfar en esta profesión.

A Mauricio, que nunca se había planteado cómo se convertía alguien en prostituta, aquellas confidencias le parecían tan peregrinas, que no sabía si dudar de su veracidad.

—¿Trabajaste de bailarina?

—Al principio sí, en el Paralelo, que entonces era terreno virgen. Después me enredé con un empresario de poca monta y, cuando su mujer se enteró, el muy sinvergüenza me dejó plantada y me abandonó. Estuve un par de años en compañías de mala muerte, haciendo lo mismo que hago aquí, pero sin cobrar. Estaba harta. Hasta que me hablaron de esta casa, y aquí estoy. Y, de aquí, no me echa nadie —añadió desafiante.

—¿Quién te habló de esta casa?

Enseguida se dio cuenta de que había dado un paso en falso. Ella echó la cabeza hacia atrás para mirarle a los ojos.

—Eso, si no te importa, prefiero no decírtelo.

La música decaía al contrario que las caricias, cada vez más impacientes, de Margarita, de la que se apartó retirándole las manos con una suave firmeza.

—No tengas prisa, preciosa, que a mí me sobra el tiempo.

—Di que quieres a Margarita y Margarita te hará feliz. El resultado está garantizado.

Él esbozó una sonrisa y la atrajo hacia la otomana, consciente de la necesidad de mantener la cabeza despejada, y no dejarse ir a merced de un cuerpo tan experimentado.

—No me cabe la menor duda. Pero lo que quiero, de momento, es charlar un rato. Habrá tiempo para todo.

Margarita sonrió abiertamente por primera vez desde que estaban juntos.

—No es nada raro que quieras hablar, ya estoy acostumbrada. Lo que pasa es que, normalmente, es el cliente quien me cuenta su vida. No recuerdo a nadie que se haya interesado tanto por la mía.

—Creía que no teníais clientes, sino visitas.

Ella volvió a sonreír.

—A ti te considero una visita, una visita especial. —Le acarició lentamente la cara—. No vienen muchos como tú, encanto.

—¿Por qué has dicho que de aquí no te sacará nadie?

El rostro de la muchacha se endureció de nuevo.

—Porque un día yo seré la dueña.

—Eres una chica lista y tienes buena presencia; si quisieras, encontrarías otro trabajo. Seguramente uno de tus amigos, quién sabe, a lo mejor yo mismo, te podría echar una mano.

—Una chica lista sin oficio ni beneficio. ¿Qué trabajo me dará tanto como este? Aunque alguien me sacara de aquí, ¿qué futuro me espera? Una temporada, como mucho, viviendo bien en un pisito; vestidos y joyas, sí, y alguna cena a escondidas en un restaurante de lujo. Eso ya lo tengo ahora. Los señores, antes o después, os cansáis de nosotras y entonces, ¿qué nos queda? La calle. Primero las Ramblas, después la calle Conde del Asalto y después... No, yo no acabaré en San Ramón, en lo más bajo, con las que ya no se tienen en pie, enfermas, viviendo en cualquier estercolero lleno de pulgas y manteniendo a un gandul que las maltrata y se bebe todo lo que ganan. ¿Sabes cómo llaman a esa parte del barrio chino? La isla negra. Ya puedes imaginarte porqué. No. Yo seré la dueña de un negocio, mi sitio está aquí.

Lo dijo con tanta convicción y seguridad que esta vez Mauricio no dudó de que era sincera. Confiaba haber encontrado su punto débil, así que preguntó:

—¿Cuando dices la dueña, debes decirlo en sentido figurado? El negocio pertenece a alguien que no es la señora Práxedes, ¿me equivoco?

—Llámalo como quieras —respondió evasivamente—. Yo lo que sé es que la señora Práxedes vive como una reina, y es la que corta el bacalao.

A Mauricio le pareció inútil intentar rebatir aquella argumentación.

—¿Y todas están aquí tan a gusto como tú?

Se encogió de hombros y contestó:

—Todas sabemos lo que nos conviene. Quien no lo sepa está perdida.

—¿Cuánto tiempo hace que estáis aquí?

—La más antigua es Violeta, yo llegué hace un año y Hortensia apenas lleva un mes.

Recogió el último dato mentalmente, mientras ella se levantaba a poner en marcha la gramola. Esta vez escogió un nostálgico vals vienés, como si intentara averiguar qué clase de música podía vencer la flema de aquel hombre tan joven, tan bien plantado y tan remiso. Debía de haber alguna manera de desarmar ese curioso mecanismo. Creyó que lo había descubierto cuando le dijo suavemente «Ven aquí» y le abrazó la cintura para besarla. En realidad, lo que Mauricio buscaba era desviar la atención del interrogatorio y atenuar su estado de alerta, si bien era consciente de que a una profesional las caricias masculinas no le causaban demasiado efecto. En un tono más íntimo, susurró:

—¿Siempre habéis sido tres?

—Sí, al menos desde que estoy aquí. Hacemos honor al nombre de la calle que viene de siglos atrás, cuando ya había en él un burdel con solo tres camas.

Margarita había bajado la guardia y recorría su cuerpo con los labios, mientras él hurgaba en sus secretos: los dos buscaban el resorte del otro.

—¿Quién estaba antes de Hortensia?

—Otra Hortensia, claro.

—¿Y qué ha sido de ella? ¿Encontró un príncipe azul que la rescató? —añadió, quitándole importancia a la pregunta.

—De esos, ya no quedan. Alguno, de vez en cuando, pero muy pocos, no nos engañemos —dudó unos momentos, mirándolo fijamente—. La otra Hortensia se suicidó.

—¿No le iba este tipo de vida?

Ella se refugió al extremo de la otomana y de nuevo se encogió de hombros.

—Cada casa es un mundo y cada persona, otro. ¡Quién sabe! Yo la conocía muy poco porque solo estuvo aquí cuatro días.

Aprovechando la tregua concedida a sus sentidos, Mauricio se entretuvo unos momentos encendiendo un habano y buscando un cenicero, antes de dejar caer la siguiente pregunta.

—¿Dices que se suicidó?

—Saltó por el balcón.

Mauricio hizo un gesto de contrariedad con la cabeza.

—Malo. Si se corre la voz, este incidente puede hundir la reputación de un sitio como este. Lo último que quiere un hombre, cuando hace el amor, es que le recuerden la muerte —sentenció, pensando en Rita y sintiendo el corazón en un puño.

Margarita replicó, con una sonrisa traviesa y llena de sabiduría:

—No creas. Ven.

Le dio la mano y, cogiendo un quinqué con la otra, lo llevó a la habitación del fondo. Al abrir la puerta apareció una estancia oscura, sin ninguna clase de luz ni ventilación y con las paredes y el techo tapizados de negro. No estaba seguro de si era por la temperatura o a causa de la oscuridad, pero le parecía que hacía frío y se respiraba un aire más limpio. Margarita se adelantó hasta el centro de la estancia y la llama del quinqué mostró una forma alta y rectangular, tapada con un paño de terciopelo morado, rematado con flecos y borlas doradas. En cada esquina se alzaba un candelabro monumental. Tiró del paño con un movimiento rápido y apareció un ataúd de madera fina con remaches de bronce. Al abrir la tapa, refulgió el interior forrado de raso blanco como un traje de novia.

—Es mi... número especial; pero ya veo que no es de tu estilo. Los que tienen estos caprichos los pagan, créeme.

Mauricio dio un paso atrás, repugnado. Por un instante vio allí dentro a Rita, realmente muerta y con el cuerpo destrozado por la caída, y tuvo que reprimir un grito de angustia como los que, a veces, nos despiertan de una pesadilla. Dio la vuelta lentamente y salió de la cámara mortuoria. Margarita cerró la puerta detrás de él, dejó el quinqué sobre una mesa y retomó su lugar en la otomana, a su lado, diciendo:

—En cuanto a la reputación del negocio y el suicidio de aquella chica, no creo que una cosa tenga que ver con la otra. Ella sabrá qué run-run se la comía por dentro. Lo que yo puedo decir es que, cuando llegó aquí, ya lo llevaba dentro.

Profundamente conmovido pero fingiendo un tono de voz indiferente, se atrevió con la pregunta más arriesgada hasta entonces:

—¿No te habló de ello?

—No. —Ella se distanció un poco y lo miró con una cierta desconfianza que se desvaneció al decir—: Oye, ¿de verdad quieres continuar hablando de una infeliz que ya no está en este mundo? ¿Acaso la conocías?

—No, pero tengo cierta curiosidad.

—Curiosidad, ¿por quién? ¿Por ella?

—Por todas vosotras.

Margarita se le echó al cuello, acercándole la cara a dos dedos de la suya.

—¿Me dejas que la satisfaga a mi manera?

Las pupilas se le difuminaban bajo la media luz violeta. Hacía rato que el vals había expirado en la gramola. En algún remoto rincón, la señora Práxedes tosía y el loro protestaba de vez en cuando. Mauricio comprendió que había agotado todas las posibilidades de la entrevista y que, si Margarita sabía qué le había pasado a Rita, por miedo o por astucia no se lo diría nunca. Dándose por vencido, esbozó una sonrisa cansada y enigmática.

—¿Por qué no?

Y, dócilmente, se dejó desabrochar la camisa.

En los días siguientes, experimentó una sensación a la que estaba poco acostumbrado: la impaciencia. Le costaba un gran esfuerzo concentrarse en algo que no fuera el «caso», como lo llamaba él, y se desvivía por volver al callejón de las Tres Camas y sondear a las otras chicas. Como tantos otros acontecimientos que se habían producido a partir de la desaparición de Rita, el burdel aparecía en su mente como un lugar improbable, imaginario, que no cobraba cuerpo hasta que físicamente comprobara de nuevo su existencia.

Se despertaba más temprano que nunca, iba a la fábrica y cumplía con su trabajo sin entusiasmo. Paseándose entre los telares, Remedios Sallent le mostraba orgullosa su dedo desfigurado, con la herida ya cicatrizada; él se agachaba, fingiendo examinarlo con detenimiento, y le sonreía. Había días que la contemplaba con una cierta melancolía y le ponía la mano sobre la cabeza durante unos segundos; entonces, la niña le clavaba una mirada intensa y perceptiva, como si intentara adivinar todos los enigmas de su más íntimo santuario. En casa, evitaba cualquier conversación con sus padres, lo que no resultaba difícil en el caso de Rodrigo Aldabó, cada vez más introvertido, y en un par de ocasiones rechazó los requerimientos musicales de su madre, cada vez más recelosa, bajo la excusa de estar demasiado cansado para tocar el piano. De vez en cuando, Lidia abordaba el tema con su marido:

—¿Te has fijado que Mauricio está distraído y sin ánimos para nada? ¿Te ha comentado si le pasa algo?

—¡Qué quieres que le pase! Pues que por fin se ha hecho un hombre y se ha vuelto más sensato. ¿De qué te quejas, de que no sea un bala perdida como antes? ¡Ya era hora!

No se acercaba al Ecuestre, ni salía de juerga por la noche con amigos y mujeres, ni siquiera montaba a caballo con Alberto. Solo conservaba el hábito de jugar al frontón. Él, que siempre se había encontrado a gusto en compañía, ahora buscaba la soledad. Él, que se había deslizado por la vida como por un tobogán de superficie lisa y pulida, por primera vez sabía lo que era una obsesión, y pensaba alimentarla y mimarla al igual que se hace con una planta cuando se quiere que viva mucho tiempo.

Haciendo de tripas corazón, dejó pasar una semana larga antes de retomar la investigación, porque temía que las visitas frecuentes y llenas de preguntas despertaran sospechas. Probablemente las chicas —e incluso la dueña— compartían confidencias sobre los clientes; por tanto, era esencial comprometerse lo mínimo y averiguar cuál de ellas podía serle más útil.

En la segunda incursión, se repitieron todos los preámbulos de la primera vez. A pesar de que la señora Práxedes le reconoció inmediatamente, volvió a inspeccionar con cuidado la tarjeta de La Fidelidad. Mauricio supuso que, con el tiempo, las caras de los clientes debían mezclarse unas con otras como si se tratara de un laberinto de espejos y, en esas circunstancias, todas las precauciones eran pocas. En la percha había dos sombreros, uno en cada punta, y Mauricio colgó el suyo en medio con una perfecta simetría.

—Pase, pase. Hoy tenemos otra visita en la sala.

En una de las butacas estaba sentado un hombre de unos sesenta años que apestaba a nardos, llevaba el cabello y el bigote teñidos e iba ridículamente arreglado y pulido.

Un enorme brillante le centelleaba en el dedo. Esquivando hábilmente las presentaciones, ya que nadie daba su nombre, la anfitriona se puso a hablar del tiempo y del coste de la vida, como lo habría hecho con dos vecinas o en la cola de un puesto en el mercado. Un repentino ataque de tos la interrumpió. Los bizcochos, el moscatel y la conversación resultaban tan absurdos que Mauricio aprovechó la ocasión para preguntar:

—¿Sería tan amable de avisar a Hortensia si está libre?

—Tiene una visita, pero no creo que tarde demasiado.

Al cabo de dos minutos se escucharon pasos en el pasillo. Jadeando, la señora Práxedes se levantó con toda la presteza de que era capaz para despedir al cliente. Los dos hombres permanecieron solos en la sala, en medio de un tenso silencio, durante el cual el dandi inmóvil le lanzó a su rival una mirada furiosa. El loro les estudiaba, pensativo.

En aquel momento, entró una muchacha que solo podía ser Violeta. El monigote la recibió con un besamanos exagerado, mientras Mauricio la observaba sin poder disimular la sorpresa. Parecía una institutriz o una enfermera; era, en cualquier caso, la mujer más inesperada en un lugar como aquel. Iba vestida con una falda lisa marrón y una blusa de color crema de mangas anchas, y cerrada hasta el cuello. El cabello, castaño y abundante, lo llevaba recogido con una elegante sencillez. Sin ser una belleza, tenía unas facciones irregulares que le intrigaban. Mauricio presintió que la entrevista con ella sería la más productiva.

La pareja se perdió pasillo adelante y, poco después, Hortensia hizo una aparición triunfal, envuelta en una espuma de rizos rubios y encajes de un blanco inmaculado. Parecía una virgen vestida de primera comunión. Sonrió a Mauricio, enseñando los dientes y frunciendo con gracia su nariz respingona, y se le colgó del brazo como si su llegada fuera un acontecimiento extraordinario y motivo de celebración.

No se podía decir que su habitación fuera un *boudoir* como el de Margarita. Era otro mundo. La cama no estaba a la vista, sino discretamente arrinconada, junto a la palangana y el jarro, detrás de un biombo. El lugar preferente lo ocupaba un columpio colgado del techo con guirnaldas de flores artificiales, enrolladas en las cuerdas. En el armario, se veía una colección de vestidos y batas de tonos pastel y estilo infantil, además de un uniforme de colegiala y un hábito de monja.

—¿Te gusta alguno? —Le sorprendió la voz de la muchacha.

—No. Me gusta más el que llevas.

Los asientos eran de mimbre con almohadones estampados con flores, que armonizaban con las plantas que había por todas partes. En uno de ellos, estaba sentada una muñeca que movía los párpados. Encima del *chiffonnier* de laca blanca, otras muñecas dominaban, mudas, la escena.

En la pantalla de una lámpara, que también era caja de música, daban vueltas sin parar peces de colores que proyectaban destellos verdes, azules, rojos y amarillos. El aire estaba impregnado de olor de talco y colonia. Si la «especialidad» de Margarita era la necrofilia, no hacía falta mucha imaginación para adivinar cuál era la de Hortensia.

—Bienvenido a la casa de muñecas —dijo, como si fuera una fórmula convenida—. ¿No quieres quitarte la chaqueta?

Tras aceptar la sugerencia, Mauricio se dirigió a la ventana interior, descorrió la cortina y se encontró con barrotes de hierro al otro lado de los cristales. Hortensia le miraba sin entender, con unos ojos asombrados que eran una réplica perfecta de la luna llena. Cuando el visitante abandonó la inspección de la ventana, ella se subió al columpio y se dio cada vez más impulso mostrando, bajo los volantes de encaje, la ausencia de ropa interior. La curva que describía en el aire se iba ensanchando hasta tener el perímetro de una semicircunferencia, y mientras Mauricio temía que pudiera golpearse con el techo, ella reía de excitación. Al dejar las piernas muertas, la curva se fue reduciendo. Con las mejillas enrojecidas y gotitas de sudor en la piel, bajó del columpio y rozándole, le hizo una zalamería y una pirueta cómicamente provocativa.

El centro de la habitación lo ocupaba una alfombra que escenificaba cuentos de Perrault. Hortensia la retiró, dejando al descubierto un tablero de rayuela.

—¿Jugamos?

—Eres una niña muy lista. Ven a sentarte con papá —dijo, entrando en el juego.

Con pasos menudos y despreocupados, saltó a las rodillas de «papá».

—Dime, ¿por qué te pusieron Hortensia?

—¿No te gusta?

—¿Cómo quieres que no me guste un nombre tan bonito?

—Pues porque la chica de antes se llamaba así, Hortensia.

—¿La chica de antes?

—Sí, bueno, la que murió.

Por un momento se borraron los hoyuelos de las mejillas y la barbilla.

—¡Ah! ¿Y tú la sustituiste?

—Sí... Y dicen los señores mayores que lo hago mejor que ella. —Sonrió con picardía, dejando resbalar la mano bajo la camisa de Mauricio.

—No encontrarás caramelos aquí, reina. —Y le apartó la mano mientras pensaba que aquellas chicas eran de una eficiencia abrumadora.

—¡Oh! —dijo ella, con un mohín de desilusión infantil.

—Si te portas bien, papá te dará caramelos después.

Hortensia acogió la promesa con aplausos y un besuqueo tan nervioso e irritante como el zumbido de un moscardón.

—¿Y jugaremos?

—Jugaremos tanto como tú quieras. Pero, antes, papá quiere tener una conversación contigo, como si fueras una chica mayor.

—Lo que tú quieras.

—¿Tú no conocías, verdad, a la chica que murió?

—No. A mí me trajeron cuando ella...

—¿Qué quieres decir con que te trajeron?

Reiniciando la búsqueda de caramelos bajo la camisa de Mauricio, Hortensia respondió:

—Yo servía en una casa, pero eso de las tareas domésticas, ¿sabes?, no se me daba muy bien. Hasta que la señora me dijo: «Mira. Si te quieres ganar bien la vida, pues...».

—Habla, no tengas miedo, que papá no te castigará.

—Pues, hay una casa para chicas como tú y allí te enseñarán un buen oficio. Y colorín, colorado...

—¿Eres feliz aquí?

La cara que, vista de cerca, tenía muy poco de infantil, cobró una expresión interrogante.

—¿Por qué lo quieres saber?

—Es mi obligación. Papá ha de cuidar de Hortensia, porque Hortensia es una niña muy guapa —la acariciaba y la besaba—; es la preferida de papá...

—¿Jugamos un rato? —sugirió de pronto.

Reprimiendo un gesto de contrariedad, Mauricio la dejó hacer. Con los mismos pasos de antes, caminó hacia el *chiffonnier* y sacó de un cajón un falo de madera. Lo tiró a un cuadro de la rayuela y después de subirse la falda hasta la cintura y saltar los tres primeros cuadros con un pie, se sentó en medio del tablero y comenzó a adoptar posturas obscenas.

—No, no, no. Si no te portas bien, papá se enfadará.

Se quedó quieta y él se sentó, en el suelo, a su lado.

—Este juego no se juega así. Pon atención a lo que te pregunto. ¿Te gusta vivir aquí?

—¡Y tanto! No tengo que matarme a trabajar como cuando servía y, además, la señora Práxedes nos trata como una madre.

No había ni rastro de ambigüedad en sus palabras.

—Debes de estar muy agradecida a tu señora, la que te recomendó, ¿verdad?

—Sí, claro. Mi señora era una gran dama. Tenía una tienda. La señora Práxedes también es una gran señora. Su familia tiene fincas en el Ampurdán; ella es la primogénita y heredera de todo, pero prefirió venirse a Barcelona. ¡Y vive de rentas!

Hortensia se hacía la enterada, con la mirada fija en el suelo y trazando dibujos imaginarios con el dedo en el tablero.

—¿Dónde vivía tu señora?

—Por allá... en el Ensanche.

—¿Jugamos a las adivinanzas? ¿Quieres ver cómo adivino dónde vive?

Mauricio, dispuesto a ir un paso más lejos y jugarse el todo por el todo, sonreía mientras ella se mostraba desconcertada y no sabía cómo reaccionar.

—Vive en la calle Aribau. Tú tienes que decir verdadero o falso.

—Yo...

—Y se llama señora Prat. ¿Verdadero o falso?

—No sé...

—Y en su casa vive un hombre deficiente. ¿Verdadero o falso?

Hortensia, que era incapaz de conservar la sangre fría como Margarita, se asustó lo bastante como para olvidarse del todo de la comedia de la colegiala.

—Por amor de Dios, yo no te he dicho nada...Yo no le he dicho nada a usted... No se lo explique a la señora Práxedes. Haré lo que quiera gratis, pero no...

Las facciones se le contraían, a punto de echarse a llorar.

—No tengo ninguna intención de decirle nada a nadie, puedes estar tranquila.

Los ojos y la voz de Mauricio demostraban tanta serenidad que se tranquilizó un poco mientras él continuaba:

—¿No te lo dijo Margarita, que tengo curiosidad, interés si prefieres, por saber quiénes sois y de dónde venís?

—A mí, no me dicen nada. Como soy nueva...

—¿Y de verdad te quieres quedar aquí?

—Esto es mi casa. Tengo techo y comida y si me pongo enferma me cuidarán. El día de su cumpleaños la señora Práxedes nos invitó a las tres al Café Suizo. ¿Lo conoces? Está muy cerca, en la plaza Real.

Mauricio asintió, maravillado por el candor con que pintaba los encantos de aquel infierno. Se sentía inmerso en un sueño como el de *Las mil y una noches*, pendiente de las historias de aquellas tres Sherezades para seguir vivo, para seguir descifrando el destino de Rita y, tal vez, el suyo propio.

—... Había gente de la ópera, nos dijo la señora Práxedes, que hablaban del Liceo. Yo no había ido nunca a un restaurante. ¡Me pareció precioso! Ahora me estoy haciendo amiga de Margarita. De Violeta no, porque es más arisca. Margarita es muy lista y dice que un día será la dueña y me tratará a cuerpo de rey. Pero yo no quiero que se muera la señora Práxedes; para mí, es como una madre. Margarita dice que si me voy de aquí tendré que hacer la calle, y me da miedo. Una vez, cuando todavía servía, iba sola por las Ramblas y un hombre se me acercó y me dijo cosas muy feas...

Comprendió que Hortensia vivía sus fantasías al pie de la letra, que no encontraba nada raro en aquel mundo, y que era incapaz de distanciarse de los acontecimientos. Teniendo en cuenta sus limitaciones y que no estaba en el prostíbulo cuando Rita murió, no podría darle mucha más información.

—¿Me harás un favor? Es parte del juego. Pero es nuestro juego, ¿comprendes? Nadie debe saber nada acerca de lo que hemos hablado. Yo no le diré nada a la señora Práxedes, ni tú tampoco. Será un secreto entre tú y yo, un secreto entre amigos. A mí, los secretos me encantan, ¿sabes? —Y le guiñó un ojo con picardía, a pesar de que no confiaba en que Hortensia pudiese guardar un secreto, como lo había demostrado en la conversación—. Si eres una niña buena, vendré a verte más veces y te traeré regalos. Te compraré muchos caramelos. Hoy te has portado bien, papá está contento.

—¿No quieres jugar más?

A pesar del tono implorante de la muchacha, Mauricio sintió un escrúpulo absurdo. Sin saber cómo, le vino a la memoria la imagen de Remedios Sallent y le pareció que aceptar el ofrecimiento era una violación.

—No, preciosa. Eres un encanto pero estoy muy cansado.

Dejó el dinero junto a la lámpara pecera. Al despedirle en la puerta, Hortensia recobró la voz infantil:

—¿Vendrás pronto a verme?

La sonrisa de Mauricio, que últimamente no se prodigaba demasiado, se abrió paso, poco a poco, entre sus labios.

—Claro.

Al cruzar el portal, el olor a talco y colonia que le había impregnado el traje y el cerebro, cedió al hedor de la orina que no era otra cosa que el sudor de la calle.

7

Satisfecho del comportamiento de su hijo en la fábrica, Rodrigo Aldabó lo envió a París para entrevistarse con un fabricante, con quien habían establecido tratos recientemente. Tiempo atrás, Mauricio, que no había vuelto a París desde los dieciocho años, cuando su padre lo llevó como regalo de cumpleaños, se habría entusiasmado con la perspectiva de un viaje que le daba la oportunidad de cambiar de aires y probar nuevas diversiones. Sin embargo, en sus circunstancias actuales, el viaje aparecía como una interrupción molesta e inoportuna.

Solo estuvo una semana. Cierto que, aunque encontró la ciudad más gris y lluviosa de lo que la recordaba, la frivolidad de los bulevares, la agitación de los cafés y la elegancia de la vida parisina le distrajeron durante unos días. En la visita anterior, no había explorado la *rive gauche* porque, como todo el mundo sabía, la *rive droite* era la respetable. Ningún burgués de Barcelona, que se considerara un hombre de buen gusto, se acercaría a la orilla pobre del Sena, la de los hoteles ruinosos y el muro desolado del cementerio de Montparnasse, los bares de artistas fracasados y los mimos actuando en las plazas. Pero, influido, posiblemente, por su experiencia en la cara oculta de Barcelona, cuando tenía alguna tarde libre, se internaba por Saint-Germain-des-Près, persiguiendo las notas de algún acordeón, y cenaba en *auberges* de media docena de mesas, donde el patrón se sentaba a alternar con algún parroquiano. Solo iba al hotel a dormir, porque el lujo y el gentío de los salones y del restaurante le agobiaban.

En cuanto pisó de nuevo Barcelona, París se perdió en la distancia, lejano no solo en el espacio sino también en el tiempo. Pasó a ser un recuerdo remoto que no guardaba relación alguna con la vida real; en cambio, se impuso la urgencia de una cita con la última Sherezade: Violeta.

El «Ave María Purísima» del loro, que por unos días había olvidado del todo, le asaltó apenas entró en la sala. Tuvo que esperar un rato, soportando el monólogo de la señora Práxedes, debidamente puntuado por ataques de tos.

—Yo soy del Ampurdán, sí, de buena familia. Piense que nunca había lavado un plato ni sabía lo que era hacer una cama. Todavía tenemos tierras y una masía, pero, mire, el campo no es para mí. ¡Y eso que yo era la heredera! ¡Pero qué aburrimiento, Dios mío! Siendo muy jovencita, ya me moría de ganas por viajar a la capital y cuando, por fin, en mi casa me dejaron marchar, porque eran muy estrictos, ¿sabe?, me fui a Barcelona, a casa de mi tía que me quería mucho. ¡Ay, sí! A mí, deme eso de salir a la calle y ver gente, tiendas, cafés y movimiento. Aquí pones un pie en la calle y ya estás en las Ramblas, y ya me dirá usted si hay una calle más bonita que las Ramblas...

Mientras Mauricio la miraba de hito en hito, con la seguridad de que cualquier parecido entre aquella historia y la verdad eran pura coincidencia, apareció la tercera flor. Iba vestida igual que dos semanas atrás, cuando la vio por primera vez. Ni reverencias, ni vaivén de caderas, ni revoloteo de blondas. Solo una mano fina, de uñas rosadas, que se levantaba a la altura de sus labios. La besó, aún sorprendido por una presencia tan sobria en una casa de citas, y murmuró medio en serio, medio en broma: «Mucho gusto». Ella le tomó del brazo, siempre manteniendo las distancias, y le acompañó a la sala de operaciones.

Era una habitación de grandes dimensiones. El resto era completamente convencional, a tono con el vestuario de quien la habitaba: una cama con cabezal y pies de nogal; un *chiffonnier* y una mesilla de noche a juego; un sofá tapizado de cretona con un mantón de lana sobre el respaldo; una labor de punto sobre una de las dos sillas de anea y, en el centro de la habitación, una mesa redonda tapada con una funda y decorada con un jarrón con flores como la de cualquier sala de estar de la menestralía. En una esquina, en el interior de una jaula de pie colocada junto a una puerta, silbaba un canario. Mientras pensaba adónde podía dar aquella puerta, Mauricio comprendió que aquel piso era mayor de lo que parecía, y estaba diseñado como un juego de estuches concéntricos, que encajan los unos en los otros. Sospechaba que, en realidad, invadía por lo menos una parte del piso contiguo.

A diferencia del de las otras chicas, el armario de Violeta estaba cerrado. Mauricio se acercó.

—¿Me permites?

—No hace falta que lo preguntes. Estás en tu casa.

Todavía no la había visto sonreír. Se desplazaba por su reino con movimientos reposados como si él no estuviera. Resultaba irónico que aquella figura, que representaba la ilusión de lo doméstico, fuera la más enigmática, la más misteriosa. Como era de esperar, el armario guardaba trajes de calle para las cuatro estaciones del año y un par de batas de solapas de raso, pero sin adornos ni volantes. La lencería también era discreta y estaba bien ordenada en los cajones. Cerca del armario, colgado en la pared, había un calendario y enfrente dos láminas de paisajes catalanes.

Mauricio se quitó la chaqueta y, respetando el orden imperante, la dobló, buscando el lugar oportuno para colgarla. Ella se anticipó a quitársela de las manos con delicadeza, y la colgó en el armario. En cuanto él se sentó en el sofá, notó que por detrás le aflojaban la corbata sin dificultad ni tirones bruscos. Recostó la cabeza en el respaldo y observó la cara serena, de expresión profundamente concentrada, que se inclinaba ligeramente por encima de la suya.

—¿Cómo quieres que te llame? —preguntó Violeta.

—Luis.

—¿Estás cansado, Luis? ¿Has tenido un día duro en el trabajo?

Mientras hablaba, dio la vuelta y le quitó los zapatos; cada acción era una caricia implícita, un pequeño prodigio.

—Sí —suspiró—, estoy muy cansado.

—Cuéntame qué te ha pasado en el trabajo.

—Con mucho gusto te lo contaría si fuera interesante, pero me temo que mi trabajo es muy aburrido.

—¿Te apetece un café? Si quieres te prepararé alguna cosa para comer. ¿Tienes hambre?

Tenía una voz de seda que parecía ser incapaz de dar un grito. Mauricio se preguntó qué clase de juego era aquel de hacer café y comida en una habitación que no estaba equipada para ello. Sin esperar respuesta, ella se dirigió hacia la puerta situada junto a la jaula del pájaro que aleteó, excitado por su proximidad. ¿Qué le esperaba detrás de aquella puerta? ¿Qué sorpresa le darían ahora? ¿Algún escenario idílico, como los que había visto en otros prostíbulos —pintados con la ilusión de conseguir efectos tridimensionales— llenos de góndolas venecianas o de concubinas de algún harén imposible? ¿Una sala de espejos o —¡Dios nos libre!— una cámara de tortura?

Era una cocina, pequeña y tan ordenada como el dormitorio, con una cortina de cuadritos blancos y azules bajo el fregadero. Violeta se entretuvo unos instantes en la cocina y hasta el olfato incrédulo de Mauricio llegó el olor de un café que se estaba haciendo.

—¿Prefieres un carajillo de coñac?

Asintió. Habría aceptado aunque le hubiera ofrecido cianuro. Aquella mujer tenía un extraño poder que le intimidaba.

Le acercó una mesita con el carajillo y un plato de magdalenas. Mauricio que, de repente, recordó la repugnancia que le inspiraban los bizcochos y el moscatel de la sala de espera, ahora se sentía absurdamente inmerso en esa farsa, incapaz de escapar del juego. Solo la lucecita que siempre permanecía encendida en su interior le recordaba cuál era su misión. Como un niño que espera la merienda al regresar de la escuela, comenzó a mordisquear una magdalena. Era tan tierna y esponjosa que se le deshacía en la boca como un beso azucarado.

—¿Las has hecho tú?

Ella hizo un gesto afirmativo con la cabeza. Cuando Mauricio se estaba acabando la magdalena, ella se levantó y, colocándose detrás del sofá, comenzó a darle un masaje en los hombros con movimientos circulares y manos expertas.

—¿Quieres hablar un rato o prefieres echarte en la cama? Si te molestan los trinos de Sócrates lo taparé con un trapo.

—No me molesta Sócrates. Así estoy muy bien. Hablemos un poco, ¿quieres?

Por primera vez, ella insinuó una sonrisa, mientras Mauricio se preguntaba qué mujer de vida alegre le pondría Sócrates a un pájaro.

—Como quieras.

—Eres una mujer con muchas habilidades, por lo que veo —señaló, mostrando la labor de punto con un golpe de barbilla.

—Estoy preparada para la vida.

—No solo para esta clase de vida.

—Esta es la que tengo —replicó, sin un ápice de emoción en la voz.

—¿Por qué la has escogido o por qué te la has encontrado?

—Porque me ha tocado.

Con un optimismo prematuro, este comentario, hecho con más resignación que entusiasmo, le pareció estimulante. Había llegado a la conclusión de que, por razones diferentes, Margarita y Hortensia querían permanecer en aquel infierno. Si Violeta tenía el más mínimo deseo de escapar de él, su descontento favorecería el propósito de Mauricio. Cuando, bajo los efectos anestésicos del masaje, ya no notaba los hombros y se le cerraban los ojos, la cogió de la mano y la sentó a su lado.

—¿Y tú, qué habilidades tienes? —preguntó ella con segunda intención.

—Pocas, me temo. Toco algo el piano.

—Lástima que aquí no tengamos. Me gustaría oírte tocar.

Si mentía, era imposible saberlo. Mauricio cambió de tema.

—Háblame de ti. ¿Tienes familia?

—Sí y no. —Dudó unos momentos, como si no se decidiera a continuar—. Tengo un niño.

—¿Cuántos años tiene?

—Acaba de cumplir tres.

—¿Con quién vive?

—Con una mujer que le cuida... bueno, a él y a otros.

—¿Lo ves a menudo?

—No tanto como quisiera. Un par de veces al mes, me acompañan a verle.

—¿Te acompañan? ¿Es que vive muy lejos?

—No, pero no solemos salir solas.

—¿Por qué?

—La señora Práxedes se considera... responsable de nosotras.

La lógica de la señora Práxedes, reflexionó Mauricio, era alucinante.

—¿Tienes alguna foto?

De nuevo, la sombra de una sonrisa se insinuó en el rostro de la mujer.

—¿De verdad quieres verlo?

—De verdad. Tengo curiosidad por saber más de tu vida.

Le dirigió una mirada pensativa y fue a buscar la fotografía al cajón de la mesilla de noche. Estaba protegida por un cristal y un marco de latón. Se la habían hecho cuando era más pequeño, e iba tan embutido en un abrigo y una gorra que apenas se le distinguía la carita.

—Debes de estar muy orgullosa.

—Lo estoy, como cualquier madre.

—¿Cómo se llama?

—Pedro Antón, como el abuelo que nunca conocerá.

—¿Y... el padre?

—¡Ah, el padre! —Respiró hondo desviando la mirada—. Esta ya es otra historia.

—Adelante —dijo Mauricio, atreviéndose por primera vez a rodearle el esbelto cuello con la mano, aquella mano que no oprimía.

—En el pueblo, yo era maestra.

—¡Maestra! —exclamó, y de pronto entendió el porqué del nombre de Sócrates.

—Vine a Barcelona con una recomendación para enseñar a niños pequeños, en un colegio del ayuntamiento. Pocos meses después, conocí a un hombre que me dijo que quería casarse conmigo. Cuando el director del colegio se dio cuenta de que estaba embarazada, me despidió y el padre de mi hijo se evaporó como la nieve. Luego me enteré de que estaba casado. Una historia poco original, ¿no crees?

Aunque ella no lo sabía, cada palabra se le clavaba en las entrañas como una puñalada. Demasiadas coincidencias con su relación con Rita, demasiadas repeticiones de las mismas mezquindades, del mismo abandono, del mismo olvido en el que se quiere enterrar a una mujer, como si fuera una hormiga, un gusano, un no-ser; demasiada culpa, que no es más que miedo por lo que ya ha pasado, en vez de por lo que ha de venir. No temía al futuro; se enfrentaba a él con serenidad, dispuesto a aceptarlo. Lo que le daba miedo era el pasado.

—Continúa, por favor.

Él había vuelto a recostar la cabeza en el sofá con la mirada perdida en el techo.

—Entonces, todo fue de mal en peor. Tuve que aceptar cualquier trabajo que se me presentaba, no podía escoger. Nadie quería a una chica soltera embarazada, ni siquiera para servir. Por fin, me contrataron de camarera en un bar de Pueblo Seco, pero ni el dueño ni los clientes me dejaban en paz, aunque ya se notaba el embarazo. La madre del propietario, que estaba inválida y bebía más de la cuenta, me dijo que conocía una casa donde me ayudarían a tener a la criatura, y me tratarían mejor que en la Casa de Caridad... una pensión de señoritas, me dijo... —Lo miró a los ojos—. El resto ya te lo puedes imaginar.

«Otra señora Prat», pensó Mauricio. Efectivamente, el resto se lo imaginaba.

—¿Y resultó ser verdad lo que te prometió aquella mujer?

—El niño está mejor de lo que estaría en el hospicio. Y, con un poco de suerte, podrá ir al colegio en un par de años.

—Entonces, ¿aquí nació tu hijo?

—En esta misma habitación.

A Mauricio le asaltó una emoción extraña, abrumadora, que a ella no le pasó desapercibida.

—¿Y tú, eres feliz? —preguntó al cabo de unos minutos.

Hubo un instante de silencio.

—Hago mi trabajo y no me quejo.

Él acercó su cara a la de ella, sondeándole los ojos castaños.

—Eso no es lo que te he preguntado —murmuró.

—¿Y qué es la felicidad, alguien lo sabe? Yo solo sé que cuando no se espera demasiado de la vida, se es menos infeliz.

El grito de «Ave María Purísima» estalló inoportunamente y les arrancó una carcajada. Por asociación de ideas, Mauricio preguntó:

—¿Y Sócrates?

—Me hace compañía. Un día escuché a un pájaro que trinaba en la ventana. Nunca vuelan pájaros en este patio tan triste. Abrí y lo vi entre los barrotes. Se dejó coger enseguida. Quería esto. —Echó un vistazo a la habitación—. Quería estar enjaulado, pobre Sócrates. La libertad le venía grande.

—¿No le has abierto nunca la jaula?

—No.

—Pues hoy se crea un precedente. Abre la jaula, ¿quieres?

Violeta lo contempló un instante antes de obedecerle. Después, abrió la jaula y Sócrates se lo pensó mucho antes de acercarse a la portezuela. Mauricio recogió la chaqueta del armario, dejó el dinero bajo el jarrón de la mesa, notó que las flores comenzaban a marchitarse, y se despidió:

—El viernes, a esta misma hora, volveré. Vigila qué hace Sócrates y me harás un informe detallado.

Cuando, el viernes por la tarde, llegó con un ramo de flores en la mano, Violeta no lo hizo esperar. Había sido un día caluroso y llevaba un vestido amarillo de algodón.

—¿Son para mí? —preguntó mientras se las acercaba al rostro y le cogía del brazo con aquella naturalidad asombrosa.

—¿Para quién, si no?

La señora Práxedes, ocupada en hacerle zalamerías al loro, que parecía dispuesto a arrancarle un dedo, lo saludó con un «Buenas tardes» empalagoso.

Siguió a Violeta hasta la habitación y le pidió si le podía hacer un café pero, esta vez, sin coñac. Ella cambió las flores del jarrón y se metió en la cocina. Entretanto, alguien llamó suavemente a la puerta del piso. Enseguida, se escucharon los pasos torpes y el trasiego pulmonar de la señora Práxedes y, a continuación, dos voces, la de la mujer y la de un hombre susurrando en el recibidor. Mauricio se levantó, entreabrió la puerta y reconoció al hombre pálido que había visto aquella noche, durmiendo en el despacho de su padre. Cerró sin hacer ruido y volvió a sentarse en el sofá.

Un par de minutos después, Violeta salió de la cocina y repitió el ritual de la corbata y de quitarle los zapatos. Mientras se sometía a tan hábiles manipulaciones, reflexionaba sobre la situación inverosímil en la que se encontraba. Por más que se dijera que el fin justificaba los medios, la realidad era que estaba a punto de comenzar una relación con una prostituta profesional, que le mimaba como si fuera un marido idolatrado, digno de todas las atenciones. Las experiencias anteriores habían sido seducciones previsibles, sin doblez ni interrogantes, pautadas por las reglas tácitas que imperaban en las guerras de sexo y de clase. El vencedor se decidía siempre por anticipado. En cambio, ahora, se veía incapaz de alterar el orden establecido en el mundo de Violeta, de decirle «Basta ya de comedia» y poner las cartas sobre la mesa —o, mejor dicho, sobre aquella cama de aspecto equívocamente casto— tomando el camino más directo para obtener las respuestas que necesitaba. Pero aquella mujer le desconcertaba. Se sentía atrapado, vulnerable, sentado en aquel sofá en calcetines y mangas de camisa, y esperando que le sirviera un café. Era importante que ella no lo notara.

Cuando la vio llegar con la taza en la mano, preguntó en tono festivo:

—Dime, ¿cómo se ha portado Sócrates?

—Tardó todo lo que quiso y más en decidirse a salir de la jaula, después revoloteó un rato y, él solito, volvió a casa.

—¿Has repetido la experiencia? —preguntó, sorbiendo el café humeante.

—Sí, un par de veces. Me parece que le sienta bien esto de salir de vez en cuando, y con la puerta y la ventana cerradas no hay ningún peligro.

—Y todo este tiempo, sin dejarlo volar. ¡Mira lo que se ha perdido!

Ella le miró como diciendo: «¿Dónde quieres ir a parar?». Pero, cambiando de expresión, le pasó suavemente la mano por el mechón de pelo que le tapaba media frente y que era la rúbrica de su fisonomía.

—¿Qué te gustaría hacer hoy, Luis?

—La noche aún es joven, ¿no crees? Tenemos mucho tiempo. Me gustaría saber más cosas de ti.

Se había sentado en la alfombra, a sus pies, con las piernas dobladas hacia un lado.

—Ya te expliqué mi historia. ¿Qué más quieres saber?

—Quisiera hacerte una pregunta un poco delicada ¿te importa?

—No.

—¿Qué clase de... visitas te vienen a ver?

—¿Quieres saber cómo son mis clientes? —preguntó a su vez con una sonrisa y una franqueza inesperadas—. No tengas miedo de ofenderme llamando a las cosas por su nombre. Tienes curiosidad por saber qué clase de hombre es capaz de pagar por pasar un rato con una falsa ama de casa; con una ramera que guisa y teje y no va disfrazada de prostituta.

Su lenguaje descarnado, le ofendía. La miró unos segundos, sin parpadear.

—Me vienen a ver hombres que buscan la farsa de una esposa, una esposa que les escuche y les haga sentirse importantes, aunque sea falso y solo por unas horas. O están muy solos, o, según dicen, la mujer que tienen en casa los ignora o los desprecia. El sexo suele ser secundario, si es que llega a practicarse. Unos no tienen interés, y otros son impotentes. No estoy tan solicitada como Margarita y Hortensia, pero, por otra parte, mis clientes son más fieles y menos... problemáticos. Eso sí, son muy diferentes a ti. Son hombres mayores y tristes, hombres fracasados que buscan compañía y cariño. Además, a un hombre como tú, no sé qué le puede ofrecer una mujer como yo.

—Pronto lo sabrás. ¿Y, desde que llegaste has sido siempre tú Violeta o hay alguna otra que no conozco?

—La única que hay es la que ves. Al principio, la señora Práxedes dudaba de que tuviera éxito. Me aceptó solo a prueba y me dijo que debería irme si no funcionaba.

—¿Qué opinas de la señora Práxedes? ¿De verdad es una heredera del Ampurdán?

—¡Quién sabe! De lo que estoy segura es de que, cualquier día, esta tos la matará.

Era difícil adivinar qué clase de sentimientos experimentaba, sentenciándola de manera tan expeditiva.

Mauricio se inclinó para acercarse.

—¿Y las otras chicas? Sé que la antecesora de Hortensia se suicidó. ¿La conocías?

—Poco. Estuvo aquí poco tiempo.

—¿No sabes por qué se suicidó?

—No. Fuera lo que fuese no me lo explicó. ¿Y tú, la conocías? —preguntó entre curiosa y reservada.

—No; pero tengo un amigo que sí la conocía.

—Quizá él sabrá más del tema que yo.

—¿Sabes cómo llegó hasta aquí?

—No. Apenas tuve ocasión de hablar con ella.

—Pero tú estabas aquí cuando se suicidó. ¿Oíste algo aquella noche?

En el cuerpo y los ojos de Violeta se detectaba una cierta tensión de la ballesta que estaba a punto de dispararse.

—También estaba Margarita. Yo tenía un cliente. No oí nada.

—¿Quién la trajo aquí?

—No lo sé.

Mauricio dio un último sorbo al café e inclinándose de nuevo hacia ella, continuó deliberadamente hablando del tema:

—Este amigo mío está muy preocupado por lo que le pasó a Rita, o a Hortensia, como quieras llamarla, y yo intento ayudarle. ¿Has oído hablar de una tal señora Prat?

La ballesta se disparó. Violeta se puso en pie con un movimiento rápido y ágil, como el ciervo que huele el peligro.

—Ya te he dicho que no sé nada de esta chica. ¿Por qué me haces tantas preguntas que no puedo contestar?

—¿Margarita no te lo ha explicado?

—¿Qué tenía que explicarme?

—Que tengo un interés, digamos profesional, por vuestras vidas —aclaró, levantándose del sofá.

Violeta le desafiaba con una mirada penetrante. La voz le vibró cuando, sin alzarla, dijo:

—No sé quién es usted, ni qué quiere. Solo sé que no es policía. A los policías se les conoce de lejos.

—¿Ahora nos tratamos de usted?

—El tuteo es para el trabajo. Si nos apartamos de él, no tenemos por qué tutearnos.

Mauricio sonrió de medio lado, con un cierto sarcasmo.

—Esta lógica es muy curiosa y, en algún momento, hablaremos de ella. Pero, de momento, debemos tratar otras cuestiones.

—Lo siento mucho pero no puedo seguir con esta conversación. No tengo nada que decirle.

Por primera vez, Violeta se había puesto totalmente a la defensiva. Sin embargo, él estaba dispuesto a utilizar todas las armas —incluso aquellas que más le repugnaban— para llegar hasta el final.

—Tu tiempo se te paga. Soy yo quien ha de decidir cómo emplearlo.

—Si tiene alguna queja, hable con la señora Práxedes.

Se acercó a ella, bajando la voz y recalcando las palabras:

—No he de hablar para nada con la señora Práxedes.

Sabía hasta dónde podía presionar, y también que había llegado al punto de ruptura. Era el momento de aflojar la tensión. Cambiando de tono, continuó:

—Me has preguntado quién soy. Dímelo tú. ¿Quién crees que soy?

Antes de contestar, ella lo envolvió con aquella mirada intensa, inteligente, desconfiada.

—Un hombre.

—¿No soy un cliente?

—No. —Ella también había bajado la voz—. Un hombre.

—¿Y qué diferencia hay? ¿Qué es para ti un hombre?

La mirada de Violeta, llena de desconfianza, se tiñó además de una expresión ambigua, incalificable.

—El enemigo.

Se hizo un largo silencio.

—¿Y si yo te dijera que no soy el enemigo? ¿Que quizá soy el único amigo que entrará en esta habitación y que te puede ayudar? ¿Que tal vez tengo poder e influencia para cambiar las cosas?

—Solo nos hemos visto en dos ocasiones. ¿Por qué querrías ayudarme? No tiene sentido. ¿Qué beneficio sacarás de todo esto?

Suspiró, calculando qué paso sería el siguiente. Tras unos momentos de vacilación, fue a buscar la chaqueta y volvió con la cartera de la que sacó una fotografía.

—¿Recuerdas que te he hablado de un amigo que conocía a Rita? —Le alargó su fotografía.

Al cogerla, la sorpresa se reflejó en la cara de Violeta. Él, sin embargo, no se dio por enterado.

—No existe tal amigo.

—Entonces, ¿eras tú el que estaba liado con Rita?

Mauricio afirmó con la cabeza.

—¡Eras tú el hijo de buena familia del que ella presumía! ¡El hijo de un industrial, de un hombre importante! —Y, de repente, murmuró—: ¡Ten cuidado! No sabes de lo que esta gente es capaz.

—Dímelo tú, de qué son capaces. ¿Qué le hicieron a Rita? ¿Qué te han hecho a ti?

En el rostro de Violeta, pese a su serenidad habitual, la angustia y el miedo eran cada vez más patentes.

—Sigue mi consejo; vete de aquí y olvídalo todo. Ya es demasiado tarde para hacer algo.

—No puedo olvidarlo, no puedo dejarlo estar, como si nunca hubiera pasado. Si lo hiciera, estaría perdido.

—¿Estabas enamorado de Rita?

Bajando la cabeza y desviando la mirada, contestó afligido:

—No. Eso es lo más terrible.

—Pues déjala descansar en paz. A Rita ya se le ha acabado todo, Luis. ¡Es demasiado tarde! —repitió.

—Es demasiado tarde para ella, pero no para ti.

—¿Y qué harás por mí? ¿Ponerme un piso en algún rincón de Barcelona y mantenerme hasta que te canses? —preguntó con rencor anticipado, repitiendo las palabras que le había dicho a Margarita—. ¿Y mi hijo? Yo no necesito tu dinero; solo el que me pagas por venir aquí, y con eso tengo suficiente. Este es el trato y no me interesa otro. No quiero salir de esta esclavitud para caer en otra.

—Si me ayudas, saldrás de esta esclavitud. Y serás libre. Te encontraré trabajo. ¿No es eso lo que te gustaría, volver a trabajar, ganarte la vida para mantener a tu hijo? Pues bien, yo te lo puedo conseguir. Ya te he dicho que soy un hombre con influencias. Rita no mentía al decir que mi padre es un hombre importante.

Violeta negaba con la cabeza, incrédula.

—¿Salir de aquí? No sabes lo que dices. ¡Cómo se nota que has tenido una vida fácil! ¿Tú crees que nosotras podemos movernos como tú? Una vez estás dentro, ya no puedes escapar. Todas estamos hipotecadas con la señora Práxedes. Para empezar, ella nos compra vestidos, muebles, joyas, todo son facilidades. En mi caso, además, está mi hijo. Cuando te das cuenta estás con la soga al cuello, endeudada hasta arriba. Cada mes, tienes que pagar algo a cuenta, sin contar con el alquiler que nos cobran por las habitaciones. Si la clientela es más floja y te quedas en las últimas, te hacen un préstamo con intereses, claro, y si no lo puedes pagar, el interés sube y a partir de aquí se monta la cadena, una cadena que te va apretando y apretando hasta que acaba ahogándote. ¿Crees que no hemos intentado escapar? Las pocas salidas a la calle las hacemos con la dueña o con alguien de su confianza que nos vigila, por si se nos ocurriera irnos. Hace tiempo, Margarita consiguió escapar. La denunciaron a la policía por ladrona, y a las veinticuatro horas volvía a estar aquí. Entonces le hicieron la vida imposible una buena temporada. En cuanto a mí... también lo intenté una vez, cuando esta... cuando la señora Práxedes nos llevó por la calle Fernando para seguir los pasos de Semana Santa. Imagínate la escena, ¡tres zorras siguiendo santos! Aprovechando que estaba distraída, me escondí entre el gentío, pero me encontraron y... aún tengo señales de la paliza.

La excitación y la rabia le alteraban las facciones.

—¿Quién te pegó?

—¡No pienso decírtelo! ¿Qué quieres, que vuelvan a hacerlo? ¿Cómo sé que puedo fiarme de ti? ¿Qué pruebas tengo de que no me traicionarás?

—Puedes confiar en mí por una sola razón: porque dependo de ti. Estoy en tus manos. Te acabo de contar la verdad y eres mi única esperanza.

Violeta lo miraba con una expresión que delataba una lucha interna por creer en su sinceridad.

—Suponiendo que te quisiera ayudar, ¿qué podría hacer?

—Empieza por decirme quién te pegó.

La lucha era cada vez más intensa.

—¿Quién te pegó?—repitió sujetándola por los brazos con firmeza.

Hubo un silencio.

—No sé cómo se llama... Es un retrasado mental que viene a veces con una mujer. —Violeta hablaba con un hilo de voz—. Hace lo que le mandan. Tiene más fuerza de lo que nadie podría imaginar. No sabe articular palabra, pero, créeme, manejando la correa, es un maestro.

—¿Te pegó con una correa? —preguntó Mauricio estremecido.

—La dueña lo tiene bien amaestrado, como a un animal de circo.

La soltó lentamente, imaginándose la escena como si la estuviera viendo. Jaumet, con su cuerpo de simio, su sonrisa bobalicona, y los ojos brillantes, levantando la correa y descargándola después sobre el cuerpo de Violeta —¿o era Rita?— con una regularidad escalofriante, con la alegría propia de quien desconoce la relación causa-efecto, orgulloso de sentirse útil, disfrutando con el llanto y los gritos de Violeta-Rita como si fueran aplausos, adelantos del premio que recibiría de manos de su domadora, un monstruo al servicio de otro monstruo.

Mauricio cerró los ojos para alejar la escena de su mente.

—Te prometo... te juro que, si lo consigo, nadie más te pondrá la mano encima. Ayúdame y te sacaré de aquí. Habrá un futuro para el niño y para ti.

Ella le miró con una expresión cada vez más relajada y dulce.

—El futuro siempre se lo lleva el diablo; lo sé por experiencia, porque tengo veinticinco años, pero es como si tuviera dos mil quinientos —contestó, poniéndole las manos sobre el pecho—. Es el presente lo que nos pertenece.

El reloj había dado las once. Aquella noche, Mauricio no durmió en casa.

8

Esa noche se cerraron viejas heridas y se planteó la posibilidad de una nueva vida para los dos. La herida de Violeta era una llaga que había sido abierta por su primer amante, constantemente renovada —y finalmente insensibilizada— por el simulacro, la parodia, el gesto vacío y la repetición mecánica de expresión externa del amor. La de Mauricio, por el contrario, era una puñalada reciente, una lesión que aún no había dejado de sangrar. Las heridas persistían pero, desde aquella noche, dejaron de fermentar en la oscuridad y quedaron expuestas al aire y al sol; un sol paliativo que, poco a poco, iría suavizando su dolor.

Se había entregado en cuerpo y alma a la ilusión del descubrimiento, renunciando, de momento, a sondear a Violeta con el fin de obtener más información. Tarde o temprano tendría que hacerlo, pero intuía que comenzaba a establecerse un ritmo natural que marcaría la pauta de la relación y que no pensaba alterar. Al despedirse a las ocho y media de la mañana para ir a la fábrica, ella no quiso aceptar su dinero y le dio la dirección del pequeño Pedro Antón, pidiéndole que fuera a verle.

Por la tarde, el coche de alquiler le llevó desde Pueblo Nuevo hasta la calle de la Aurora. En raras ocasiones, había pisado el rompecabezas que conecta las Ramblas con la Ronda y el Paralelo. Solo conocía, y muy poco, las arterias principales que atraviesan la anatomía vieja y deteriorada del barrio chino. Descubrió entonces que la calle de la Aurora, lejos de figurar entre ellas, era, como la mayoría de las calles del vecindario, estrecha y de color plomo, con ambos lados unidos por hileras de ropa tendida, como si se quisiera reducir la escasa distancia que les separaba. Lo recorría sin darse cuenta de la proximidad de la isla negra, el cementerio de peritos en la vía pública que tanto había criticado Margarita; ni de que la mayoría de los niños, que estaba a punto de conocer, vivirían toda su vida en el interior de aquel perímetro de quinientos metros que, como un claustro materno celoso y tirano, no los dejaría salir. Voces de mujer y el llanto de alguna criatura se esparcían más allá de los balcones, elevándose hacia la banda de cielo que coronaba la calle.

Con una caja de latón, llena de caramelos, bajo el brazo, entró en un portal relativamente ancho, pero oscuro y sin portería. A medida que subía se hacían más patentes las carreras y el griterío de los chiquillos que, al llegar al tercer piso, ensordecían de tal manera que hicieron falta tres o cuatro golpes de picaporte. Abrió una andaluza corpulenta y sonriente, que se secaba una mano con un delantal gris que le cubría toda la falda. Se llamaba Maruja.

—Buenas tardes.

—*Buena la* tenga *uté.* ¿En qué *pueo* servirle?

—Vengo a ver a un niño que se llama Pedro Antón.

Maruja lo repasó de arriba abajo con una sonrisa bailándole en los labios.

—¿*Uté e* amigo de la Violeta? Vaya por *Dio,* sí que ha *progresao* la muchacha ¡Cuanto me alegro! Pase. Ande con *cuidao,* que *etán imposible* hoy, *la criaturita.*

Mientras hablaba, un niño y dos niñas, entre seis y nueve años, se le habían colgado del delantal contemplando al forastero, y uno de ellos le sacaba la lengua. El culpable de la provocación recibió un manotazo que no le hizo efecto alguno.

Mientras andaban por el pasillo, otros niños se les añadieron, alguno de ellos agarrándose a la chaqueta de Mauricio con curiosidad espontánea. El más pequeño empezaba a caminar y el mayor no tenía más de doce años. A su paso, vio varias habitaciones abiertas y desordenadas, como el resto de la casa, pero las paredes estaban limpias y recién pintadas. Todo el piso olía a lejía.

—¿Cuántos niños tiene a su cuidado?

—Ahora *mimo*, siete. Llega una a la noche muerta, créame *uté*, *toíto er* cuerpo me duele. Mire, ahí lo tiene, al Pedrito. Ese sí que *e* un ángel de *Dio*. No *dise* nunca *eta* boca *e* mía. Ven aquí, mi *vía*, que este *señó* ha *venío* a verte.

Habían llegado a una sala, despojada de muebles, a excepción de unas cuantas sillas de enea, y bañada aún por los últimos rayos de luz de la tarde que entraban por el balcón abierto. El niño avanzó unos pasos hacia Mauricio y se detuvo al llegar a la altura de Maruja. Llevaba una bata de jugar con bolsillos y un par de remiendos. Los ojos, que eran como los de su madre, escudriñaban las intenciones de aquel extraño fijamente, sin parpadear; el cabello más o menos rubio, rapado sin gracia, le daba el aire de un soldado en miniatura. La mujer se volvió a la cocina, mientras farfullaba una disculpa, y el niño la vio alejarse con disgusto. De repente, inició una carrera para alcanzarla, pero Mauricio se agachó y cortó la estampida.

—Ven, que tengo una cosa para ti.

Se sentó en una silla, mientras otros niños y niñas les rodeaban, y le dio la caja de caramelos.

—Hay suficientes para todos. Si eres bueno y los repartes, volveré otro día y te traeré más.

El soldadito abrazó la caja, que le cubría el pecho como un escudo, sin quitarle la vista de encima. Mauricio sonrió pero no obtuvo respuesta. Observó, al verlo de cerca, que ya tenía cara de viejo, que no esperaba nada de la vida y que no se fiaba de nadie. Soportaba la proximidad de un extraño como se soporta la de un enemigo, en estado de alerta y dispuesto a batirse en retirada a la primera de cambio. Lo miraba con la misma expresión imperativa de Remedios Sallent, como si le exigiera una explicación.

El enemigo lo cogió suavemente por los brazos y lo puso entre las piernas, con cuidado de no asustarlo.

—¿Cómo te llamas?

El niño no se inmutó, parecía que no había oído la pregunta. Apretaba los labios y, de vez en cuando, lanzaba una mirada furtiva en dirección a la cocina.

—¿No quieres decirme cómo te llamas? Yo me llamo Mauricio.

—Es tonto, no sabe hablar —comentó una niña con aires de marisabidilla.

—Es que no me conoce. ¿Con vosotros no habla?

—Sí, de vez en cuando, dice «caca» o «quiero que venga mi mamá». Pero habla muy mal, no se le entiende.

—¿Cuántos años tienes?

Persistía el silencio. Uno de los niños mayores se acercó y le dijo con maña:

—Dile a este señor cuántos años tienes. Cu-án-tos a-ños ti-e-nes —repitió vocalizando bien.

Pedro Antón desvió la vista hacia el niño que le hablaba y, después de pensárselo mucho, levantó tres dedos ante la cara de Mauricio. Se escucharon risas y algún aplauso, pero ni siquiera eso consiguió alterar la seriedad del rostro del niño.

Feliz por haber conseguido establecer comunicación, lo levantó suavemente por las axilas y lo sentó en sus rodillas. El cuerpecito se puso en tensión, la misma tensión de ballesta del cuerpo de Violeta que Mauricio conocía bien, cobrando una rigidez que dificultaba la maniobra y dando inofensivas patadas en los tobillos de su captor. Acabó aceptando ese contacto, sensible a la delicadeza del abrazo, con la caja apretada contra su pecho.

—¿Quieres mucho a Maruja? —preguntó Mauricio, al ver que regresaba a la habitación.

—Tendrá que perdonarlo el *señó, e mu* huraño con *la persona* que no *conose*. Como casi no ven a *naide, pobresillo*... Una lo saca cuando *pue* a *jugá* a la *plasa*, pero como son *tanto*, un día por una cosa y otro día por otra...

—¿Su madre no lo viene a ver?

—Sí, cuando esa lagarta de la *Práxede* la deja.

Mientras hablaba, Maruja se acercó al niño con andares exagerados, riendo escandalosamente y haciéndole zalamerías absurdas y toscas.

—Di, ¿*tú quiere* a la Maruja, mi *arma*?

Pedro Antón la miró tranquilamente y, luego, desplegó los labios en una sonrisa. Mauricio le liberó.

—¡Hala! Ve con ella entonces.

Al despedirse, le dio unos billetes a Maruja, fiel a su costumbre —y al lujo, todo sea dicho—, de repartir dinero a cambio de paz espiritual. Un grupo de muchachos le siguieron saltando y armando jaleo hasta la puerta.

El viernes, día habitual de la cita, caminaba por el callejón de las Tres Camas, con un paquete que contenía un chal de cachemir. Había pensado en regalarle un par de medias de seda de fabricación propia, pero le pareció un regalo poco delicado y tuvo miedo de ofenderla.

Tan pronto le abrió la puerta, la señora Práxedes gritó: «¡Violeta!» y el loro «¡Ave María Purísima!». Se oían risas y alboroto en la habitación del fondo.

Violeta lo recibió sonriente, poniéndose de puntillas para darle un beso breve. Seguía mirándolo con reserva y una cierta desconfianza; dudaba entre la necesidad de no perder de vista la realidad y la de creer en aquel hombre que prometía milagros. Parecían dos principios irreconciliables y era necesario atravesar con cuidado la cuerda floja que les unía.

Ya en la habitación, desenvolvió el paquete y aceptó el chal con una naturalidad que desarmaba:

—No estoy acostumbrada a estas delicadezas.

No quedaba claro si se refería al chal o al gesto de Mauricio. En cualquier caso, él no preguntó. A continuación, añadió en tono ansioso:

—¿Has ido a ver a Pedro Antón?

—¡Claro que he ido! ¿No te lo prometí?

—¿Qué te ha parecido?

—¿El niño? Muy guapo, aunque un poco serio. Se parece a su madre.

—No, hombre... Quiero decir, qué te ha parecido el sitio y Maruja.

—Me parece que está bien cuidado. Es más, está claro que quiere a Maruja. Yo, de momento, no le he gustado demasiado.

—Le cuesta mucho aceptar a los extraños.

—Ya se acostumbrará. De Maruja, ¿qué sabes?

—Pobre Maruja... Es de Cádiz; vino aquí a servir sin tener edad para ello... La historia de siempre. Hacía la calle, hasta que consiguió ahorrar cuatro reales para alquilar un piso. Para poder pagarlo y mantenerse, cuida niños, aunque, en realidad, esta es su vocación. Según dice, siempre le han gustado los niños, pero no ha podido tenerlos. Todos los que has visto allí son hijos de mujeres de la vida.

Mientras guardaba el chal en el armario, Mauricio se quitó los zapatos y se echó en la cama.

—Tengo que explicarte una cosa algo delicada.

Se acostó a su lado. Él la rodeó con el brazo y la besó largamente con ternura.

—La última vez que la vi, Rita dijo que estaba embarazada. ¿Lo sabías?

De nuevo apareció la duda en su rostro, la fracción de segundo necesaria para calibrar la respuesta.

—Sí. A nosotras nos decía que su hijo sería «un niño de casa rica» porque su padre no permitiría que pasara privaciones.

Mauricio cerró los ojos, apretando los párpados como si no quisiera volver a ver la luz, y en un susurro dijo:

—¡Entonces era verdad!

—¿El qué?

—Cuando me lo dijo no la creí... No la quería creer... Ahora todo está claro.

—¿El qué está claro?

—Por qué se suicidó.

Violeta le miraba tan de cerca que le rozaba la mejilla con el pelo. Todavía se escuchaba alboroto en la habitación de Hortensia y, de vez en cuando, el canto de Sócrates ahogaba los soliloquios de su rival en la otra punta del piso.

—Es que yo no creo que se suicidara.

—¿Cómo dices? —Mauricio se incorporó de un salto.

—Que Rita no se suicidó... no...

Violeta hizo un esfuerzo por dominarse, pero se le contrajeron las facciones y se echó a llorar sin lamentos ni sollozos, solo con un río de lágrimas ardientes. Cuando pudo, continuó:

—Te dije que estaba con un cliente aquella noche y no te mentí. Lo que no te he dicho es que a la una y media comenzaron a oírse voces amortiguadas y carreras de la señora Práxedes... y luego un grito aquí al lado, en la habitación de Rita... Un grito espantoso, no lo olvidaré jamás, y luego gemidos... unos gemidos continuados, cada vez más débiles... —El llanto le cortaba la respiración y la palabra—. El cliente se vistió y se marchó a toda prisa, como si hubiera visto al demonio... Margarita y yo salimos de la habitación pero la señora Práxedes, sofocada y jadeando como si le fuera a dar algo, nos hizo entrar y nos cerró con llave.

Permaneció unos momentos en silencio, tapándose la boca con el pañuelo para acallar el llanto.

—De repente, tres cuartos de hora después, se hizo el silencio. Yo estaba segura de que había pasado algo terrible. Durante un buen rato hubo un silencio sepulcral, aunque yo tenía la sensación de que, al otro lado del piso, había algún extraño. Pero, como la puerta del pasillo estaba cerrada, no llegaba ninguna voz. Por fin escuché pisadas en el recibidor, y luego la puerta de la calle que se cerraba lentamente para no hacer ruido. Se escucharon más pisadas y más ruido en la habitación de Rita. Era la señora Práxedes que, al cabo de diez minutos o un cuarto de hora, salió y cerró la puerta. Yo estaba echada en la cama, sin atreverme ni a respirar. Y así pasó casi una hora y media más.

Se enjugó las lágrimas, pero el llanto seguía inundando su rostro.

—Aquella hora y media me pareció una eternidad. Por fin la señora Práxedes nos abrió la puerta. Margarita, a pesar de ser muy valiente, estaba blanca como el papel. Nos llevó a la sala, nos dio una copa de coñac para prepararnos para la mala noticia, y nos dijo que había ocurrido una desgracia. Que ya sabíamos que Rita —Hortensia, como entonces la conocíamos aquí— estaba muy hundida porque un señorito adinerado la había abandonado y que, en un momento de ofuscación, se había tirado por el balcón. Recuerdo que cuando dijo esto, yo miré hacia el balcón y estaba cerrado a cal y canto. Lo había cerrado ella, dijo, para que no viéramos el espectáculo lastimoso del cadáver. Aún estaba oscuro, pero se oían voces en la calle. Margarita le preguntó si estaba segura de que había muerto, y dijo que sí, que un vagabundo la había encontrado, había llamado al vigilante y este había dado parte a la policía. Abajo, había dos policías y podían subir en cualquier momento a tomarnos declaración.

Hizo una pausa, durante la cual Mauricio la consoló como pudo y le fue a buscar un vaso de agua.

—«¿Y el grito y los gemidos que se oían hace un rato?», preguntó Margarita. «¿Qué grito y qué gemidos?», contestó la señora Práxedes, como el que no quiere la cosa. «Yo también los he oído», dije yo. «No se ha oído ningún grito. Lo habréis soñado. Las cosas han pasado tal como os he dicho y así se lo explicaréis a la policía. Las tres dormíamos. Vosotras no habéis oído nada porque dormís en las habitaciones de atrás y la puerta del pasillo estaba cerrada. Por mi parte, como mi dormitorio está en la parte de delante, sí que me ha parecido oír un golpe fuerte en la calle. ¡Pero quién se lo iba a imaginar! Estaba medio dormida y he creído que era algún carretero al que se le había caído un fardo, que había una trifulca o Dios sabe qué. Más tarde, me han vuelto a despertar los gritos de "¡Vigilante! ¡Vigilante!" del vagabundo. No he sido yo la única. Los balcones estaban llenos de gente.»

Violeta tosió y bebió un trago de agua.

—«¿Y por qué nos ha cerrado con llave?», preguntó Margarita, que no se da por vencida fácilmente. Pero la señora Práxedes tenía respuesta para todo. «¿Quién os ha encerrado con llave? ¡No digas barbaridades! Cualquiera diría que estáis presas. ¿Es necesario que os recuerde que estáis en una pensión de señoritas? Pues comportaos como señoritas. Vosotras dormíais y no habéis oído nada. El resto me lo dejáis a mí. ¿Entendido?» Cualquiera que la escuchara creería que decía la verdad. Nunca he visto mentir a nadie con tanta sangre fría; llegas a pensar que te has vuelto loca, que todo lo que has visto y oído ha sido una alucinación. Ya sabíamos lo que teníamos que hacer. No era necesario que nos amenazara con la correa del cretino ni con no dejarme ver a mi hijo. Bien que lo sabíamos. Ella siempre tiene la sartén por el mango. Siempre. Por eso la odio. ¡No sabes cuánto la odio!

Pronunció estas últimas palabras con la mirada fija en Mauricio y un fuego en las pupilas —habitualmente tan apacibles como el agua de un lago— que asustaba. Él la abrazó con fuerza y, con la voz visiblemente afectada, preguntó:

—¿No oíste al hombre que llamaba al vigilante?

—No. Es cierto que desde aquí atrás, con la puerta del pasillo cerrada, no se oye lo que pasa en la calle.

—¿Quién era la otra persona que estaba con Rita y la señora Práxedes? ¿Quién salió entrada la noche, cuando ella cerró la puerta con tanta precaución?

—No le vi, pero me parece que sé quién es. Un antiguo amigo mío.

Violeta esbozaba una sonrisa enigmática.

—¿Quieres decir... un cliente?

—No, al contrario. Se podría decir que yo he sido clienta de él. Todas lo hemos sido.

En el rostro de Mauricio se dibujaron ciertos interrogantes, preguntas a medio hacer, hasta que ella aclaró:

—¿La señora Práxedes no te dijo el primer día que aquí estamos muy bien «atendidas»? Seguro que sí, porque es lo que dice a todos los hombres. Pues bien, el que se ocupa de nosotras es un carnicero que se hace llamar médico. Él me asistió cuando nació Pedro Antón; además, se aseguró de que jamás pudiera volver a tener hijos. Es una condición que pone la casa. No lo sabías, ¿verdad? —Y levantó los ojos, llenos de crueldad, hasta encontrarse con los de Mauricio—. Pues ahora ya lo sabes. A Margarita y a Hortensia también las ha... atendido. Nosotras hemos tenido suerte, hemos salido vivas. El caso de Rita era más complicado. Había un embarazo y era necesario un aborto. Eso estaba por encima de la capacidad de semejante monstruo.

Mauricio volvía a experimentar la sensación, ya conocida, que le había provocado el espectáculo checo en el Paralelo y, posteriormente, aquella tarde en la barbería del Ecuestre, la lectura de la noticia de la muerte de Rita en el periódico: la sensación de vértigo, de perder pie porque el mundo gira demasiado deprisa, de notar la cabeza vacía y un zumbido en los oídos. Vencido, incapaz de mirar de frente a aquella mujer que cada día se asomaba a la boca del infierno, susurró:

—No es el único culpable... no lo olvides. No es tan sencillo, nunca es sencillo. Este... monstruo, como tú lo llamas, y yo somos hermanos... Como si fuéramos hijos del mismo padre... Exactamente igual. Pensar que yo le sugerí a Rita que abortase... Si él le asestó el golpe de gracia, yo la empujé, y fue un empujón tan fuerte, que se encontró de repente aquí dentro, sin saber dónde estaba, en el matadero... al que van a parar las chicas perdidas que nadie reclama... y no se acaba aquí, no... aún hay más culpables. Hay una cadena de culpabilidad que va más allá de los sicarios y está tan bien tramada, ¡tan bien tramada!, que una pobre infeliz como Rita no tiene posibilidad alguna de escaparse...

Hablaba, aturdido e inconsciente, preso de un delirio pacífico y, al mismo tiempo, aterrador. Ella intentó sacarlo de aquel estado de desvarío, sacudiéndole los hombros.

—¡Luis, Luis, basta! ¡Ya está bien!

Volvió la mirada hacia Violeta y, poco a poco, el vértigo se fue calmando y el zumbido se alejó. La contempló unos segundos, como el que recobra el sentido:

—Mauricio. Me llamo Mauricio.

—Mauricio... —repitió ella con dulzura, como si con el nombre lo descubriera también a él.

Volvieron a acostarse, abrazados, asustados y agotados, mientras escuchaban cómo el reloj marcaba un tiempo indefinido.

—Este... médico, ¿no es un hombre de unos cuarenta y cinco años, pálido y no demasiado alto, que lleva bigote? —preguntó él finalmente.

Violeta, asombrada y sobrecogida por la exactitud de la descripción, se incorporó y le interrogó ansiosamente:

—¿Cómo lo sabes? ¿Lo conoces?

—Lo tengo visto. ¿Viene a menudo?

—No. Desde la muerte de Rita y la llegada de Hortensia viene muy poco.

—Tienes que decirme su nombre.

—Se hace llamar doctor Serra, pero es un nombre falso. Como puedes ver, dentro de estas paredes, todos cambiamos de identidad. Tú mismo te llamabas Luis hace apenas cinco minutos.

—No tardarás en saberlo todo de mí. En realidad, ya me conoces mejor que muchos que han estado conmigo desde pequeño.

—¿Incluso tus padres? Tienes padres, ¿verdad?

—Especialmente mis padres. Lo que te he explicado de Rita no lo sabe nadie más.

—¿Ni siquiera un amigo?

—No.

—¿Por qué no?

—Porque hace demasiado daño y da demasiada vergüenza. Porque soy un cobarde. Esto tampoco lo sabe nadie.

Violeta bajó la voz y con un tono más cálido, dijo:

—En cualquier caso, aunque solo sea unas horas a la semana, eres mi chico cobarde.

Él sonrió y le hizo una caricia.

—¿Estás seguro de que el niño era tuyo?

—No puedo afirmar que estuviera seguro del todo. Pero ¿qué importancia tiene eso ahora? Es como si lo fuera. —Y, tras una pausa larga e incómoda, añadió—: ¿Hablaste finalmente con la policía?

—Sí. La señora Práxedes identificó el cadáver y a nosotras nos tomaron declaración. La versión oficial es la que ella dio: Rita estaba aquí, en la pensión, igual que nosotras, y se suicidó. Los motivos, ya los conocemos.

—¿Tú no viste el cadáver?

—No. Como te dije antes, la señora Práxedes cerró el balcón para que no lo viéramos. Supongo que las señales externas de una muerte por aborto no son las mismas que las de una caída desde un tercer piso, y por eso no nos la dejó ver.

—Lo que dices tiene sentido. Pero, si es así, ¿cómo se lo tragó la policía?

—¡Ah, la policía! La policía se traga todo lo que les conviene. Estoy segura de que Práxedes los tiene en el bolsillo. Mira, de vez en cuando, viene un hombre que vende joyas. Supongo que son de contrabando, porque las trae escondidas en un maletín de doble fondo. Además, está medio liado con Margarita y la dueña lo trata como a un rey. Pues bien, este hombre es hermano del sargento que tuvo a su cargo el caso de Rita. Por lo menos eso dice él para inspirar confianza. No me extrañaría que él también fuera policía, aunque nunca venga de uniforme. Lo que puedo decirte es que la policía sabe perfectamente que esto no es una pensión de señoritas, y esconden la cabeza bajo el ala. ¿Te acuerdas de que te comenté que Margarita se había escapado y la señora Práxedes la denunció por ladrona, porque, según ella, no había pagado el alquiler? El alquiler es la excusa, la tapadera. En realidad, se trata de las joyas. La señora Práxedes las compra; nosotras tomamos prestado su dinero y nos toca pagarle intereses. ¿Por qué crees que la policía capturó a Margarita tan deprisa y la volvió a dejar en manos de esta bestia? Porque están a su servicio. Yo he comprado tan pocas joyas como he podido, pero me han obligado a hacerlo. Es un círculo cerrado, perfecto. Ella compra mercancía robada para venderla con un tanto por ciento de ganancia, y cuando una de nosotras se escapa, recurre a la policía. Se protegen unos a otros porque todos están comprometidos hasta el cuello. Tú mismo lo has dicho, es una cadena muy bien trabada...

—Me imagino que tampoco debes saber el nombre del sargento.

—No, pero puedo describírtelo y seguramente lo encontrarás en la comisaría de la calle Nou, que es la que nos corresponde. Sé que está destinado ahí.

—Has mencionado a dos policías. ¿Qué puedes decirme del otro?

—Es más joven, me pareció que era un novato.

—¿Recuerdas su aspecto?

—Veintitantos años, no muy alto, pelo claro, prematuramente calvo... y con un acento que no es de Barcelona. Ay, ¿cómo le llamaba el otro?

Se concentró unos instantes, mordiéndose una uña.

—¡Segura! ¡Eso es! ¡Le llamaba «Segura»!

—¡Por fin, un nombre! Mañana mismo iré a la comisaría.

—Sobre todo, ¡ten cuidado!

—No te preocupes, no me pasará nada...

Y, botón a botón, prenda a prenda, le fue quitando el miedo.

Hacía bochorno bajo un cielo lleno de nubes que amenazaban tormenta, y no llevaba paraguas. Volver a pisar la calle Nou le despertó recuerdos del Edén, de días —fugaces como sueños— que parecían alejados en el tiempo, de las academias de cupletistas donde Sebastián había encontrado a su última amiga, Aurora.

La comisaría era un edificio de dos pisos con un patio, en forma de atrio, de entrada y una escalera de mármol. A pesar del calor del verano, en aquel pequeño oasis hacía fresco. Subió y se encontró en el interior de una oficina destartalada, con dos mesas de despacho, una colección de archivadores de todas clases, y una puerta que comunicaba con otra oficina más pequeña. Al fondo había una galería que daba al patio.

Sentado en una de las mesas, había un hombre mayor de uniforme que llenaba formularios con parsimonia, mientras dejaba enfriarse un café con leche a medio consumir.

—Perdone, querría hablar con el oficial Segura.

—Si se trata de una denuncia, tiene que hablar conmigo.

—No. Es un asunto personal.

—Ha bajado un momento, pero ya puede pasar —dijo señalando la otra oficina, que era una réplica reducida de la primera.

De la pared pendía un retrato del rey. Sobre la mesa, entre papeles y carpetas se veía la fotografía de una joven más bien regordeta. Pasados unos minutos, durante los cuales oyó cómo el agente que le había atendido entraba y salía unas cuantas veces, se presentó un policía que se correspondía con la descripción que Violeta había hecho del oficial Segura.

—Buenos días. ¿En qué puedo servirle? Siéntese, por favor.

Mauricio esperaba a alguien poco comunicativo y con cara de mala uva, pero, por el contrario, el oficial Segura era ágil como una lagartija y charlatán como una cotorra. Mauricio identificó el acento, del que le había hablado Violeta, como tortosino, ya que tenía clientes en Tortosa y conocía sus modismos.

—En realidad, venía a ver al sargento...

—¿Vila? ¿El sargento Vila? Es mi superior, a quien tengo el honor de servir.

Mauricio se preguntaba si tanto protocolo iba en serio o le tomaba el pelo. La expresión del oficial Segura, sin embargo, no manifestaba ningún gesto de burla.

—Exacto. —Sonrió, aprovechando que la amabilidad del otro le favorecía.

—En este preciso momento no se encuentra aquí. Pero si desea alguna cosa en la que yo, modestamente, pueda ayudarle, estoy a su disposición.

Agobiado por tanta cortesía, buscó un resquicio por donde captar la atención de aquel policía tan atípico:

—Se trata... cómo se lo puedo explicar... Se trata, en parte, de un caso de conciencia. Tiene que ver con la muerte de una joven hace un par de meses, más o menos.

—¿Sería tan amable de identificarse? Se hace cargo, ¿verdad? Tenemos que actuar según dicta el reglamento...

—Sí, claro. Me llamo Luis, Luis... Vives.

—¿Vives? ¿Como el maestro? ¿Como el insigne autor de zarzuelas, el divino Amadeo Vives? —repetía, enfáticamente.

—Pura casualidad, me temo.

—Ah, pero ¡qué honor compartir el nombre con el gran maestro!

—Indudablemente. Volviendo al tema que le quería consultar, si me permite...

—¡Por supuesto! ¡Por supuesto!

—Esa chica de la que le hablaba, que murió hace poco, se llamaba Rita Morera. Tal vez recuerde usted el caso. Salió en los periódicos.

—Sí, señor. Un suicidio en el callejón de las Tres Camas. Una chica joven, una doncella en flor —no parecía preocuparle que los términos fueran contradictorios—; en una palabra, una *perdida* irreparable... entiéndame el sentido...

El sentido era, precisamente, lo que no había manera de entender. Si Mauricio hubiera estado de humor, le habría costado aguantar la risa mientras soportaba la diarrea verbal del oficial Segura. Era evidente que se hacía un hartón de literatura barata.

—Esta es la cuestión, precisamente... que su muerte fue una tragedia. Y yo tengo un amigo que la conocía.

—¡Ah! De manera que su amigo es... parte interesada... Entiéndame el sentido.

—Tan interesada, que quería venir personalmente, pero está demasiado afectado. Todo esto es un poco delicado, requiere tacto; se lo explico de hombre a hombre, contando con su discreción.

—No tiene que decirme más. Nosotros estamos aquí, en

medio de la escoria de este inmenso estercolero —hizo un gesto con el que quería abarcar todo el barrio—, para vestir al desnudo y desnudar al vestido.

—Muy bien dicho. Pues, abusando de su buena voluntad, le agradecería que me explicara algo del caso, a ver si puedo tranquilizar a mi amigo.

—¡Claro! La cuestión es, señor Vives, entiéndame el sentido que, en ausencia de mi superior, yo no sé si en estas situaciones el reglamento permite...

Mauricio se acercó, bajando la voz hasta conseguir el tono confidencial de los conspiradores.

—Piense que se trata simplemente de una consulta. Le ruego que lo considere un favor personal. Usted es el único que está en una posición de privilegio para hacérmelo.

El oficial Segura estaba acostumbrado a que le trataran de idiota o, en el mejor de los casos, de lacayo. No estaba acostumbrado, sin embargo, a ser consultado en materia alguna, ni a que le suplicaran personas de tanta categoría como evidentemente parecía tener el tal Luis Vives. Era necesario ponerse a la altura, se dijo.

—¡No se hable más! Permítame consultar el archivo. ¿Cómo dice que se llamaba la infortunada señorita?

—Rita Morera.

Sacó una carpeta del cajón y repasó los papeles que contenía.

—¡Exacto! Señorita Morera. ¡Oh, señor Vives! En la flor de la juventud, entiéndame el sentido, en la primavera de la vida, suicidarse de esta manera... Un problema de amores desgraciados según la declaración de su patrona. Un capullo de rosa... Algún desaprensivo lo arrancó cruelmente antes de hora... Y ella, oveja descarriada, que no había escuchado el mensaje celestial de Lourdes... Una doncella indefensa entre las garras de un ave de rapiña... Entiéndame el sentido.

El oficial Segura no podía resistir el impulso fatal de mezclar metáforas irreconciliables. Identificándose, a su pesar con el ave de rapiña, Mauricio no sabía si decantarse por el lado trágico de la situación o aceptar la comicidad absurda de la conversación.

—¿Quién la encontró?

—¿Quién fue? ¿Quién fue? Aquí está. —Revolvió los papeles de la carpeta—. ¡Ah, sí! Un aristócrata del alcoholismo, Agustín del Mosto, alias el Refranes. Un tipo pintoresco, entiéndame el sentido, nada menospreciable, un verdadero filósofo de cloaca...

Inmediatamente, Mauricio identificó el seudónimo. No le cabía la menor duda. Era el vagabundo que aquel día había entrado en la taberna del callejón de las Tres Camas, provocando las risas de los jugadores de damas, mientras él estaba en plena sesión de espionaje.

—¿Sabe dónde le puedo encontrar? ¿Vive por aquí, en el barrio?

—Su casa está en la calle Cirés, donde vive en estado de lamentable concubinato con Ramona Villamediano, alias la Cañón, una correcalles, entiéndame el sentido, una auténtica enferma espiritual; pero el Refranes es un borracho nómada, es decir, itinerante. Es más fácil que lo encuentre en el quiosco de la Cazalla, en el Arco del Teatro, o en la taberna de Mariano, en el callejón de las Tres Camas, que fue el escenario del *fausto* acontecimiento.

—Supongo que él también declararía.

—Sí, señor. Pero dado el estado de profunda embriaguez en que se encontraba, la declaración es del todo incoherente. Mire, lo puede leer usted mismo: «*Barcelona és bona...* Un fardo... Había un fardo ¡Ramona! ¡Ya voy, Ramona! ¿Eh? Diga. La botella vacía, yo llevaba la botella vacía... En medio de la calle había un fardo... Un fardo blanco... ¡Ramona! *Barcelona és bona, si la bossa sona*... Blanco y rojo... Barcelona duerme la mona. Dejadme volver con la Ramona... que la Ramona sufre... ¿Dónde vivo? No me acuerdo dónde vivo. Y si la bolsa no suena... Nadie me llenaba la botella...Todo cerrado... ¡Qué pachorra tiene el ayuntamiento! Tanto si suena como si no suena... Barcelona duerme la mona... ¡Ramona!». ¿Qué le parece? Mire si cae bajo un hombre de sensibilidad e inteligencia naturales cuando se revuelve en el lodo repulsivo del vicio. Y el día menos pensado, en el transcurso de alguna confrontación violenta en cualquier antro de ignominia, alguien saca del bolsillo una navaja *trapense* y... ¡si te he visto, no me acuerdo! Entiéndame el sentido.

Reconoció el monólogo —incoherente, pero lleno de sentido— del Refranes. Al escucharlo por primera vez en la taberna, el «fardo» había sido un elemento más en la retahíla de disparates que salían a chorro de la boca del borracho. El camino del vagabundo y el suyo se habían cruzado, sin que ninguno de los dos se diera cuenta de que estaban íntimamente conectados. Para Mauricio, las palabras y los hechos se producían más de una vez; todos estaban codificados, pendientes de interpretación, y volvían y le perseguían describiendo a su alrededor un círculo invisible y cerrado.

—¿No hay ninguna fotografía del cadáver en el archivo?

El oficial Segura, con los movimientos precipitados que le caracterizaban y que contrastaban visiblemente con la flema del visitante, le alargó una fotografía ampliada. Solo aparecía el tronco de Rita. Tenía la boca y los ojos entreabiertos y, bajo el cabello despeinado, se veía un charco de sangre sobre los adoquines. En el rostro de Mauricio se reflejó el impacto que le había producido la imagen. Tardó unos segundos en recobrar la voz.

—¿No hay ninguna de cuerpo entero?

—No señor. Solo hay copias de esta.

Dudó si hacer más preguntas o reservarlas para el Refranes, suponiendo que llegara a encontrarlo. Pensó que siempre estaría a tiempo de volver a la comisaría y hablar de nuevo con el oficial Segura, y dio por acabada la insólita entrevista.

—¿Su señora? —preguntó al levantarse, cogiendo el retrato enmarcado de la mesa del despacho.

—Mi prometida. —Y, dándole a su voz un tono confidencial, añadió—: Son unas relaciones estrictamente *plutónicas*, entiéndame el sentido.

—Muy guapa. Es usted un hombre afortunado.

—¡Bien que lo sé! Oiga, si fuera tan amable... Usted es un hombre instruido, ya se ve, un hombre de buen gusto... ¿Le importaría darme su opinión sobre un asunto personal?

De un cajón sacó la *Obra poética de Víctor Balaguer* encuadernada en piel verde.

—Es el regalo que le tengo preparado para celebrar los diez años de noviazgo. ¿Qué le parece la dedicatoria?

Mauricio cogió el libro, abierto por la primera página, y leyó: «Para María Rosa, modelo de doncella digna y delicada como una rosa ufana que, aun desprendida del rosal, conserva intacta su *fetidez*. Tu amado, Valentín».

Como mínimo, la fidelidad a las metáforas florales persistía.

—¡Espléndida! —dijo Mauricio—. Digna de Víctor Hugo.

En respuesta a la mentira de Mauricio, retumbó un trueno y el cielo descargó, de repente, un chaparrón de verano.

El oficial Segura le acompañó a la salida, deteniéndose junto a la ventana.

—Observe, señor Vives, cómo la lluvia *encharola* las calles.

9

El domingo se fue en busca del Refranes por aquellos lugares que el oficial Segura le había sugerido. Tal como le había dicho, no lo localizó en el domicilio de la calle Cirés, donde vivía realquilado en una caverna que acogía despojos humanos. Era un piso interior donde se amontonaban personas de todas edades y tamaños que compartían el aire viciado, el retrete perpetuamente atascado y las hileras de ropa tendida colgando por todas partes. El dueño, un hombre corpulento con muy malas pulgas, le confirmó que el Refranes y la Cañón nunca estaban en casa y que lo agradecía, porque, cuando estaban, armaban unos escándalos que ensordecían al vecindario.

Durante un par de horas dio vueltas por todo el Raval y parte de la Ribera, incluyendo el callejón de las Tres Camas. Entró en la taberna y preguntó a Mariano si había visto al Refranes. Ni rastro de él. Pero, antes o después, recalaría por allí, le aseguró el tabernero.

Sin aliento, subió de dos en dos los escalones para ir a ver a Violeta, que no pudo recibirle enseguida porque estaba con un cliente. Curiosamente, no estaba preparado para una situación tan previsible. Se había acostumbrado a ir los viernes y encontrarla esperándole; a cerrar la puerta de la habitación y dejar fuera su mundo y el de ella; a disfrutar de un aislamiento físico y mental perfecto que había convertido aquella alcoba de burdel en un refugio. En su subconsciente, se había convencido de que los otros hombres —al igual que la fábrica y su padre, las tardes de juego en el Ecuestre o las noches locas en La Buena Sombra— no existían ni habían existido jamás.

Intentó disimular su impaciencia y decepción, y saludó a Margarita, a Hortensia —que, al pasar a su lado, le alborotó el mechón de pelo gritando «¡Hola, rey!»— y a la odiosa señora Práxedes. El tictac del reloj parecía aumentar de volumen a medida que anochecía. Cuando, por fin, salió Violeta, se sorprendió al verle en un día que no era «de visita». Él le contestó, con una cierta irritación, que lo que tenía que hacer era dejarse de días «de visita» y despedir a todos esos «cabrones»; que no quería que viera a nadie que no fuera él... hasta que Violeta le tapó la boca para impedir que le oyera la patrona.

Le divirtió la salida de tono de colegial enamorado de Mauricio. No podía aguantar la risa, saboreando la sensación de dominar por una vez la situación y recordándole que aquella exclusividad no le estaba permitida. Molesto por su sonrisa burlona, señal inequívoca de que disfrutaba con sus celos, se enfadó con una intensidad impropia de él y tuvieron su primera pelea. Mauricio anunció a pleno pulmón que, ya que no era bienvenido, se marchaba, pero que a partir de aquel día se presentaría cuando quisiera y diría lo que le apeteciera. Violeta, todavía haciendo esfuerzos para reprimir las carcajadas, no tuvo tiempo de retenerlo. Se fue dando un portazo y corriendo escaleras abajo como un poseso.

A lo largo de la semana siguiente, cumplió su palabra. Llamaba a la puerta del piso del callejón de las Tres Camas un día sí y otro también, y pasaba las horas muertas en la sala, con el consuelo del parloteo cavernoso del loro y los pitos y las toses de la patrona. Cuando, por fin, se quedaba solo con Violeta, la atormentaba, y sobre todo se atormentaba a sí mismo, con preguntas, ruegos, exigencias o reproches según el talante del momento. Ella casi siempre apagaba aquellas llamaradas inadecuadas con una paciencia de artesana; era de gran ayuda, todo hay que decirlo, el temperamento de naturaleza pacífica de Mauricio. Un día, cuando la virulencia de la crisis ya había dejado paso al hechizo de la reconciliación, le prometió:

—De todo esto, ya hablaremos.

—¿Cuándo hablaremos? —gritó alterado, con el mechón de pelo alborotado, sentado en el borde de la cama, vestido solo con unos calzoncillos blancos.

—Cuando llegue el momento.

Ella se abrochaba una bata a la cintura con movimientos gráciles y reposados.

—¡Ah! ¿Y cuándo será eso, en las calendas griegas?

Violeta se acercó con una actitud bien estudiada y le tomó la cara con las manos.

—Cuando sepas mi nombre.

Funcionó como un sortilegio. Su nombre. Como mínimo, le había dado algo concreto. Un día, no demasiado lejano, sabría su nombre. A fin de cuentas, ¿no era el nombre el dato más personal de todos? ¿El único, el más personal, el intransferible? ¿Y, en este caso, el más íntimo? Ninguno de esos «cabrones» sabía el auténtico nombre de Violeta. Cuando Mauricio lo supiera, dejaría de ser oficialmente uno más. Dejaría de ser una «visita» y se convertiría en su amante.

Al llegar a la puerta del piso de la calle de la Aurora, encontró una nota en la puerta que decía: ETAMO EN ER TERRAO.

Dedujo que algunas tardes soleadas Maruja aireaba a los niños lejos de la atmósfera tísica de la calle. Subió hasta arriba y cruzó una puerta, tan baja que tuvo que agacharse. Mientras Maruja cosía sentada en una silla, los niños gritaban y corrían sobre un suelo de ladrillos rojos y abombados, escondiéndose entre las sábanas tendidas bajo un cielo rabiosamente azul. A sus pies, una enorme tortuga sacaba la cabeza del caparazón, pintado de colores, con la intención de husmear el universo.

—¡Pedrito! Ven aquí, mi *vía*, que *t'ha venío* a *ve* el *señó*.

Era evidente que el niño lo recordaba, porque después de preguntarle unas cuantas veces cómo se llamaba, se decidió por fin a responderle «*Perito*». Le dio el regalo que le había comprado y, al instante, un enjambre de niños rodeaba un caballo de cartón.

Quitándose el sombrero, se acercó a Maruja, que le sonreía.

—Buenas tardes. Hace días que le quería preguntar una cosa. ¿Usted conoce al médico que atiende a las chicas de la señora Práxedes?

—Médico, *dise uté*. Yo no sé si *e* médico o no *e* médico, pero bebe como un *condenao*.

—¿Sabe dónde vive?

—*No, señó.* ¡*Niñoooo, deha* en *pa* la Susana! Yo no lo *conosco ma* que de vista por eso, porque se pasea por *bare y taberna* de por aquí... Bebe solo, sin *hablá* con *naide*. *E* un bruto, se lo digo yo... Me las ha *estropeao* a *esa chica*, que *e* un dolor. Bien que se quejan *ella*, la Margarita, sobre *to*, que no *tie pelo* en la lengua... Pero la *Práxede, na,* como si *etuviera* sorda.

—¿Es verdad que esa mujer tiene fincas en el Empordà?

—¡Ja, ja! Eso *e* lo que ella *dise*, que *e* una «heredera». Pero *tié* tanto de «heredera» como yo de marquesa. No, *señó*, la *Práxede* era *der ofisio*, como *toa*. Lo que tuvo suerte. Bueno, suerte... *e un desí*. Se casó con ese sietemesino del *señó Carlo*, que vivía como un rey *der* timo y *er* contrabando; *meno* cuando lo agarraron y *etuvo* en chirona una *temporá*. A poco de *salí*, se largó *pal* otro mundo. Oiga *uté*, la Violeta *e* una buena muchacha ¿sabe *uté*? Si le *pue echá* una mano...

—Eso es lo que estoy haciendo. Y a un borracho a quien llaman el Refranes, ¿lo conoce?

—A ese lo *conose to er* mundo. Como habla por *lo codo*... A *vese* vende lotería. *Etá liao* con la Cañón, *ma* mala que la tiña, ¿Sabe *uté* por qué la llaman así? *Pue* porque *e* maña y *dise* ella que viene derechita de *Agutina* de Aragón, figúrese *uté*. Él no *tie* mala entraña, pero le da a la botella...También anda por ahí, por el Arco del Teatro y *lo bare* del barrio. Por la mañana *toavía* se *tie* en pie; por la tarde se pone *perdío*. Él *e* el que encontró a la muchacha muerta, ¿sabe *uté*? Ahí, donde la Violeta. Seguro que él *conose* al mediquillo de *marra*.

En lugar de a un borracho, ahora resultaba que buscaba a dos. Le quedó grabado en la memoria el comentario de Maruja sobre el estado de relativa sobriedad del Refranes, por las mañanas. El Refranes era el único que había visto el cadáver antes de que llegara la policía y, por este motivo, también era, al menos en teoría, el testimonio más fiable. Después de contemplar la fotografía de archivo en la comisaría que ocultaba celosamente el cuerpo de Rita de cintura para abajo, se preguntaba si no habrían cubierto el cadáver cuando todavía yacía en el pavimento. Convenía tener paciencia y esperar al sábado que tenía el día libre.

Solo iba a dormir a su casa las noches que no pasaba con Violeta. Rehusaba sistemáticamente las invitaciones a fiestas de sociedad, y solo un par de veces había acompañado a sus padres al Liceo. Por el Ecuestre solo aparecía cuando le tocaba arreglarse el pelo con Alberto. Por más que su primo le tiraba de la lengua, él mantenía un silencio impenetrable en lo que concernía a su vida privada. A aquellas alturas, su madre estaba convencida de que una mujer lo llevaba de cabeza y lo conducía por el mal camino. Cuando, muy de tarde en tarde, le abordaba con tacto y discreción, él se escabullía, unas veces con una frase evasiva y otras intentando seducirla con las gracias del Mauricio de siempre, el suyo, el que aún se mantenía intacto. A Rodrigo Aldabó no le preocupaban las ausencias de su heredero, siempre y cuando no se ausentara del trabajo. Y, en este sentido, no tenía motivo de queja.

Aquel viernes, después de un día infernal en la fábrica en el que hizo devolver un cargamento de maquinaria defectuosa y tuvo que hacer de árbitro entre dos trabajadores que habían llegado a las manos, subió las escaleras llevando unas medias de seda bien envueltas. Por fin se había decidido a preguntar a Violeta si le gustaría un par de medias de seda natural. Ella, como de costumbre, había empezado por rechazar el regalo, pero, ante su insistencia, acabó por admitir que las medias de seda eran las mejores.

Al llamar a la puerta se dio de bruces con la señora Prat. Al principio creyó que se trataba de una alucinación. Por su parte, la esfinge con ojos desorbitados, expresó sorpresa por primera vez. No había ninguna duda. Lo había reconocido, a pesar de que solo le había visto una vez y de esto ya hacía meses. Se recuperó enseguida y le pidió la identificación como si fuera un extraño. Mauricio la miró fijamente, queriendo fulminarla, le puso ante sus narices la tarjeta de La Fidelidad y preguntó por Violeta.

Apenas cruzó el umbral, supo que pasaba algo extraordinario. La puerta de vidrios emplomados estaba abierta y, aunque había dos sombreros en la percha, no se escuchaban voces en las habitaciones, salvo el trinar de Sócrates. En la sala, la jaula del loro estaba tapada con el trapo negro que le ponían por las noches, a pesar de que solo pasaban unos pocos minutos de las siete. La puerta que se abría en la pared lateral de la sala, y que siempre estaba cerrada, dejaba entrever un palmo de luz. Dentro, alguien lloriqueaba.

La esfinge le señaló la puerta entreabierta con la mano. Entró con cuidado y se encontró con un grupo de personas que rodeaban una espléndida cama de caoba, con cabezal alto y bien trabajado. El cuerpo de la señora Práxedes se levantaba a cada inspiración como si quisiera levitar, para dejarse caer de nuevo bajo el peso de la derrota. La sangre había huido de los labios, de color de cera, hacia las mejillas, amoratadas e hinchadas de forma grotesca. Sobre el mármol de la mesita de noche ardía una lamparilla; al fondo de la habitación, sobre una cómoda, una lámpara proyectaba una luz mortecina. Las sombras se comían el techo, los rincones y la parte superior de las paredes.

Violeta le miró desde el otro lado de la cama. Hortensia, que sollozaba aparatosamente, se echó en sus brazos en cuanto lo vio entrar. Sin brusquedad, se deshizo del abrazo y la depositó en una silla que estaba en el fondo de la alcoba. Jaumet paseaba su mirada, perdida pero incandescente, con aquella alegría perpetua, por todos los rostros, descansando de vez en cuando en el de la moribunda. Al volver a levantar la vista hacia los otros, sonreía. Desgraciadamente, faltaba la persona que Mauricio tenía más interés en ver: el doctor Serra.

Una mujer desconocida comentó:

—¿No veis cómo está de gorda? Esto no podía ser bueno...

—No está gorda —rectificó otra mujer—, lo que está es hinchada. Ya se lo decía el médico, pero ella no le hacía caso...Y venga a comer dulces...

—Si solo fueran los dulces... —replicó Margarita en un tono insinuante—. También fumaba unos cigarros larguísimos a escondidas. Esta habitación siempre apestaba a tabaco.

Margarita estaba situada entre dos hombres, que debían de ser los propietarios de los sombreros, y se cogía del brazo del que estaba situado a su derecha. Mauricio dedujo que debía ser el contrabandista de joyas. El otro moralizaba:

—No vais a encontrar patrona que os quiera tanto como esta. Eso os lo puedo asegurar.

Violeta le lanzó una mirada despreciativa; Hortensia, por su parte, saltó:

—Y tanto que no. Para nosotras la señora Práxedes ha sido como una madre abadesa.

—¡Calla, boba! —la cortó Margarita—. No digas tonterías.

Y la mujer que había hablado con anterioridad, añadió:

—En este mundo un día estamos, y al otro, no.

—No te precipites, Mercedes —intervino la otra—. No la entierres antes de hora, que aún no está muerta.

—¡Como si lo estuviera, pobrecita!

Mauricio nunca se había encontrado tan incómodo, inmerso en aquella farsa de duelo, aquella danza macabra que rodeaba la cama presidencial del burdel. Pero no podía huir y abandonar a Violeta en esa parodia cruel, en la humillación de tener que velar la caricatura satírica de una madre a punto de expirar. El cliente moralista, cuya cara no le resultaba desconocida, preguntó:

—¿Se ha avisado al sacerdote?

—De un momento a otro llegará el párroco —respondió una de las mujeres que suponía debía de ser una vecina.

—¿A qué parroquia pertenecen ustedes?

—A la Merced.

—¡Ah!

—¿Desde cuándo está así? —preguntó la otra vecina.

—Mientras preparaba el desayuno en la cocina, le ha entrado un ataque de tos tremendo —explicó Hortensia gimoteando—. He ido corriendo a darle palmadas en la espalda, para ver si se le pasaba, y unas píldoras que toma. ¡Pero no han servido de nada! Se ahogaba, por momentos se ponía peor. Hasta que ha salido Violeta de su habitación y ha dicho que teníamos que llamar al médico. A todas estas, la señora Práxedes ha tenido un colapso y se ha desmayado. ¡El trabajo que hemos tenido para, entre las tres, llevarla a su habitación y acostarla! Creíamos que no íbamos a poder.

—¿Ya la ha visto el médico?

—Esta misma mañana —contestó Margarita— y nos ha dicho que no pasaría de las veinticuatro horas.

Mauricio se peguntaba si el médico era el doctor Serra.

—¡Virgen Santa!

Hortensia, que llevaba una *négligée* de gasa azul celeste, redobló el llanto. Margarita le dijo:

—Ve a ponerte algo encima. Que el cura no te vea así.

Apenas cinco minutos después se escuchó el tintineo de una campanilla en el rellano y dos golpes en la puerta. Hortensia, que se había puesto un traje de marinera, fue a abrir con una palangana llena de agua turbia apoyada en la cadera.

El sacerdote, después de mirar de reojo la palangana, el nimbo de rizos rubios y la cara repintada de la muchacha, preguntó dónde estaba el enfermo. Llevaba el viático entre las manos y le acompañaba un monaguillo de doce o trece años, campanilla en mano, que se quedó sentado en el recibidor.

Cuando el sacerdote entró en la alcoba, le abrieron paso

para que se acercara a la cama. Depositó el cáliz y la comunión en la mesita de noche y sacó, de debajo de la casulla, un frasquito con ungüento y un libro ritual. Hortensia, ya liberada de la palangana, acababa de entrar y continuaba sollozando. La señora Prat se mantenía algo retirada del grupo.

El párroco destapó el cuerpo de la señora Práxedes y, con los dedos untados, fue dibujando cruces mecánicamente por todos los enclaves del pecado, mientras leía de corrido las fórmulas latinas del libro que sostenía con la otra mano. Jaumet seguía sus evoluciones con un vivo interés que le animaba la cara.

Cuando parecía que las cruces y ese murmullo indescifrable se prolongarían hasta el infinito, el oficiante sacó una pequeña cruz de plata del bolsillo y la apretó contra los labios inertes, que ya no podían besarla. Sin darse por vencido, tomó el viático y colocó la hostia en la boca, tan profundo como pudo. Hortensia, que no dejaba de llorar, se inclinó para manipular con ternura la mandíbula y el cuello de la señora Práxedes que, finalmente, se tragó instintivamente la hostia. Margarita salió un momento detrás del párroco, le dio una propina a él y al monaguillo y, después de despedirles, cerró la puerta.

Los dos hombres recogieron los sombreros. El amigo de Margarita le murmuró algo al oído. El otro, farfullando frases de consuelo y resignación apropiadas para la situación, regresó a su piso del Ensanche y a su negocio familiar que quedaba más allá de la frontera del callejón de las Tres Camas. Poco después se fueron las vecinas, ofreciéndose para lo que hiciera falta. La señora Prat arrastró a Jaumet, que se resistía a apartarse de la fascinación que le provocaba la muerte, y mirando fijamente a Mauricio, dijo simplemente a las chicas:

—Ya me avisarán cuando todo haya acabado.

Los pulmones de la señora Práxedes continuaban funcionando sin ningún propósito. De vez en cuando, el jadeo se convertía en un estertor que parecía el principio del fin, pero luego retomaba el ritmo regular y fatigado. Las chicas decidieron hacer turnos para, si fuera necesario, velarla toda la noche. A sugerencia de Margarita, Violeta fue la primera. Mauricio, comprendiendo que la situación era tan absurda como ineludible, se ofreció para sustituirla.

—Nadie puede ocupar mi puesto. ¿No lo entiendes? Tengo que hacerlo yo —musitó ella.

—Creía que la odiabas; te sobran motivos.

—Claro que la odiaba. Pero tú lo has dicho: la odiaba. Así, en pasado. Esto que ves en esta cama no es el monstruo que yo conocía. Ya no puede hacer ningún daño, y todo lo que no hace daño, da pena.

Como en tantas otras ocasiones, el razonamiento de Violeta era muy persuasivo. Sin objetar nada más, le cedió la butaca que había en la habitación y él se sentó en la silla, saliendo a estirar las piernas por la sala y el pasillo cada vez que notaba el cuerpo entumecido. De buena gana hubiera encendido un habano —aunque solo hubiera sido para distraerse con el humo— pero incluso en circunstancias tan extrañas como estas, le era imposible prescindir de las formas. No se produjo ninguna novedad. El tictac del reloj de la sala y aquella respiración de foca gigantesca eran los únicos ruidos que se escuchaban en la casa. Parecía que no pasaba el tiempo. En el aire flotaba una quietud densa, preñada de palabras que no se decían y de acontecimientos que no sucedían. Por fin, a medianoche, cuando el sueño comenzaba a vencer a Violeta, Hortensia anunció el cambio de guardia.

En su habitación, Mauricio y Violeta se durmieron enseguida, con un sueño profundo, y no se despertaron hasta que sonaron unos golpes insistentes en la puerta. Ella, aún medio dormida, fue a abrir.

—Ya ha muerto —anunció Margarita, como podía haber dicho: «Ya son las cinco de la mañana». Las oscuras ojeras que rodeaban sus ojos denotaban tan solo falta de sueño.

Hortensia había salido de la habitación contigua con una bata mal abrochada y los rizos alborotados, llorando de manera histérica. Con menos aspereza de la habitual, Margarita intentó calmarla.

—¿Por qué no la arreglas un poco? Entretanto, nosotras avisaremos a las vecinas y a la funeraria.

—¿A qué funeraria pensáis avisar? —preguntó Violeta, recogiéndose el cabello, despierta del todo.

—A la mejor de Barcelona, La Neotafia. Tenía la obsesión de un funeral de primera; siempre me estaba dando instrucciones. Ya sabemos que no se lo merecía, pero no quiero tener deudas pendientes con un fantasma.

Hortensia fue a buscar su caja de cosméticos y empezó a maquillar a la muerta como si aquella noche fuera a ir a un baile de disfraces. El colorete sustituyó el rubor amoratado de las mejillas, que ya empezaban a palidecer, y los labios lívidos se encendieron de magenta. Luego le recogió el cabello con horquillas, tal como lo solía llevar, y le frotó las sienes con un perfume mareante. Mauricio, después de muchos años de haberlo borrado de su memoria, se acordó de repente del ajusticiado vestido de arlequín del Patio de Cordeleros. Margarita contemplaba tranquilamente la *toilette* mortuoria, mientras Violeta hacía café en la cocina.

—¿Quién era la mujer que me ha abierto la puerta? —preguntó Mauricio.

—¿La que iba con el cretino? Una amiga de la patrona —contestó Margarita con indiferencia.

—Y él, ¿quién es?

—Es su hermano. ¡Vaya un premio que le ha tocado! No le puede dejar solo ni un momento. Tiene tanto de idiota como de mala persona. —Y, dirigiéndose a Hortensia—: Tendríamos que ponerle una cruz sobre el pecho, como ella quería.

La aludida salió, diligente, de la habitación y volvió dos minutos después con el crucifijo que colgaba de la pared del pasillo. Era de hierro forjado y medía más de un palmo.

—¿Dónde vas con eso tan grande?

Sin darse por vencida, se llevó el crucifijo y reapareció poco después con unas tijeras. Haciendo gala de un ingenio insospechado las colocó abiertas en ángulo recto sobre el pecho, por fin en reposo, de la señora Práxedes.

—Fijaos cómo está de hinchada. Parece que vaya a reventar —lloriqueaba, mientras le arreglaba la ropa.

—Un plato de ceniza —murmuró Margarita.

—¿Qué dices?

—En el pueblo donde nací, poníamos un plato de ceniza sobre el vientre de los muertos para que no reventasen.

—Eso debe de ser cosa de moros y gitanos... —aventuró Hortensia.

—No digas tonterías. Te he dicho muchas veces que yo, de mora, no tengo nada. Soy francesa. A ver si te enteras de una vez.

Al cabo de un rato, un plato con un puñado de ceniza protegía el vientre monumental de la muerta.

Faltaba poco para las siete de la mañana y Sócrates hacía rato que celebraba la salida del sol. Mauricio preguntó dónde estaba el cuarto de baño y se lavó para volver a ponerse la misma ropa del día anterior. Tal como esperaba, encontró una navaja, jabón de afeitar y una botella de quina.

Se tomó el café que le ofrecía Violeta y, cuando ya estaba a punto de salir, la besó, diciendo:

—¿Te acuerdas de que me dijiste que ya hablaríamos? Pues ha llegado el momento de hablar.

Como no quería tomar parte en la bufonada del funeral en la Merced ni del entierro que se celebraría por la tarde en el cementerio de Pueblo Nuevo, le prometió que volvería al día siguiente.

Aquel día las señoritas del callejón de las Tres Camas no recibieron visitas, porque estaban cansadas y tenían sueño atrasado, y también porque Margarita quería poner rumbo hacia el futuro. La primera disposición del nuevo régimen fue reclamar el monopolio de las llaves del piso, que hasta entonces pertenecían a la señora Práxedes. Por motivos muy diferentes, ninguna de las otras dos jóvenes cuestionaron la supremacía de Margarita. Muy temprano, la reina recién coronada destapó al loro, que dio una estridente bienvenida al alba, y subió la persiana del balcón para que el aire de la calle acariciara los azulejos vírgenes de la sala. La cama de la señora Práxedes estaba deshecha; el colchón, sacudido; la puerta de vidrios emplomados y las de las habitaciones, abiertas. Por el pasillo volaban las notas de Sócrates y partículas doradas de polvo: se estaba oreando a la muerte.

Cuando, por la tarde, llegó Mauricio, un poco antes que de costumbre, Violeta le informó del ascenso de Margarita. Él, con una mirada intensa y persistente, la cogió por los hombros.

—Ha llegado el momento de la verdad. Si quieres, hoy mismo, serás libre.

—Sé tan poco de ti... Vienes de un mundo que no tiene nada que ver con el mío, y estás haciendo todo esto por Rita.

—No. Empecé a hacerlo por Rita, pero hace tiempo que lo hago por ti.

La obligó a sentarse a su lado y continuó:

—Tienes derecho a saber quién soy. Me llamo Mauricio Aldabó Palau, vivo en el paseo San Juan y mi padre es fabricante de medias de seda. Creo que por fin sé cómo Rita acabó aquí.

—¿Qué quieres decir? —Las pupilas de Violeta se clavaron en las suyas.

—Una tarde íbamos los dos paseando, cuando me dijo que creía estar embarazada. Tuvimos una discusión en plena calle y ella se metió en una tienda de lencería de la calle Santa Ana que se llama La Perla de Oriente. Nunca más salió de allí. La dueña o encargada de La Perla de Oriente es la señora Prat.

—¿Cómo lo sabes?

—Porque, después de un buen rato de esperar en la calle, entré y pregunté por Rita. La mujer con quien hablé era la señora Prat, si es que este es su verdadero apellido. También estaba su hermano, sentado en una silla al fondo de la tienda. No contaban conmigo; debían de saber que Rita no tenía familia y creían que iba sola y la hicieron desaparecer, pero todavía no sé cómo.

—¿Estás diciendo que no entró aquí voluntariamente?

—Exacto.

—¿Y qué te dijo la señora Prat?

—Que en la tienda no había entrado ninguna chica que respondiera a la descripción que yo le estaba dando.

—¿Estás seguro de que entró?

—Segurísimo. Desde entonces, he seguido a la señora Prat y a Jaumet en varias ocasiones, escondiéndome como un criminal para no ser visto. Así descubrí este piso en el callejón de las Tres Camas. Sin saberlo, me trajeron ellos hasta aquí. Si supieras las horas que me he pasado esperando en la taberna de enfrente y la de veces que me he escondido en el hueco de la escalera...

—Pero... ¿quién te dio la tarjeta que se necesita para poder entrar?

Respiró hondo, llenándose los pulmones y preparándose para lo más duro.

—Tengo motivos para creer que la cosa no acaba aquí y que, tras la señora Prat y la patrona que acabáis de enterrar, hay alguien más. De momento he de guardar silencio sobre esta cuestión. ¿Me perdonarás y seguirás confiando en mí? Cuando esté bien seguro, te lo contaré todo. No creo que tarde demasiado en descubrir toda la verdad. Hasta ahora no he hablado con nadie de la desaparición de Rita; la he llevado dentro, clavada como una espina que no me dejaba vivir ni de día ni de noche. Hasta que no me la arranque del todo, no estaré en paz conmigo mismo y no podré ofrecerte nada. Tengo que llegar hasta el final. Tú eres la primera en saber qué pasó y tal vez serás la única. Puede que nunca lo sepa nadie. Si no hubiera sido por ti, estos últimos meses, me hubiera vuelto loco.

Ella lo miraba estupefacta, esforzándose por leerlo, por descifrarlo como si fuera un libro escrito en clave. Al cabo de unos minutos, hizo una pregunta que no tenía ninguna relación con los hechos que Mauricio acababa de relatar.

—¿Qué haces durante el día, cuando no estás aquí?

—Trabajo en la fábrica. Estoy licenciado en derecho, pero era un mal estudiante y no he ejercido nunca. En casa han dado siempre por supuesto que sería el sucesor de mi padre en el negocio; están equivocados.

—¿Dónde está la fábrica?

—En Pueblo Nuevo. ¿Quieres saber cuántos obreros trabajan en ella, cuántos telares hay? —preguntó con ironía, divertido ante esa inesperada curiosidad.

—Quiero saber qué haces exactamente.

—¿Exactamente? Pues, aburrirme. Me ocupo de los clientes extranjeros: entrevistas, telegramas, documentos de exportación, facturación de pedidos, de vez en cuando un viaje a Francia...

—¿Dónde has estado, en Francia?

—En Lyon, en París...

—¿París es tan bonito como dicen?

—Más aún. ¿Te gustaría ir alguna vez? —Le acarició la cara con la palma de la mano.

—¿A qué escuela fuiste de pequeño?

—Al Liceo Políglota; y también pasé un año en un pensionado de Suiza.

Violeta se había ido acercando entre crujidos de seda progresivos hasta rozarle la cara con los labios cada vez que hablaba; cuando él la rodeó con el brazo, se dejó coger por la cintura.

—¿Pasaste el sarampión y la varicela? —preguntó con un murmullo tan íntimo que parecía que le preguntaba si quería hacer el amor.

—No me acuerdo, ya hace tiempo que soy mayorcito.

Él también susurraba, con una media sonrisa juguetona que no se estaba quieta. Perdido en la niebla de su perfume y de su aliento, Mauricio enseguida comprendió que Violeta quería reconstruir y dar sentido a su vida a partir de las realidades más concretas.

—¿Qué te enseñaron en Suiza?

—Francés... más o menos.

—¿Te gustó estudiar en Suiza?

—No, entonces no me gustó nada.

—¿Qué aficiones tienes? —indagaba con voz hipnótica y mirada inquisidora.

—La música y el deporte.

—¿De verdad tocas el piano?

—Claro que es verdad. Cualquier día te lo demostraré si me dejas.

—¿Y qué deportes practicas? —Su voz era como un cosquilleo junto a su oreja.

—La equitación y el frontón. Violeta...

Todo el cuerpo se le estremecía con la inquietud de un nido de abejas. No sabía cuánto rato podría resistir tan diabólico interrogatorio.

—¿Cuál es tu plato preferido?

—¿Mi plato preferido? No lo sé... la langosta a la americana. Violeta... ¿cómo te llamas?

Los labios de ella rozándole los suyos no le dejaban articular las palabras con claridad.

—¿Estás casado?

Mauricio echó la cabeza hacia atrás para soltar una carcajada; le resultaba realmente cómico que, a esas alturas, le hiciera esa pregunta.

—¡No!

—¡No te rías! Esta pregunta nunca se le hace a un cliente; solo se le hace a un hombre. —Y volvía al ataque sensual, frontal, implacable.

—¿Cómo te llamas? —La sujetó con más fuerza, aprisionándola, rodeándole la cintura con los brazos.

Violeta, con el mismo murmullo narcotizante y sin retirar la cara ni un centímetro, contestó:

—Si me engañas, te mataré. —Y le apartó el pelo de la frente con dedos tiernos y sutiles.

Se levantó y le llevó de la mano hasta la puerta de Margarita. Dio dos golpes secos y decididos con la mano que le quedaba libre. Margarita, con una bata de satén rosa, la cara sin maquillar y el pelo suelto hasta la mitad de la espalda, les hizo pasar.

—Me voy de aquí —anunció Violeta.

—¿Ya sabes lo que haces?

—Sé que doy un paso muy arriesgado. Pero la decisión está tomada. Antes de fin de mes te pagaré el alquiler y te dejaré la habitación libre.

Margarita, contoneándose ligeramente con una mano en la cintura, lanzó una mirada sardónica a Mauricio.

—Si resulta que al final es un sinvergüenza, que a la larga todos lo son, siempre puedes volver.

—No lo creo.

—¿El qué no crees? ¿Que sea un sinvergüenza o que vuelvas?

Violeta sonrió enigmáticamente, sin responder. Encarándose con ella, Mauricio insistió:

—¿Cómo te llamas?

Violeta esbozó una sonrisa agridulce.

—En el pueblo, cuando era muy joven, me llamaban Caterineta.

Mauricio estudiaba el rostro de la nueva patrona, pendiente de su reacción. Margarita, por toda respuesta, abrió la cortina de la recámara donde estaban el jarro y la palangana y llamó a Violeta con un gesto. Cuando la tuvo cerca, le sujetó el cabello, le hizo agachar la cabeza y, levantando el jarro, le vertió lentamente un poco de agua sobre la melena:

—Yo te bautizo: Caterina.

10

El sábado por la mañana, mientras se humedecía la sombra azulada de las mejillas y la barbilla, se miraba en el espejo como quien contempla a un extraño. Veía, también, los azulejos blancos y negros del suelo, la gran bañera con garras de león, los grifos dorados, la pileta de mármol. Oía a la criada y a la cocinera trasteando en el comedor con el servicio de desayuno, olía el aroma de la loción que una hora antes se había puesto su padre. Y sabía con certeza que eran sensaciones que no volvería a vivir. Sensaciones que solo iban a repetirse un número limitado de veces; que eso ya se acababa y que, dentro de poco, la vida en el paseo San Juan sería tan irreal como la sirena Anfitrite.

Siempre que podía, tenía la costumbre de leer el periódico a primera hora de la mañana. Su madre, en un juego de bata y camisón blancos, que aún la hacía parecer más esbelta, y los cabellos negros recogidos en una trenza, se sentaba con él a la mesa. Hacía años que los sábados y domingos desayunaban juntos y Mauricio sabía que, indiscutiblemente, lo echaría de menos. De vez en cuando, levantaba los ojos del periódico y le sonreía. En una de esas veces le preguntó:

—¿Qué vas a hacer hoy, mamá?

—Lo mismo que cada sábado. A las tres y media, después de la siesta, iré con mis amigas a la Maison Dorée.

—¿Quién estará?

—Las de siempre: Lita Ramalleres, Pirula Camprodón, Montserrat Despí y Adela Coromines. Seguro que me preguntan por ti. Todas mis amigas te adoran.

Por la mente de Mauricio pasó, veloz como un rayo, la imagen de la señora Ramalleres en los momentos de mayor pasión, cuando estaban juntos. Estuvo a punto de ruborizarse, pero simplemente dijo:

—¡Ah, sí! Ya no me acordaba de las reuniones en la Maison Dorée.

—Es que estás muy distraído, últimamente.

Ignoró el comentario y, mientras hojeaba el periódico, continuó fingiendo que se interesaba por la rutina de los sábados de su madre.

—Y después, ¿qué haréis?

—Tenemos entradas para ir al Romea con tu padre.

—¿Qué hacen?

—*La Muerta* de Pompeu Crehuet. Al salir iremos a tomar alguna cosa al Lyon d'Or. A esa hora la flor y nata de Barcelona está allí.

Jugó un momento con la taza, antes de añadir:

—Mauricio... ¿seguro que no tienes ningún problema y que todo va bien?

La mirada de Lidia era suplicante y estuvo tentado de confesarle que, posiblemente por primera vez, amaba a una mujer, que era una muchacha humilde, que... Entonces le vinieron a la memoria Lita Ramalleres y Pirula Camprodón, la orquestina y las apasteladas fantasías bucólicas que embadurnaban las paredes de la Maison Dorée, la conversación tan insulsa como el té del Lyon d'Or y contestó:

—Puedes estar tranquila, mamá; estoy mejor que nunca.

Y, apurando el café y doblando el periódico, se dispuso a salir. Su madre, como si comprendiera que acababa de abrirse entre los dos un abismo insalvable, le suplicó a media voz:

—¿Por qué no tocas alguna cosa?

Esperaba cualquier cosa antes que ese capricho.

—¿Ahora?

—¿Por qué no? ¿Qué tiene de malo tocar ahora?

Se sentó al piano y le preguntó:

—¿Qué te apetece?

—Lo que quieras, pero que sea... bien alegre.

—Como guste, madame. —Y, después de hojear unas cuantas partituras, inició «Hora Stacatto», una pieza eslava para violín y piano que se había puesto de moda.

A sus espaldas, Lidia sonrió y, unos segundos después, empezó a llorar en silencio. Eran lágrimas de despedida que le vidriaban la sonrisa.

Mauricio atacó las primeras notas sin demasiada inspiración, pero, poco a poco, se fue animando con la brillantez febril de Dinicu. Los dedos firmes que sujetaban la pala de frontón con la fuerza de unas tenazas, y se deshacían al contacto de una piel, combinaban ahora todo su repertorio: golpeaban, punteaban, saltaban, vibraban, rozaban, temblaban, aleteaban. Hacía tiempo que no se sentaba al piano y casi había olvidado la capacidad orgiástica de las teclas. Ni siquiera echaba de menos el violín. Durante unos minutos, su mente se quedó en blanco: las preguntas inquisitivas de su madre, la cuenta pendiente con su padre, el doctor Serra, Rita, Caterina, la gestión que se había propuesto realizar aquella mañana. Solo existía aquel remolino de música, la pirueta ejecutada por las notas proyectadas al viento para que girasen como peonzas rapidísimas que, como un malabarista, recogía al vuelo y volvía a lanzar para una nueva rotación. Un estallido de luz danzarina atravesaba los ventanales. Nunca había tocado tan bien.

Lidia, con la respiración en suspenso, se enjugó las lágrimas. Cuando Mauricio se volvió hacia ella, solo vio la sonrisa. Con las notas resonando en su interior como si todo el cuerpo hubiera sido un instrumento musical, se levantó, cerró la tapa del piano y, dando un beso rápido y sonoro a su madre, desapareció por el pasillo.

La música le había dado alas. No quiso coger un coche para ir hasta el Raval, sino que comenzó a caminar Trafalgar abajo, con la seguridad de que aquella mañana se encontraría con el Refranes. Se lo habían dicho las notas finales de «Hora Stacatto». Antes que nada fue a la taberna del callejón de las Tres Camas, donde Mariano lo saludó como a un viejo amigo y le informó de que el Refranes había pasado por allí el día anterior, pero que era imposible saber dónde estaba en aquel momento. En cualquier caso, añadió, no acostumbraba a estar totalmente borracho hasta el anochecer. Era la misma información que, unos días antes, le había dado Maruja.

Atravesó la plaza Real, esquivando palomas y niños que saltaban a la comba, y cruzó las Ramblas. Se metió en el Arco del Teatro, abriéndose paso entre mendigos, mujeres de vida alegre y amas de casa que iban a la Boquería con el cesto de la compra bajo el brazo. En la primera esquina se paró en el Kiosko de la Cazalla que, según el oficial Segura, era uno de los territorios del Refranes.

El Kiosko de la Cazalla hacía honor a su nombre: no ocupaba más de tres metros cuadrados y solo servía cazalla. Había tres taburetes, que no garantizaban ninguna estabilidad, un mostrador pintado de negro y decorado con obscenidades —textos e ilustraciones— grabadas a punta de navaja y, al fondo, dos estantes de vidrio abocados a una caída inminente, que sostenían con dificultad media docena de vasos; en la pared de enfrente, un espejo picado y turbio reflejaba las espaldas jorobadas de los parroquianos y, en el suelo, una costra de mugre había borrado hacía tiempo el dibujo de los azulejos. La bebida la despachaba un hombre delgado, enfermo de los pulmones; de los labios, le colgaba una colilla que parecía un apéndice permanente de su cara. Sentado con una estabilidad precaria en uno de los taburetes, un cliente con boina negra miraba fijamente al recién llegado con la impertinencia de aquellos que no tienen nada que perder.

Mauricio pidió una cazalla; el primer y último trago fue suficiente para quemarle la garganta. Dejando el dinero sobre una de las inscripciones de la barra que decía «Salud y trabajo, y un agujero para el badajo», preguntó por el Refranes.

—¿De parte de quién?

—De un amigo.

El tabernero le miró de arriba abajo, dudando de que el Refranes tuviera algún amigo que llevara trajes de alpaca.

—¿Se ha metido en algún lío? Porque él no hace daño a nadie. No será usted de la policía, ¿verdad?

—No. Una vez me hizo un favor y quería darle las gracias.

—El hombre titubeó un momento, estudiando la mirada de Mauricio y el dinero que había dejado sobre el mostrador. El cliente de la boina negra continuaba contemplándolo embobado.

—Mire, por si le interesa, cada día pasa por aquí. Pero no le diga que se lo he dicho yo, ¿eh? Que a veces tiene mala leche.

—¿Sabe dónde suele ir los sábados por la mañana?

—Ir, lo que se dice ir, no va a ningún sitio. Solo pasea. Si tiene paciencia, lo encontrará en cualquier bar de los alrededores.

—Si viene mientras le estoy buscando por el barrio, ¿sería posible avisarme? No me iré demasiado lejos.

Al ver que otro billete se añadía a los que ya estaban sobre el mostrador, el tabernero hizo un gesto afirmativo.

—Todo es posible, en esta vida. Pero, recuerde, no le diga que he sido yo.

Se adentró en el Arco del Teatro, y empezó la peregrinación en busca del Refranes. En la calle se alternaban una lechería, una droguería, un ropavejero y una panadería con una serie de bares que, a aquellas horas, estaban tranquilos y en los que sistemáticamente entraba a preguntar. Una vez cruzadas las Atarazanas, los establecimientos familiares iban escaseando y los bares se transformaban en tugurios. Una mujer despeinada salió a un balcón, con un cubo en las manos y anunciando: «¡Agua va!». Mauricio se refugió en la fachada contraria para evitar que le salpicara. El agua cayó con fuerza y arrastró, sobre los adoquines, papeles, huesos, algodones ensangrentados y pieles de naranja... Serpenteaba, siguiendo un curso entrecortado y accidentado, rodeando los adoquines más sobresalientes y hundiéndose en las ranuras. El destino final era una cloaca minúscula abierta en el centro de la calle y tapada con una reja. Al llegar hasta allí, la masa de desperdicios domésticos aceleró su marcha cansina, como si tuviera prisa por incorporarse a las aguas subterráneas de la ciudad y, reculando con un movimiento de vaivén, obturada la reja por la aglomeración de desperdicios, permaneció unos minutos en suspenso. Luego, la atracción de la cloaca fue más potente que el freno de la reja, y el agua, después de dos o tres estertores, se coló entre los barrotes de hierro. Los detritus sólidos permanecieron sobre la reja con la misión de bloquearla indefinidamente.

Fue hacia la izquierda, en dirección al Portal de Santa Madrona, donde los burdeles aún dormían y su sueño era respetado por un silencio relativo que, de vez en cuando, violaba algún marinero borracho. Después de dar una vuelta completa, volvió a encontrarse en Arco del Teatro y se dirigió al otro lado en dirección a la calle Conde del Asalto. Fue entonces cuando se dio cuenta de que se había dirigido hacia la isla negra. La ostentación de lujo que recordaba en Conde del Asalto, con la moderna y revolucionaria fachada del Palacio Güell y las luces y la música que salían del Edén, tapaba como un biombo las pústulas de las calles vecinas. Casas de gomas con carteles que anunciaban lavados y tratamientos de enfermedades venéreas en los escaparates se alternaban con cuevas, donde se despachaban bebidas o se alquilaban habitaciones. El vicio proporcionaba su propio antídoto.

Mauricio investigó en los lugares más espantosos, en agujeros que no parecían conocer la luz del día. A lo largo de las calles Tapies y San Ramón, que a aquellas horas de la mañana estaban llenas, le abroncaron, le insultaron, se le insinuaron, le tocaron y le pellizcaron. Algún camarero y alguna mujer ociosa admitieron, de mejor o peor gana, que conocían al personaje que buscaba. Pero él tenía la impresión de estar moviéndose en círculos, como un perro que persigue su propia cola. El Refranes estaba muy cerca y al mismo tiempo muy lejos, porque, tal vez, jamás coincidirían en las curvas del laberinto.

Inesperadamente, en la esquina de Unión y Arrepentidas, notó que le tiraban de la manga. Un niño de unos diez años, con gorra y unas alpargatas agujereadas, le condujo de nuevo hasta Arco del Teatro. Cuando estuvieron cerca, le señaló el Kiosko de la Cazalla y puso la mano. En cuanto recibió el botín, se levantó precipitadamente la gorra y echó a correr. Antes de que la vista de Mauricio pudiera seguirle, ya había desaparecido.

En el Kiosko de la Cazalla los tres taburetes estaban ocupados. El parroquiano que había observado a Mauricio con tanto detenimiento ya no estaba. Además de los tres hombres sentados, había otro de pie que discutía con uno de ellos. El tabernero cruzó una mirada de complicidad con Mauricio que, como si tal cosa, pidió otra cazalla.

—¡Te digo que este taburete está ocupado! —vociferaba el hombre que reclamaba el asiento.

—Si querías el taburete, ¿por qué te has largado?

—He visto pasar a Casimiro y teníamos un asunto pendiente.

—¡Ah! Pues «quien fue a Sevilla perdió su silla».

Mauricio dedujo que quien así hablaba debía ser el Refranes. Interfiriendo en la trifulca, preguntó:

—¿Señor Del Mosto?

El interpelado giró la cabeza.

—¿Quién me llama por mal nombre?

—¿No es usted?

—Sí y no. Si es a un servidor a quien busca, sepa que me llamo Refranes.

—Perdone. No sabía que le gustaba más el seudónimo.

—Es que, tratándose de un servidor, Refranes no es un seudónimo, es un título.

—Muy bien, señor Refranes, ¿le importa que hablemos un momento?

—¿Y qué hemos estado haciendo hasta ahora?

—Quiero decir, hablar de un asunto concreto.

—Perdone, joven, cada cosa a su tiempo y un tiempo para cada cosa. Antes que nada, ¿nos conocemos?

—Digamos que yo le conozco a usted de referencias.

—¡Mal asunto! —exclamó el Refranes, apoyándose sobre el mostrador—. Seguro que son bien malas.

—Al contrario.

La cara —una telaraña de venas por las que circulaba el vino— se volvió hacia Mauricio con expresión de desconcierto. El cliente cabreado aprovechó la ocasión para volver a reclamar el asiento y el Refranes, con el puño levantado, le soltó una sarta de insultos. El tabernero intervino:

—¡Eh! Refranes, que a ti no te ha faltado nadie. Hala, a tomar el aire; en mi casa no quiero bronca.

—No tienes caridad y Dios te castigará, que de desagradecidos, está el infierno lleno —repitió el interfecto, en el tono más apocalíptico de su repertorio.

Antes de que el tabernero pudiera replicar, Mauricio intervino:

—¿Le importa que vayamos a otro sitio más espacioso? Le invito a lo que quiera.

Vio la ocasión de vengarse del tabernero y del usurpador de taburetes, y aceptó la invitación.

—Se agradece. ¡Vamos a Las Cuatro Gotas!

Preguntándose si Las Cuatro Gotas era un bar o un urinario público, Mauricio pagó la bebida que ni siquiera había tocado. Rápidamente, el Refranes se apoderó del vaso y, añadiendo «Con su permiso», se lo bebió de un trago.

Las Cuatro Gotas era uno de los antros que Mauricio había visitado, sin fijarse en el nombre. El olor a moho y a vino barato impregnaba todos los objetos, mal iluminados por un par de bombillas envueltas en telarañas. En cuanto se sentaron a una mesa y pidieron las bebidas, una prostituta que, por su aspecto, había rebasado la cincuentena, reconoció a Mauricio de haberlo visto minutos antes y se acercó.

Tenía los dientes cariados y llevaba un sombrero de plumas rojas.

—¡Hola, preciosidad de mamá! Ya veo que me has echado de menos. ¿Tienes cinco minutos para Carmela? ¿No te gustaría hacer un «sesenta y nueve»?

—¡Déjate de matemáticas y lárgate de aquí! —exclamó el Refranes—. ¿No ves que este señor y yo estamos hablando?

—¡Contigo no hablo, animal!

—Animal lo será tu padre porque «de tal palo, tal astilla».

Mauricio deslizó un billete en la palma de la mano de la Carmela, que ya se afilaba las uñas para atacar a quien la había insultado.

—Anda, reina, tómate algo a mi salud. El señor Refranes y yo tenemos que hablar.

Carmela sonrió, contoneándose como de costumbre, sin demasiadas ganas. Después miró al Refranes de mala manera.

—Me voy porque me lo pide este... príncipe. No creáis que no sé reconocer algo bueno cuando lo veo.

Y, despacio, se alejó en dirección al mostrador. Mauricio, entretanto, meditaba cuál sería la mejor manera de iniciar la conversación.

—Me han dicho que usted es un hombre de buenos sentimientos.

—Hombre, sí, de eso aún me queda. Ya sabe: «Quien tuvo, retuvo». ¿Quién le ha dicho que tengo buenos sentimientos?

—Maruja, la que cuida niños.

—¡Ah, sí! Una santa; se está ganando el cielo.

—Pues bien, he venido a pedirle un favor, apelando a sus buenos sentimientos. Se trata de Rita Morera. ¿Le suena el nombre?

—Según de qué se trate, le diré si me suena o no.

—Es muy sencillo. Usted la encontró.

—Sí, señor.

—En el callejón de las Tres Camas.

—Sí, señor.

—Declaró a la policía que había encontrado un fardo blanco y rojo.

—¿La policía? ¿No vendrá de parte del sargento Vila?

El asombro se reflejaba en la cara del Refranes.

—No tengo nada que ver con la policía. Al sargento Vila ni le conozco, pero un tal Segura me dejó leer su declaración.

—¿Y por qué le interesa tanto mi declaración?

—Porque yo conocía a Rita Morera y estoy seguro de que no se suicidó, como dice el informe de la policía.

—¿Eso dijeron, que se suicidó? Vamos por partes, maestro... Que despacio, se llega lejos. Yo encontré el cadáver por casualidad; cómo fue a parar a la calle, eso ya no lo sé.

—Pero a lo mejor recuerda el aspecto que tenía el cadáver.

—Más o menos. Mire, le seré franco. Era muy tarde o muy pronto, según se mire. A aquellas horas de la madrugada yo no veo tan claro como ahora, a plena luz del día. Tengo todo un repertorio, ¿me entiende? Puedo estar alegre, contento, ebrio, borracho, achispado, curda, mamado o ciego. Yo diría que aquella noche estaba entre borracho y curda. O sea que, quién sabe lo que vi.

Se expresaba con una facilidad que divertía a Mauricio.

—El impacto de la sangre debió de ser fuerte y, por tanto, fácil de recordar. ¿Dónde había sangre?

—En las enaguas. Tiene razón, me acuerdo, porque iba de blanco. Una chica bien maja, llena de vida...

—¿Estaba boca arriba?

—Sí, le vi la cara, ya lo creo. Yo diría que, de cintura para abajo, más o menos, las enaguas o lo que fuera estaban manchadas de sangre.

Mauricio evocó con toda claridad la fotografía del torso de Rita. Después de escuchar la descripción del testigo ocular, su imaginación añadió el resto del cuerpo que faltaba en la fotografía. Un escalofrío le recorrió la espalda.

Acercándose más, Refranes añadió en tono confidencial:

—¿Y por qué dice que no se suicidó?

—Porque si hubiera saltado por el balcón para matarse, probablemente solo hubiera sangrado por la cabeza. La sangre de la parte inferior del cuerpo debe tener forzosamente otra explicación. Y, mira por dónde, aquella noche Rita había caído en manos de un médico que le hizo una carnicería.

—¿Qué dice? Quiere decir que aquellas chicas del callejón de las Tres Camas...

—¿Conoce al doctor Serra?

Refranes titubeó unos segundos. Mauricio lo cogió del brazo.

—Le ruego, por lo que más quiera, que me ayude. A aquella chica la mataron, y además esperaba un hijo. Quiero saber quién lo hizo y por qué. Le pagaré bien la información.

—No es cuestión de dinero, maestro. Los ricos os creéis que el pobre siempre está en venta. No quiero comprometerme; en este barrio hay mucha gente que tiene malas pulgas.

—¿Tiene miedo del doctor Serra? Si lo localizo, no pienso hablarle de esta conversación ¿Qué interés puedo tener yo en que le hagan daño? Usted encontró a Rita y avisó a la policía. Que yo sepa, es la única persona honrada que se ha visto involucrada en este asunto.

Que un señor como Mauricio le calificara de honrado, le halagó. Tomó un trago y armándose de valor, dijo:

—Yo no le he dicho nada, ¿entendido? No sé si se llama

Serra o no, pero por los burdeles y los bares del barrio se pasea un hombre cabizbajo que siempre bebe solo. Dicen que era médico y que le retiraron el título porque algo salió mal. También se saca unas perras haciendo de árbitro de boxeo, puede imaginárselo, combates de poca monta... Mire en el bar Fondo, en la calle Ferlandina. Si allí no lo encuentra, le dirán dónde puede estar. Pero, sobre todo, no diga que va de mi parte. Escuche... —parecía concentrarse, frotándose la cabeza lentamente—, si pasa mucho tiempo y no aparece, busque en La Mina.

—¿La Mina?

—El albergue del Arco del Teatro, esquina Cid. Antes o después, todos acabamos allí.

—Gracias —murmuró Mauricio simplemente, llevándose la mano a la cartera.

Refranes le detuvo el brazo.

—Entiéndalo. Se lo he dicho porque aquella chica me rompió el corazón, con toda la vida por delante... En cambio, a mí me ha comentado el médico que, si sigo así, dentro de poco ya no estaré en este mundo. Solo lo siento por la parienta, que se quedará sola; pero, ya se sabe: «El muerto al hoyo y el vivo al bollo».

—No haga caso. Como dicen... «Más vale sentencia de médico...

—... que de verdugo». ¡Usted es de los míos!

Y, en un abrir y cerrar de ojos, se acabó su copa y la de Mauricio.

Comparado con Las Cuatro Gotas, el Fondo parecía un local respetable. Como nunca había oído hablar de la calle Ferlandina, para encontrarla tuvo que preguntar un par de veces en las Ramblas. El bar estaba un poco hundido y, para entrar, había que bajar un escalón. Solo recibía luz natural de la calle que, por su estrechez, dejaba pasar poca y de una ventana con barrotes, en la parte de atrás, que daba a una cochera. En el interior, se oía cómo piafaban los caballos y una polca que sonaba en la gramola.

Del techo colgaban guantes de boxeo usados y cinturones con hebillas vistosas. Decoraban las paredes fotografías del gran James Jeffries y de Jack Johnson, el campeón del mundo. En los estantes, las botellas de licor alternaban con algún trofeo. Dos clientes leían revistas deportivas y bebían cerveza en las mesas. Tras la barra, un hombre corpulento y de hombros anchos, fregaba y secaba vasos. Mauricio se sentó en un taburete.

—Buenos días. Póngame una Moritz.

La espuma amarillenta sobresalía del borde. Se la bebió con ganas, porque la caminata le había dado sed.

—Estoy buscando a un árbitro de boxeo que viene a menudo por aquí.

—Vienen muchos.

—Este es médico. Le traigo un mensaje urgente, pero parece ser que ha cambiado de dirección y no lo encuentro.

—¿Quién le busca? —preguntó el hombre con voz profunda, sin dejar de pasar la bayeta por el mostrador.

—Luis Vives, fabricante. Nos hemos visto un par de veces por nuestra afición común al boxeo.

Había aprendido a mentir con aplomo. El hombre contempló discretamente la complexión delgada y atlética y las manos fuertes del desconocido.

—¿Usted también boxea?

—Un poco. Peso medio —aventuró, con la esperanza de no decir una tontería.

—Con su estatura, tirando a semipesado diría yo.

—Es posible. Hace ya tiempo que no me he puesto los guantes. Cuando era más joven, estaba más delgado.

—No recuerdo haberle visto nunca por aquí.

—Iba a un club de la calle Urgel, cerca de mi casa. Si me pudiera decir algo de la persona que busco —no se atrevía a decir el nombre, por miedo a que fuera falso—, se lo agradecería. Tengo que encontrarlo como sea.

—Lo dice como si fuera una cuestión de vida o muerte.

—Es una cuestión de vida o muerte.

El hombre lanzó la bayeta en un barreño lleno de agua jabonosa y apoyó las manos de titán sobre la barra.

—Creo que está buscando a Miralpeix, pero hace tiempo que no viene. Últimamente no estaba demasiado bien. Yo miraría en el Boxing Club.

Se preguntó si el doctor Miralpeix y el doctor Serra eran, efectivamente, la misma persona.

—¿Dónde está eso?

—Cerca, en la calle Tallers.

Las campanas de Belén dieron la una. Desde las nueve y media estaba dando vueltas por la calle y, al levantarse del taburete y poner los pies en el suelo, sintió las piernas ligeramente cansadas.

Cogió un coche en las Ramblas para ir a comer a casa.

Por la tarde fue a ver a Caterina, que ya había comenzado a hacer los preparativos de la mudanza. Era cuestión de días, de un par de semanas como mucho. Le comentó las aventuras de la mañana y, después de escuchar las advertencias de ella sobre lo peligroso de la situación, hicieron el amor con los porticones ajustados. Se quedó dormido como un niño. Dos horas más tarde, se despertó sobresaltado, consultó el reloj y vio que pasaban de las siete. Se vistió y la besó precipitadamente.

—Me voy al Boxing Club.

—Cuidado con lo que haces, Mauricio. No sabemos de lo que es capaz este hombre. Además, ¿qué piensas hacer si lo encuentras?

—No lo sé. Solo sé que debo encontrarlo.

Lo que le había dicho a Caterina era verdad. Mientras caminaba por la calle de los Ángeles, en dirección a Tallers, se dio cuenta de que no sabía lo que haría cuando se encontrara cara a cara con el responsable directo de la muerte de Rita. Era incapaz de prever cuál sería su reacción. Confiaba en que haría lo correcto, llegado el momento. El guión se iba escribiendo a medida que se vivía.

Al enfilar Montealegre siguió la interminable fachada de la Casa de Caridad, donde hubiera acabado Pedro Antón si él no hubiera aparecido en la vida de su madre. Por otra parte, Mauricio no los habría conocido nunca si Rita no hubiera muerto. Los dioses exigían un sacrificio; en la balanza de una dudosa justicia, el de Rita y su hijo pagaba el rescate de Caterina y Pedro Antón.

El rótulo que anunciaba el Boxing Club colgaba de un balcón de un edificio de planta baja y primer piso. Abajo, en la entrada, un limpiabotas lustraba los zapatos de un cliente a una velocidad vertiginosa, mientras silbaba un fragmento de zarzuela. De detrás de un pequeño mostrador salió un gorila que le cortó el paso:

—¿Es socio?

—No.

—¿Por quién pregunta?

—Por el doctor Miralpeix.

—El gimnasio está arriba.

En el primer piso había unos cuantos hombres, vestidos con calzones y camiseta negra, que parecían réplicas de distinto tamaño. Uno de ellos golpeaba rítmicamente el saco, otro estudiaba su movimiento de piernas ante un espejo colgado en la pared, un tercero saltaba a la comba y dos aficionados de escasa envergadura física se entrenaban en el ring con poca técnica y menos ganas. Un muchacho de aire adolescente barría el suelo deslizándose entre los atletas.

Sentado en una silla alta junto al ring, un hombre de cabello y bigote grises, casi blancos, y ojos azules, parecido al *Atleta maduro* de Rubens, dirigía el entrenamiento. La musculatura, atenuada pero todavía fibrosa, tenía una tensión relajada que contrastaba con la tirantez de los otros cuerpos, más jóvenes, pero no por ello más hermosos. Llevaba una toalla blanca colgada al hombro y vociferaba instrucciones a diestro y siniestro, como si controlara a todos los boxeadores a la vez.

—¡Enrique, baja, la izquierda más baja! ¡Juan, más juego de cintura!

Mauricio se acercó, mientras observaba las evoluciones de los púgiles con cierta curiosidad.

—Buenas tardes. Me llamo Luis Vives y estoy buscando a un árbitro que es socio de este club.

—¿Cómo se llama? ¡Juan, a la cuerda, diez minutos de cuerda!

—Es médico. Doctor Miralpeix.

—Sí. Hace de árbitro de vez en cuando. Pero cada vez menos. Será mejor que lo busque en su casa, si puede encontrarla.

—¿Dónde vive?

—Ese es el problema. Creo que tenía un piso en la calle Mercaders, pero lo dejó. La última vez que lo vi, me dijo que vivía en un hotel.

—¿No sabe en qué hotel? Tengo un mensaje urgente para él.

—No. Ya le he dicho que no suele venir por aquí. Y cuando lo hace, no tiene días fijos. ¡Ferran, los puños a la cara, que te la pondrán hecha un mapa!

—Es decir, que no sabe cuándo volverá a verlo.

—Eso si que no se lo puedo decir.

—¿Hay algún otro sitio donde lo pueda encontrar?

—Pruebe en el bar Fondo.

—De allí vengo —suspiró Mauricio que temía precisamente esa respuesta.

Comprendió que, si el entrenador sabía algo más, no estaba dispuesto a decírselo. No era un personaje extravertido, un ciudadano gregario de la calle como Maruja, el Refranes o el oficial Segura. Era un hombre de espacios cerrados y techos bajos, de puños más que de palabras, de ojos de acero que decían «Prohibido el paso». No era aconsejable despertarle el genio. Contaba con demasiados aliados a mano. Mauricio recordó a tiempo las advertencias de Caterina y se fue como había venido, es decir, sin haber averiguado nada.

11

El doctor Serra, el doctor Miralpeix, el médico verdugo, el árbitro de boxeo alcohólico de identidad mutante y huidiza se había esfumado en el limbo, más allá del tiempo. Era demasiado tarde para localizarlo en su casa o en uno de sus escondrijos habituales, y demasiado pronto para encontrarlo en La Mina. Había desaparecido de la calle y se refugiaba en algún hotel oscuro e imposible de encontrar en el mapa de la ciudad. Otro viaje a Francia —que Mauricio acortó tanto como pudo, cogiendo para la ida y vuelta el expreso nocturno— lo mantuvo, durante unos días, alejado de su misión. A su regreso, tuvo que enfrentarse a la frustración y angustia de su búsqueda infructuosa.

Retomaba a menudo las conversaciones con Caterina sobre el cautiverio al que estaban sometidas las mujeres del callejón de las Tres Camas. En el caso de Rita, el doctor Miralpeix era el último eslabón. Mauricio estaba convencido de que, tarde o temprano, descubriría toda la verdad. Pero entretanto tenía que seguir investigando las últimas horas de Rita.

Fue a La Perla de Oriente un día por la tarde, al salir de la fábrica. Entró tranquilamente, con un cierto aire de fatalidad, sin rebeldía. Se sentía seguro, invulnerable, infalible, amparado por el carácter inevitable de sus acciones. En cuanto cerró la puerta, se quitó el sombrero y lo tiró, sin miramientos, sobre el mostrador. Los ojos de la señora Prat le miraron de hito en hito, como se mira a quien altera la paz de un recinto sagrado, pero se enfrentó a su mirada y no dio muestras de haberlo reconocido.

Divisó a Jaumet en su habitual punto de observación, ante la cortina del probador. La esfinge atendía a una madre acompañada de una niña pequeña que paseaba la mirada por todas partes mientras se chupaba un dedo; sentada en una silla, esperaba una mujer mayor que, para calmar la impaciencia, daba vueltas a una sombrilla con la punta clavada en el suelo. La señora Prat empleaba un tono de voz tan bajo que prácticamente era un murmullo, como un zumbido de insecto. Mauricio, que pensaba esperar todo el tiempo que fuera necesario, apoyó la espalda en la pared.

Por la calle circulaban numerosos viandantes. Tenía la impresión de que era siempre la misma gente, las mismas caras y los mismos andares, dando vueltas y vueltas sin parar. Había mujeres que se paraban a contemplar el escaparate, e incluso alguna se ponía la mano de visera para ver si en el interior había cola.

La clienta que esperaba levantó la mirada hacia el recién llegado, sorprendida de la presencia de un hombre en una tienda de lencería. La señora Prat sacaba algunas piezas blancas de las muchas amontonadas sobre el mostrador y las envolvía en papel de seda. Cortaba cinta azul y hacía los lazos con una destreza hipnótica, como si los dedos tuvieran vida propia. Por un momento, la mente de Mauricio divagó y se preguntó si aquella mujer sabía tocar el piano.

La madre tomó a la niña de la mano, cogió los paquetes y atravesó la tienda hacia la salida. Mauricio le abrió la puerta y ella le hizo una ligera inclinación de cabeza. La otra clienta pidió que le enseñaran botonaduras para un traje de noche. Jaumet sonreía, impertérrito.

La señora Prat abrió unos cuantos cajoncitos que tenía a su espalda y fue sacando juegos de botonaduras sujetas a cartones. El traje era para ir al Liceo, explicaba la clienta, que no sabía si decidirse entre un juego de nácar u otro dorado. Más botones —de perlas, de pedrería, forrados de satén— desfilaron por el mostrador. «¡Ay, no sé!», repetía con un gesto de fastidio. Finalmente, al cabo de dos minutos largos, se decidió por los primeros que había visto, los de nácar. De nuevo la señora Prat hizo un paquete exquisito y, esta vez, acompañó a su clienta hasta la puerta. Mauricio observó que, después de despedirla, cerraba la cerradura interior y corría la cortina que tapaba el vidrio. Todavía faltaban diez minutos para las ocho.

Retomando su puesto tras el mostrador, la señora Prat preguntó:

—¿En qué puedo servirle?

Ni la sorpresa ni ninguna otra emoción la traicionaron. Se comportó como si la persona que tenía delante estuviera a punto de pedir un metro de puntilla o un carrete de pasamanería; como si la visita anterior de Mauricio a La Perla de Oriente y el encuentro en el piso del callejón de las Tres Camas no hubiesen sucedido jamás.

—Quiero saber cómo desapareció Rita Morera de este establecimiento. Si no me lo dice por las buenas, me lo dirá por las malas. Usted verá.

Pronunció estas palabras clavándole la mirada, sin parpadear. Recogiendo uno por uno los artículos desperdigados por el mostrador, ella respondió en su tono habitual, desprovisto de inflexiones:

—Está equivocado. No sé de quién me habla.

Desde el otro lado del mostrador, de una manera tan rápida e inesperada que consiguió, por fin, que la esfinge alterara su expresión, Mauricio le rodeó el cuello con los dedos de una mano. Con una violencia que desconocía en él, dijo entre dientes mientras la zarandeaba:

—Eres tú la que se equivoca, maldita bruja. Si no me dices ahora mismo qué hiciste con Rita, te rompo el cuello. ¡Te juro que te rompo el cuello!

Los dedos, que minutos antes envolvían paquetes con tanta delicadeza, ahora arañaban y pugnaban por deshacer la tenaza que le oprimía el cuello. Abría la boca de par en par para gritar, mirando desesperadamente a Jaumet, pero no emitía ningún sonido. Una subida de sangre le enrojeció la cara. Los ojos aumentaban de diámetro y de volumen como si quisieran salirse de las órbitas. Jaumet continuaba sonriendo.

—Dime, ¿qué pasó? —repitió Mauricio.

Aprovechando el momento en que la presión cedió lo justo para poder hablar, la mujer gritó:

—¡Jaumet! ¡Corre, que a la tata le hacen daño!

Mauricio le hundió las puntas de los dedos en los nervios del cuello, al tiempo que, con la mano libre, la abofeteaba brutalmente. Ella tosía, se atragantaba, estaba a punto de perder el conocimiento. Jaumet saltó de la silla, como impulsado por un resorte, y avanzó hacia el agresor con una furia insospechada en la cara y agitando los brazos, amenazadores. Pero, de un empujón que recibió de la mano libre de Mauricio, rebotó contra la pared. Durante la fracción de segundo en que se volvió para repeler la acometida, involuntariamente aflojó la presión. La señora Prat aprovechó ese momento para gritar, con voz ronca y rota:

—¡Jaumet! ¡Ayúdame!

Le dio una segunda bofetada, más fuerte que la primera, mientras la dejaba ir de un empujón. El cuerpo macizo de la señora Prat se golpeó con estrépito contra los cajones que estaban a sus espaldas. Mauricio, evitando una vez más el incipiente ataque de Jaumet, que se agitaba como una fiera enloquecida, se plantó en dos zancadas en el interior del probador. Echando un rápido vistazo a las paredes, las palpó con las palmas de la mano hasta llegar al espejo. Desde el otro lado de la cortina, llegaban los lamentos de la señora Prat y los gemidos guturales de su hermano que había ido a socorrerla. De repente, los ángulos superior izquierdo e inferior derecho del espejo cedieron a la presión de los dedos de Mauricio y, con un clic seco, se abrió como una puerta. De un salto se sumergió en la boca negra que lo llamaba, mientras oía que la señora Prat se desgañitaba gritando «¡Jaumet, el garrote, el garrote!».

No hizo caso. Echó a correr por el pasillo oscuro, con el miedo como acicate. Un repiqueteo de pasos de rata, menudos y continuados, le avisó de que Jaumet había iniciado la persecución. Tanto le daba. Ahora que había descubierto el origen —la garganta del lobo, la galería del Minotauro, el vientre de la ballena— solo podía seguir hacia delante y adentrarse del todo. Tal vez al final se encontraría con el doctor Serra-Miralpeix, blandiendo triunfalmente el estilete con que había descuartizado el cuerpo de Rita; o, aún peor, tal vez no encontraría nada más que un muro, el límite definitivo del tiempo y del espacio. Pura especulación de un futuro muy lejano; el presente consistía en hechos tangibles: el tacto de unas paredes húmedas a derecha e izquierda que reseguía con el dorso de la mano, mientras los pies volaban por una superficie de tierra y hoyos. Las zancadas de corredor, con crujido de piel de zapato nuevo, ahogaban los pasos de marioneta de

Jaumet, si es que todavía le perseguía. Mauricio no supo cuánto duró la carrera a ciegas, la travesía por un río de tinieblas; solo recordaba que, de repente, divisó un hilo de luz que dibujaba el contorno de un rectángulo vertical y, casi al instante, un cortocircuito en la parte posterior del cerebro le fundió todos los sentidos.

De algún sitio procedían aquellos rayos de colores que se le clavaban en las pupilas. Poco a poco se iba perfilando la silueta de una esfera de cristal poliédrica. Por unos momentos fue un objeto misterioso, hasta que haciendo un esfuerzo considerable consiguió identificarlo como un pisapapeles que le resultaba familiar. Intentó volver la cabeza en busca de otras formas conocidas, pero un dolor intenso le recorrió un nervio de la nuca y le hizo apretar los dientes. Justo entonces entró la Doro con una toallita mojada, una copa de agua del Carmen y dos aspirinas. Mauricio, moviéndose con mucho cuidado para evitar que se repitiera el pinchazo, se colocó la toalla en la nuca. Después dio un par de sorbos para tragarse las aspirinas y dejó la copa sobre la mesilla. Una serie de puntos negros flotaban por la habitación. Poco a poco los ojos enfocaron la lámpara de cristal verde, la caja de tabaco de piel repujada, los estantes de caoba. A medida que la mirada, captaba todos esos objetos, la memoria los reconocía.

Desde detrás de la mesa, de pie y con las manos en los bolsillos, Rodrigo Aldabó lo contemplaba con una seriedad entre compasiva y desdeñosa, como el boxeador que acaba de tumbar al contrincante y espera que se recupere para asestarle el golpe de gracia. Habló con su voz bien timbrada, sin alterarse.

—Supongo que me explicarás qué significa todo esto.

—¿A qué te refieres cuando dices «todo esto»?

Los pinchazos que le atravesaban el cerebro le dificultaban el habla.

—Ya sabes a qué me refiero: a la entrada intempestiva en La Perla de Oriente, la agresión a la señora Prat y a su pobre hermano...

—¿La agresión a su pobre hermano? Me parece que es mi cabeza la que está a punto de explotar.

—Tú te lo has buscado. Dice que te has puesto hecho una fiera, con una mujer y un retrasado mental. De alguna manera se tenían que defender. Pero, dejémoslo estar de momento. Dime, ¿qué se te ha perdido a ti en La Perla de Oriente?

Sujetándose la toalla en la nuca, le miró fijamente:

—Me parece que eres tú quien tiene que darme explicaciones.

—Mauricio, no abuses de mi paciencia.

Olvidando por un momento el dolor, se levantó de un salto y dio un puñetazo en la mesa que cogió por sorpresa al patriarca.

—¡Mejor no hablemos de abusos! Eres la persona menos indicada para acusar a nadie. ¿Quieres saber qué hacía en La Perla de Oriente? Pues investigar qué le pasó a Rita Morera. ¿Te suena el nombre? —preguntó con sorna.

—Claro que me suena. Era costurera en esta casa.

—¡Ah! Y, de repente, se enfumó, ¿verdad?

—Se despidió, si es eso lo que quieres decir.

Como tenía por costumbre, Rodrigo Aldabó medía cautelosamente sus palabras. Su enemigo tendría que dar muchas vueltas para cogerle.

—No es eso lo que quiero decir, y tú lo sabes muy bien, papá.

—No, no lo sé; tendrás que explicármelo.

—Hemos quedado que eres tú quien tiene que darme explicaciones. Yo a ti no te debo ni una, ¿me entiendes? ¡Ni una! Que quede claro.

Bajando el tono de voz, se sentó y continuó:

—Un día de abril Rita y yo paseábamos por la Puerta del Ángel. Me dijo que tenía que comprarse unas enaguas y no sé qué otra cosa que le había encargado mamá en La Perla de Oriente. Entró y yo me quedé fuera esperándola. Pero no salió. Estoy seguro de que la señora Prat te ha informado de que, al cabo de tres cuartos de hora, entré a preguntar y ella negó incluso haberla visto. Unas cuantas semanas después, Rita apareció muerta en el callejón de las Tres Camas.

—Antes que nada, ¿qué hacías tú con esa chica?

—La cuestión no es qué hacía yo, sino qué has hecho tú.

Rodrigo Aldabó parpadeó una sola vez, meditando la respuesta.

—No sé de qué me hablas; leí en el periódico que Rita Morera se había suicidado. Su muerte no tiene nada que ver ni conmigo ni contigo. En lo que respecta a tu madre y a mí, no era más que una costurera que trabajó en esta casa una temporada; su muerte es lamentable, claro, pero, francamente, no nos afectó demasiado porque no tuvimos con ella ningún trato personal. Si, como parece, tú estabas enredado con ella, es tu problema; ya sabes lo que pienso de tus relaciones con el personal doméstico. Parece ser que eso te ha ofuscado y te has hecho un lío.

—Al contrario. Tengo la mente más clara que nunca y el lío es precisamente el que acabo de deshacer. ¿Dices que no sabes de qué te hablo? ¿Que la muerte de Rita no tiene nada que ver ni contigo ni conmigo? ¿Qué crees que he estado haciendo en estos últimos meses? He seguido a la señora Prat y a Jaumet a todas partes. Sé donde viven, conozco el nido del callejón de las Tres Camas y, una vez, los pasos de la señora Prat me trajeron donde nunca te figurarías, papá, ¡directamente hasta aquí!

Rodrigo encajó el golpe sin dar señales de alarma.

—Me parece una barbaridad y una pérdida de tiempo que te dediques a seguir a la señora Prat por la calle. Dejando este tema de lado, no tiene nada de particular que haya venido hasta aquí. La Perla de Oriente es cliente nuestro.

—Es más que nuestro cliente. La Perla de Oriente es tuya, ¿me equivoco?

—Tengo intereses allí, pero eso no es de tu incumbencia.

—Y la señora Prat, ¿de dónde ha salido? Supongo que se habrá retirado de algún burdel.

—¡La señora Prat tiene que mantener a un hermano inútil! ¿Te parece poco? —Y, bajando la voz, añadió—: Mira, ya eres lo bastante mayor como para hacer tu vida, no te lo discuto, pero no hay que darle más vueltas. A fin de cuentas no ha pasado nada más que una serie de acontecimientos desafortunados.

—¿Acontecimientos desafortunados? Al rapto y al homicidio de una chica de veintidós años llamas «acontecimientos desafortunados?». —Se levantó de nuevo y elevó el tono de voz—. ¡Qué suerte, papá, que tengas el sueño tan profundo que nada te desvele! ¿Y el doctor Serramiralpeix, que provoca abortos, el carnicero, también es nuestro cliente? ¿Por eso estaba aquí, durmiendo la mona, haciéndote compañía aquella noche? ¿Por eso ha huido de su casa y del Boxing Club?

Incapaz ya de resistir el ataque, Rodrigo Aldabó respondió gritando a pleno pulmón:

—¡Tengo muchos contactos en Barcelona, hago muchos negocios y tú no debes meterte en eso!

—¿Y la compañía de mudanzas La Fidelidad? —Sacó la

tarjeta del bolsillo, sin tener en cuenta sus palabras—. También es uno de tus negocios, ¿verdad? Una empresa que no existe, una tapadera más, una contraseña para respetables hijos de puta como tú y como yo que se benefician de los servicios de las muchas Ritas de este mundo, sin preguntarse nunca de dónde han salido ni cómo han llegado donde están.

—¡Si sigues así, te daré una bofetada!

Mauricio se había acercado a su padre desde el otro lado de la mesa. El mechón de pelo se le encabritaba en la frente, en pie de guerra, tenía los ojos como brasas y la voz era un murmullo repleto de veneno.

—Adelante. Prueba. No te quedes con las ganas.

Rodrigo dudó unos momentos y por fin preguntó:

—¿Te has atrevido a registrarme los cajones?

—¡Ya lo creo que sí! Y te registraría el cerebro, si pudiera, para saber dónde está el que la mató.

—No podría decírtelo. La última vez que vi al doctor Miralpeix fue aquella noche en la que, por lo visto, tú nos espiabas. Desde entonces no he sabido nada de él. ¿Y por qué crees que a Rita Morera la mataron?

—La fotografía de archivo de la policía oculta el cuerpo de cintura para abajo, de manera que no pueda verse que la causa de la muerte fue una hemorragia imparable. Pero quien la encontró recuerda muy bien las enaguas empapadas en sangre. Me pregunto si eran las mismas enaguas que había comprado aquel día en La Perla de Oriente...

Se había calmado al observar el gesto de angustia reprimida que distorsionaba el rostro de su padre mientras le revelaba los detalles más truculentos.

—¿Has ido a la policía?

Mauricio hizo un gesto afirmativo con la cabeza, añadiendo:

—Y a la casa de citas del callejón de las Tres Camas. Por si no lo sabías, la tarjeta de La Fidelidad funciona como si echaras aceite en una lámpara.

El patriarca se encogió de hombros con indiferencia.

—Muy bien. Has descubierto que tengo intereses en un prostíbulo. Ya es hora de que abras los ojos, hijo mío. La mayoría de industriales de Barcelona los tienen, no es ningún secreto y no hay para tanto. Tarde o temprano te hubieras enterado; es más, a mi muerte, los habrías heredado. Yo esperaba que no lo supieras hasta más adelante, pero tú lo has querido así. Da igual. La cuestión es que no podrás convencerme, ni a mí ni a nadie, de que Rita Morera no se suicidó tirándose por el balcón.

—La tiraron por el balcón cuando ya estaba muerta. No hay que jugar más al gato y al ratón, papá. Tú no contabas con este... contratiempo, pero ha ocurrido. La Perla de Oriente es tuya, la señora Prat recluta chicas para el burdel del callejón de las Tres Camas, que también es tuyo. ¡No me interrumpas! Una vez están allí, el carnicero conocido como doctor Serra las incapacita para tener hijos. Pero, en el caso de Rita, se encontró con una complicación que excedía a sus habilidades. Rita estaba embarazada. Al doctor Serra o Miralpeix, o como se llame, que probablemente no puede practicar la medicina por culpa de la bebida y otras deficiencias personales, se le escapó de las manos. Se asustó y, posiblemente siguiendo el consejo de la señora Práxedes, a quien Dios tenga en el infierno, tiró el cadáver por el balcón.

—La policía ha certificado que la muerte fue un suicidio.

—El sargento Vila, tal como he sabido hace poco, tiene un hermano que vende joyas de contrabando a la patrona del burdel y se entiende con una de las chicas. Su opinión profesional no me merece demasiado respeto.

—Ya veo que estás bien informado de todos los detalles. ¿Cómo sabes que Rita Morera estaba embarazada? No irás a decirme...

—Lo sé porque ella me lo dijo.

—¿Era tuyo el niño?

—Según ella, sí. Es posible que fuera verdad, no estoy seguro. Pero es igual. Yo no la quería y no tenía ningún derecho a exigirle fidelidad. Me es igual si era mío o no, el caso es que Rita y el proyecto de vida que llevaba en su vientre se malograron.

—¿Cómo sabes que no fue ella sola al callejón de las Tres Camas, por su propia voluntad, o que no fue ella quien pidió el aborto?

—¿Te crees que soy imbécil? —gritó de nuevo—. ¿Ya has olvidado que he descubierto el pasadizo que se abre tras el espejo de La Perla de Oriente? Seguro que va a dar a algún portal de la calle Canuda. Es así como me habéis sacado a mí, ¿no? Me han metido inconsciente en un coche y me han facturado hacia aquí; cuando hay una complicación importante ya saben dónde acudir.

—Te han registrado la cartera y han encontrado papeles con el nombre y la dirección.

—¿Ah, sí? ¿Y por qué no han avisado a la policía? ¿No es eso lo que hace cualquier ciudadano si un loco le agrede? ¡Venga, papá, ya está bien de tanta comedia!

Rodrigo Aldabó se paseó unos momentos arriba y abajo, con la mesa interponiéndose como una barrera entre él y su hijo. Finalmente, ahogó un suspiro de derrota. Parecía vencido. La fase de negación, durante la cual había intentado reducir los hechos a simples apariencias, había fracasado. Tenía que jugar la última carta, entrar en la última fase: la persuasión.

—Siento mucho que haya muerto esta chica, sean cuales sean las circunstancias. Lo que no entiendo es de dónde sale, de repente, este... idealismo tuyo, Mauricio. Tú, que siempre te has reído de todo lo que no fuera divertirte, deberías ser el primero en comprender que los burdeles son un mal necesario. Siempre ha habido mujeres de vida pública, y siempre las habrá; tú mismo las has frecuentado, no me digas que no. De hombre a hombre te diré, y lo juraré por lo más sagrado, que por mi parte nunca he faltado a tu madre. A tu edad ya era padre de familia y tenía muchas obligaciones. Desprecio a quienes cometen la bajeza de comprar favores de esta clase. Por otra parte, tú, que eres un libertino, no eres quien para tirar la primera piedra. Sabes mejor que nadie que estas mujeres son imprescindibles. La prostitución es un problema social, si quieres llamarlo así, pero no es un crimen.

—El crimen «es» un problema social, papá, y es de un crimen de lo que estamos hablando. Todo eso que dices está muy bien, pero ¿y Rita? ¿Y las otras? ¿Cuántas se ha tragado el pasadizo de La Perla de Oriente? ¿Cuántas?... Hace tiempo que yo he admitido mi parte de culpa; admite la tuya. Es lo único que te pido.

El tono razonable de Mauricio no lo calmó; por el contrario, lo alteró aún más. Rodrigo le lanzó una mirada retadora, mientras le replicaba desafiante:

—¿Qué culpa? Si no lo hubiera hecho yo, lo hubiera hecho cualquier otro. Y son las balas perdidas como tú los que os aprovecháis. Yo no soy responsable de los pecados ajenos. Si no hubiera demanda no sería necesario generar oferta.

La terminología comercial actuó como un detonador de explosivos. Mauricio se inclinó por encima de la mesa y comenzó a zarandear a su padre por las solapas, con más lástima que violencia, con una voz donde se mezclaban el grito y la súplica.

—¿Oferta y demanda? ¿Oferta y demanda? ¿Te crees que estamos hablando de unos cuantos pares de medias? ¡Rita entró en La Perla de Oriente a comprar un capricho, perdió el mundo de vista, y se despertó atada a la cama de un burdel con un puñal en las entrañas! En estos últimos días he aprendido muchas cosas y todas amargan. He visto el mundo a través de un prisma diferente y lo que he visto me ha hecho daño. ¿A ti no te duele? ¿Te deja indiferente? ¿Para ti continúa siendo una cuestión de oferta y demanda? Yo estoy dispuesto a cargar con mi culpa, pero tú... ¿El abuelo se olvidó de darte la bofetada en el momento preciso en que se apretaba la cuerda? ¿Qué hopa nos corresponde a nosotros, papá? ¡Dime! ¿También nos corresponde la hopa amarilla de los parricidas? ¿Como a aquel ajusticiado que había matado a su mujer y a sus hijos? ¿Cómo se llamaba el ajusticiado vestido de payaso? ¿Cómo se llamaba?

Las facciones de Rodrigo Aldabó se habían ido humanizando. No entendía ni una sola de las palabras de su hijo. Contemplando la cara traspuesta, anegada en sudor, como si fuera la de un loco, murmuró suavemente:

—Pero ¿de quién hablas?

—Isidro Mompart.

La voz de Lidia llegaba desde el umbral de la puerta. La expresión de su rostro revelaba que había escuchado toda la conversación. Su marido le dirigió una mirada perdida e interrogante, pero ella solo era consciente de la presencia de su hijo.

—El parricida que viste ajusticiar se llamaba Isidro Mompart.

Poco a poco, Mauricio soltó las solapas de su padre y se volvió hacia Lidia. Al hacer este movimiento, el dolor del golpe se intensificó.

—¿Tú lo sabías, mamá?

—No —fue Rodrigo quien respondió—. Tu madre no lo sabía. Vosotros habéis podido permitiros el lujo de ignorarlo y disfrutar los beneficios. ¿Os creíais que una fábrica como la mía daba tantos beneficios? Yo ya me conformaba, pero ella nunca tenía bastante. Teníamos que tener cocinera y coche de alquiler, y hacernos una torre fuera y organizar grandes fiestas y viajes, y enviarte un año a Suiza y ser socios del Ecuestre y estar abonados al Liceo... Tenía que vivir como una Palau. Olvidó que ya era una Aldabó. A mí me habían inculcado la obligación de mantener a la familia; mi deber era que no os faltara de nada, que tuvieseis todo lo que queríais. Si cumplía con esto, de lo demás no tenía que dar ninguna explicación a nadie... y menos a ti, Mauricio... No era yo quien llevaba esa vida. No necesitaba comer langosta cada día ni beber vinos de marca. Sois vosotros los espíritus refinados. Para sufragar estos gastos hice lo que muchos cabezas de familia bien conocidos hicieron ellos también: los Puig, los Güell... He ido a la fuente inagotable de ingresos. Barcelona es rica en vicio. Tarde o temprano, las medias de seda se acabarán, pero el tráfico de blancas es eterno. Pregunta por qué a tu hijo, Lidia. Él te lo dirá mejor que yo.

A Lidia se le llenaron los ojos de lágrimas temblorosas que se resistían a caer. La voz también le temblaba.

—Puede que haya sido culpa mía, no lo niego. Es verdad que yo quería todo eso, pero no a un precio tan alto. Tu silencio de tantos años ha sido muy duro, Rodrigo. Me has apartado de tu vida como si me enviaras al exilio. No sé si podré perdonártelo nunca.

Hubo unos minutos de silencio. Se lo habían dicho todo y el despacho parecía demasiado pequeño para acogerles a los tres. Por primera vez a lo largo de la conversación, Mauricio se encaró con el futuro.

—No voy a juzgarte, papá. Pero a partir de hoy no quiero saber nada más de tus negocios ni depender de ti en ningún sentido.

—¿Ah, no? —preguntó su padre con ironía—. ¿Y qué harás? ¿Cómo piensas ganarte la vida? ¡Si no tienes ninguna preparación!

—Soy abogado. Abriré un despacho.

—¡Abogado! ¡Ja, ja! ¡Abogado! ¡No me hagas reír! ¡Aprobaste los exámenes gracias a mis influencias! Si no, a estas horas todavía no tendrías el título. Mira tú, qué abogado... ¡No pintas nada en este mundo!

Mauricio lo miraba serio, como de lejos, de tan lejos que no le alcanzaba el escarnio, ni siquiera la verdad que reconocía en sus palabras. Cuando las carcajadas de Rodrigo se calmaron, le dijo simplemente:

—Adiós, padre.

Se había propuesto acabar las tareas que tenía pendientes en la fábrica y marcharse a la semana siguiente. Con Caterina habían alquilado un piso con un buen balcón en la calle Notariado, donde ella pensaba abrir una escuela de párvulos. Una tarde, cuando a Mauricio ya le quedaban pocos días de estancia en el paseo San Juan, su madre fue a jugar la partida de canasta semanal que tenía lugar en casa de Adela Corominas. Cuando volvió, tuvo que acostarse, aquejada de náuseas y castañeteo de dientes. Doro la ayudó a desvestirse e intentó tranquilizarla, haciéndole beber agua del Carmen y aplicándole cataplasmas mientras hablaba sin parar.

Cuando Mauricio llegó de la fábrica, la encontró pálida como un fantasma. Al tocarle la frente comprobó que tenía mucha fiebre. Una gripe o un constipado de verano, supuso.

Doro, la criada, ya había mandado llamar al médico de cabecera y lo esperaban de un momento a otro. Cuando vio que su hijo salía del dormitorio, Lidia exclamó:

—¡No te vayas! Quédate aquí y hazme un poco de compañía.

Se quitó la chaqueta y la corbata y se sentó junto a la cama que desprendía olor a colonia. Se dio cuenta, entonces, que hacía años que no pisaba la alcoba de sus padres. Mirando a su alrededor, pensaba que si el gusto de Lidia se había impuesto en toda la casa, aquella habitación sobria e imponente, era un reducto de Rodrigo y conservaba su impronta. Las paredes estaban empapeladas en azul oscuro, sin rayas ni estampados; las alfombras eran escasas y dejaban al descubierto la mayor parte de los azulejos; la cama de nogal, traída desde el piso de Príncipe de Viana, era maciza y austera. Sobre el cabezal colgaba una cruz discreta, hecha a la medida de la fe de los Aldabó, como un recordatorio de la posible existencia de un Más Allá. Mauricio no podía evitar preguntarse si su madre habría sido feliz en aquella alcoba, en aquella cama heredada del suegro con quien no había podido establecer ni una tibia corriente de simpatía. Por otra parte, la sala contigua, con muebles Luis XV, el armario de luna y las borlas que colgaban de las llaves en las cerraduras, los objetos de cristal gráciles y selectos, toda la comodidad sensual que ofrecía la civilización, era claramente territorio de Lidia.

Rodrigo Aldabó llegó, como de costumbre, pasadas las nueve. Al oír la puerta, Mauricio fue a recibirle.

—Mamá está en la cama; no se encuentra bien.

Solo cruzaban las palabras necesarias y Rodrigo, con un rictus de mal humor permanentemente grabado en la cara, huía de la mirada de su hijo.

Sin quitarse ni siquiera el sombrero, fue directamente a la

alcoba. Desde el pasillo, Mauricio observó cómo se agachaba sobre la almohada, ponía la mano en la frente de su mujer y, en un tono que solo empleaba con ella, preguntaba:

—Lidia, ¿qué te pasa?

Cinco minutos después, llamaron a la puerta. Era el doctor García, un hombre de cincuenta y tantos años, bajito, gordezuelo y con gafas. Una de sus primeras experiencias profesionales había sido traer al mundo a Mauricio con la ayuda de una comadrona y en aquella misma habitación. Por supuesto era el médico de los Palau, que lo consideraban poco presentable pero muy competente.

Con la cara de preocupación que caracteriza al cuerpo médico, sea o no grave la situación, auscultó los pulmones y el corazón de la paciente, le examinó la lengua, los ojos y el cutis, la garganta, las manos, las piernas y los brazos. Lidia le miraba con los ojos brillantes como dos llamas.

—Señora Aldabó, ¿ha bebido de alguna fuente pública en estos últimos días?

Lidia miró un momento al techo, pensativa; finalmente, contestó con voz apagada:

—Hace unos días fui a comprar con Doro a la calle Fernando. En lugar de coger un coche, acortamos camino por el Puente de la Parra para ver las obras. Hacía mucho calor y allí, en una de esas travesías estrechas, había una fuente.

—¿Doro también bebió?

—Si no hubiera sido por ella, yo no hubiera bebido. No tengo por costumbre beber en las fuentes públicas, como las muchachas de servir... pero ella bebía y bebía con aquellas ansias, y me decía «Señora, ¿no tiene sed? ¿Usted no tiene sed?», y hacía tanto calor, con aquel sol que quemaba, y el agua estaba tan fresca...

El doctor García también visitó a Doro que, de momento, no presentaba ningún síntoma. Después entró en el despacho donde le esperaban Mauricio y Rodrigo con los nervios a flor de piel.

—Me temo que es tifus epidémico.

—¿Cómo dice?

Las facciones de Rodrigo Aldabó se descompusieron.

—¿Hay epidemia de tifus? —preguntó Mauricio, abrumado también por la impresión.

—Hay epidemia cada vez que hay hambre y miseria.

—¿Hambre y miseria? —repitió Rodrigo—. Barcelona es más rica y más próspera que nunca. ¿Cómo pueden afectar a mi mujer el hambre y la miseria?

—La miseria afecta a todo el mundo, señor Aldabó. ¡Quién sabe lo que hay en las cloacas de esta ciudad, además de miles de ratas!

De repente, la memoria de Mauricio reprodujo como un fonógrafo retazos de la última conversación mantenida con Rita. Le resonaba su propia voz repitiendo lo que había leído en los periódicos: que en Barcelona había más ratas que personas. En aquellos momentos, la frase no quería decir nada; era una cifra, una abstracción. Desde aquel día, se había metido en las cloacas y las había husmeado desde dentro. El hedor era tan real que impregnaba el pensamiento. Había visto ratas de todos los tamaños. De cerca, eran peores de lo que parecían a distancia.

—Esta vez, bajan aguas infectadas desde el Vallés —continuaba el doctor García, enjugándose el sudor de la cara con un pañuelo arrugado—. No quiero engañarles, es un caso muy grave. Cuando el cuadro clínico se presenta con esta virulencia... Y ustedes, tengan cuidado; es muy contagioso.

Rodrigo se trasladó al dormitorio de invitados. Mauricio, con una expresión de derrota que desconocía, explicó a Caterina que su madre estaba muy grave y que debía aplazar la mudanza a la calle Notariado unos días, unas semanas... El doctor García le daba menos de un mes. Padre e hijo se alternaban para ir a la fábrica de forma que uno de los dos estuviera siempre en casa, pendiente del más mínimo cambio en la evolución de la enfermedad.

Siguiendo las instrucciones del médico que la visitaba a menudo, Doro fregaba la habitación con lejía y cambiaba las sábanas cada día. Todas las ventanas del piso permanecían abiertas. Una enfermera con la boca protegida por una mascarilla lavaba a la enferma, le daba friegas de alcohol y la velaba por las noches. Aun así, ni padre ni hijo dormían, atentos a sus murmullos y a su respiración. Lidia perdía kilos y cabello a puñados, mientras una constelación de flores rojas le estallaban en la piel. No quería comer, pero la sed que había saciado aquella tarde en la fuente revivía constantemente como un deseo inextinguible. El agua que había bebido, en vez de mitigársela, la había despertado.

A veces la fiebre bajaba momentáneamente y una gran euforia invadía la casa Aldabó. Era una alucinación; al cabo de pocas horas, la temperatura volvía a subir aún con más furia, reclamando aquel cuerpo contaminado en uno de los raros momentos de su existencia en que se había sentido parte del pueblo.

A la segunda semana comenzó la fase de las alteraciones psíquicas que el doctor García había predicho. A altas horas de la madrugada gritaba: «¡Mauricio! ¡Mauricio!», y la enfermera no conseguía calmarla. Cuando él acudía a su lado, lo examinaba con la mirada extraviada: «Tú no eres Mauricio». Si Rodrigo intentaba convencerla, le decía con una extraña desolación: «Rodrigo, ¿dónde está mi hijo? Quiero a Mauricio. He perdido al niño». Otras veces, en cambio, reconocía a su hijo y le susurraba con una excitación nerviosa, como si fuera un secreto: «¡Vámonos! ¡Vámonos a La Garriga!». O, a las tres de la madrugada, le suplicaba que tocase algo al piano. Una noche en que la enfermera se quedó dormida, Lidia sacó fuerzas de algún rincón desconocido de su organismo y se levantó de la cama. Arrastrando la sábana como la cola de un traje de novia, apareció en el dormitorio de Mauricio que, aquellos días, tenía el sueño ligero. Saltó de la cama con el tiempo justo de cogerla en brazos antes de que se desplomara y llevarla a su habitación; mientras tanto, ella repetía como una niña traviesa: «¡Vámonos Mauricio, ahora que no nos ven! Tú sí que eres Mauricio, ¿verdad? Tú no eres el otro, ¿verdad que no?».

Una madrugada, mientras el día y la noche libraban la eterna batalla del amanecer, la respiración se volvió irregular. Los dos hombres, alertados por la enfermera, acudieron a la habitación. Lidia los contempló un momento, con la expresión de quien ya divisa otra dimensión. Giró un poco la cabeza hacia la mesilla de noche y dijo: «Apagad esta vela». Fue el buenas noches definitivo.

Después de la misa en Santa Ana y el entierro en el cementerio de Pueblo Nuevo, Rodrigo y Mauricio Aldabó despidieron como unos autómatas la inacabable hilera negra del duelo. Mauricio creía levitar, con las rodillas flojas y el cuerpo liberado de su peso. Le parecía que era él quien había muerto. A pesar del tono ceniciento de la piel, los círculos de agotamiento que rodeaban sus ojos y los surcos abiertos por las lágrimas, la expresión de su rostro tenía aquella vulnerabilidad que embellece la fisonomía de los hombres.

Al quedarse solos en el panteón de los Palau, se dio cuenta de que su padre estaba deshecho y de que carecía de recursos emocionales para manifestarlo. Los ojos opacos, los labios descoloridos, encorvado, no podía dar rienda suelta a su dolor. Sintió el impulso de abrazarlo por última vez, pero la mirada fría de Rodrigo se interpuso entre los dos. Mauricio comprendió que le culpaba de todo lo que había pasado. La muerte de su madre, en vez de unirlos, los había separado para siempre.

El primer lunes después del entierro, a la salida de la fábrica, donde todavía quedaban pendientes asuntos desatendidos durante la enfermedad de Lidia, se dirigió a La Mina. No pensaba encontrar al doctor Miralpeix, pero quería inspeccionar el local y saber si alguien podía darle información.

Bajó por el Arco del Teatro hasta el número 63. Cuando, tiempo atrás, el Refranes le habló de La Mina, no se la había imaginado así. Le sorprendió encontrarse con una taberna inmensa con dos entradas, la principal y otra en la calle del Cid en forma de patio, donde dos mujeres se limpiaban mutuamente de bichos la melena. Dentro había un mostrador de metal y, por todas partes, mesas y bancos de distintas procedencias. Más allá se levantaba una nave alargada de techo en forma de cúpula sostenido por arcos. En un lado se alineaban diez o doce barriles. El suelo era de piedras oscuras y húmedas, salpicado de serrín. Las paredes libres estaban ribeteadas de bancos de obra con cuerdas que colgaban del extremo de ganchos. A Mauricio no se le ocurrió cuál podía ser la utilidad de esas cuerdas. La arquitectura absurda del local hablaba de un pasado de convento medieval, un testimonio anacrónico de la época en que el Raval había sido el recinto sagrado de la ciudad. Aunque el sol se colaba por la estrechez de la calle, la atmósfera interior era un caldo negro de sudor, humo, alcohol y miasmas.

Un hombre se levantaba de su silla cada vez que veía que, en la calle, un viandante tiraba una colilla. La recogía codicioso y se la guardaba en el bolsillo. Cuando tenía dos o tres, liaba un cigarrillo e intentaba vendérselo a sus compañeros.

El impacto del hedor y la miseria en el estado de ánimo de Mauricio, devastado por la reciente muerte de su madre, fue brutal. Se mareó y tardó unos minutos en conseguir que se detuviera el movimiento de los objetos que le rodeaban. Cuando, por fin, se sintió con fuerzas para contemplar a los moradores de aquella cueva, vio tísicos, marineros tatuados de mandíbulas hipertrofiadas que parecían haberse detenido en un grado inferior al de la escala evolutiva, matones y vagabundos con navajas en el cinto y mujeres de más de cincuenta años que se les colgaban del cuello... despojos de la sífilis, el puerto y la cárcel que no sabían si estaban dentro o fuera ni si era de día o de noche.

Al preguntar al tabernero por el doctor Miralpeix, recibió una mirada hostil.

—Aquí no conocemos el nombre de nadie.

Con un cierto temor por la concentración de puñales y navajas que había a su alrededor, sacó un par de billetes de la cartera. Inmediatamente, un enjambre de hombres, mujeres y miembros de otros sexos, que entre todos no completaban una dentadura, acudieron al reclamo.

—Dígame qué busca, yo se lo encontraré.

—¿Qué has perdido, rey?

Dio una descripción rápida del practicante de abortos y cuando ya pugnaba por deshacerse de las acometidas y huir, una mujer muy mayor se abrió paso, poniendo la mano. Tenía una pronunciación tan deficiente que Mauricio debía esforzarse para entenderla.

—Venga a las seis de la mañana, cuando tocan diana. Los que duermen aquí... dormimos muchos aquí. A las seis echan a todo el mundo. Entonces, entonces lo encontrará... un día u otro.

Y, murmurando las gracias, repartió dinero a toda prisa para comprar la huida.

Tardó casi un año en encontrar al doctor Miralpeix. Había perdido la cuenta de los días en que se levantaba a las cinco, cuando todavía estaba oscuro, para estar en La Mina a las seis; de las noches de invierno que, rechazando a prostitutas desesperadas y temiendo el ataque de ladrones y criminales, recalaba hacia las doce, cuando las borracheras y las peleas alcanzaban su apogeo. No le cabía la menor duda de que, antes o después, en medio de la procesión de espectros anónimos, identificaría el cuerpo menudo, la piel de cera, el bigote marchito, los ojos narcotizados. No había decidido qué haría cuando lo encontrase.

Y, por fin, lo encontró. Le vio un día cuando ya hacía tiempo que no vivía en el paseo San Juan, cuando ya no iba a la fábrica y había perdido el contacto con su padre. Era una mañana lluviosa. Faltaban diez minutos para las seis y el interior de La Mina estaba más oscuro que nunca. Recordó el pasadizo de La Perla de Oriente y sintió un escalofrío. No sabía si era el recuerdo o el frío húmedo de la madrugada.

En los bancos de las paredes no quedaba ni un hueco libre. Hombres y mujeres dormían sentados, prensados de lado los unos contra los otros. Algunos roncaban profundamente, otros murmuraban guiones de sueños dictados por el alcohol. Las cuerdas tirantes, atadas a los ganchos, sujetaban los torsos de los cuerpos en un ángulo de cuarenta y cinco grados, mientras las cabezas colgaban como las de los ajusticiados. El hedor del sueño masificado era abrumador.

El tabernero encendió un quinqué y, al grito de «¡Hala, fuera de aquí!», fue desatando las cuerdas. En cuanto estas se aflojaban, los durmientes caían hacia delante como muñecos, algunos caían al suelo. Mientras los observaba, Mauricio olvidó para qué había ido, hasta que, inesperadamente, su mirada tropezó con la figura frágil del doctor Miralpeix en el momento de doblarse. Todavía tenía los ojos cerrados. Cuando los entreabrió, paseó una mirada perdida en torno suyo y dio unos cabezazos que no le ayudaron a adivinar dónde estaba. En el banco, el cuerpo se balanceaba, sin ánimo ni equilibrio.

Contempló a su antagonista durante un buen rato. Era el único cliente vestido con chaqueta y corbata. Los puños y el bajo de los pantalones se deshilachaban; la tela negra brillaba a rodales. Curiosamente, era él, Mauricio, quien se sentía frágil e inesperadamente desarmado. Otros perseguidores del doctor Miralpeix se le habían adelantado y habían hecho el trabajo por él. Los gigantes se habían convertido en molinos.

Y Mauricio supo lo que debía hacer. Por última vez, calle arriba hacia las Ramblas, se alejó de La Mina bajo la lluvia.

12

Hotel Colón
5 de diciembre de 1914

Querido Mauricio:

Supongo que, después de unos cuantos años sin tener noticias mías, esta carta te sorprenderá. Seguramente te preguntarás qué quiero de ti. No temas que en mi vejez venga a reclamarte obligaciones de hijo, ni que me queje de mi soledad, ni que quiera meterme en tu vida, sea la que sea. Todo lo contrario, he dado instrucciones al notario para que no se te entregue esta carta hasta una semana después de mi muerte. Así te evitarás la obligación —si es que crees tenerla— de asistir a mi funeral.

Quiero que sepas, exactamente, cómo quedarán distribuidas mis posesiones. No sé si sabes que, poco después de vernos por última vez en el cementerio, en el día más triste que conservo en la memoria, vendí la fábrica. Sin Lidia, aquello que había sido el centro de mi vida dejó de interesarme; no tenía ánimos de levantarme por la mañana, comer solo en la mesa, trabajar como un esclavo todo el día, para regresar después a un piso en el que ella no estaba. Me faltaba energía para hacerlo. Por otra parte, los clientes extranjeros —especialmente los franceses— a menudo me preguntaban por ti. No diré que fueras imprescindible —nadie lo es, y además, a ti, seamos sinceros, la fábrica nunca te gustó— pero sí es cierto que hubo quien te echó de menos, no solo entre la clientela, sino entre los operarios. Todo eso unido era demasiado para mí. El comprador fue un inversor muy importante que tiene diferentes negocios por toda Barcelona. Francamente, no fue ninguna ganga porque enseguida tuvo que renovar los telares.

He donado la torre de La Garriga a San Juan de Dios para que lo habiliten como sanatorio, dado que el clima y la situación son de lo más idóneos para enfermedades respiratorias. La verdad es que, ni a ti ni a mí —cada uno, a su manera, somos hombres de asfalto— nunca nos atrajo demasiado. Ni creo que tu madre estuviera tan entusiasmada como quería hacernos creer. Era la idea de una casa de campo lo que la deslumbraba. Una casa de dos pisos con jardín y un estanque, porches y habitaciones por todas partes... Tu madre era así. ¡Que Dios la haya perdonado!

Recordarás que después de tu primera infancia fuimos poco a La Garriga. A causa del abandono de la finca, habría sido necesario hacer obras muy costosas: había goteras en el segundo piso, bajo la terraza, y cristales rotos en las ventanas de abajo; las cañerías estaban oxidadas; el fondo del estanque se había agrietado por todas partes y el agua, turbia y cubierta de hojas secas, albergaba sapos y renacuajos en lugar de peces de colores; el cañón de la fuente estaba obturado. Dios sabe cuándo fue el jardinero por última vez, porque las zarzas eran más altas que los muros y las malas hierbas habían acabado con los rosales. Estaba hecha una ruina, pero el terreno es valioso y seguramente los frailes todavía están a tiempo de salvar el edificio.

Sé que, al llegar a este punto, torcerás el gesto, pero tengo que mencionar el asunto sobre el que no querrías hablar nunca más. Probablemente, a lo largo de estos años, has conseguido evitarlo. Me imagino que este fue el motivo por el que te fuiste de casa. Pero las cosas desagradables no pueden posponerse indefinidamente; tarde o temprano debemos enfrentarnos a ellas e incluso aceptarlas.

La Perla de Oriente, que tan mal recuerdo te trae, es para la señora Prat. Sé muy bien que tú no la habrías aceptado ya que te consideras demasiado puro para ensuciarte las manos con este tipo de empresas. Tú verás. Por más que la odies y te sientas moralmente superior a la señora Prat, piensa que es viuda de un gandul que no le dejó ni cinco. Además tiene que mantener a un hermano retrasado que precisa muchas atenciones. Tú nunca has tenido dificultades económicas; tal vez si las hubieses tenido no la despreciarías tanto.

En cuanto a la pensión del callejón de las Tres Camas, que, por descontado, tampoco querrás tener bajo tu responsabilidad, muerta la señora Práxedes, la he puesto a nombre de Josephine Délacourt (alias Margarita, a la que debes conocer por este nombre). Es una mujer de empuje que ahora tiene la libertad y los recursos para hacer lo que crea conveniente. La realquilada más antigua, a la que, lógicamente, le correspondía el título de propiedad, se fue hace unos años. Corren rumores de que engatusó a un chico de buena familia. Ya ves, Mauricio, que todo el mundo mira por su conveniencia.

Del doctor Miralpeix, no he vuelto a saber nada. Hace mucho tiempo vivía en la calle Mercaders, pero una vez dejó el piso fue de hotel en hotel y le perdí la pista. Si he de serte sincero, confío en que desistas de la locura de buscarlo y, si no es así, que no lo encuentres nunca, porque de ese encuentro no saldría nada bueno. Tienes que protegerte, tienes que levantar una barrera a tu alrededor que te separe de los elementos indeseables. Hay personas, como el doctor Miralpeix, que son imprescindibles, pero se han de mantener a distancia, lejos de tu entorno. No permitas que gente de esta calaña se sienten nunca a tu mesa. Este es el secreto: marcar esa distinción. Si ya lo has comprendido, te diré que es necesario abrir dos compartimientos en tu cerebro, uno para los que quieres y otro para los que utilizas. Hazte cargo de que aquello que los ojos no ven es como si no existiera. De lo que haga la mano derecha, la izquierda no tiene por qué saber nada. Si te parece demasiado cruel, lo siento; yo no he inventado las leyes que nos gobiernan. Hace siglos y siglos que nos las vamos transmitiendo.

Y ahora hablemos de lo que te pertenece: el piso del paseo San Juan. Yo me trasladé al cabo de un mes de la muerte de tu madre. Sin ella, me parecía aún más grande, se me caía encima. Como puedes ver por el papel en el que te escribo, vivo con todas las comodidades en el hotel Colón. Si no vendí el piso fue por la criada y la cocinera y porque, no necesitaba el dinero. Julia, con una carta de recomendación, encontrará trabajo en otra casa, pero Doro ya es demasiado vieja. Nadie contratará a una criada que ha cumplido los sesenta. No tenemos ninguna obligación hacia ella; la tratamos bien, le hemos pagado puntualmente e incluso le he arreglado una pequeña pensión. A mí esta medida me pareció excesiva, pero lo he hecho porque tu madre me lo pidió en sus últimas horas. A mi muerte el piso quedará para ti y también el problema de qué hacer con Doro que, de momento, vive con Julia y sigue limpiando como lo ha hecho siempre. Ya que tanto te gustan los dilemas morales, te regalo uno: lo dejo en tus manos.

Francamente, cuando nos separamos me hice el propósito de desheredarte, de dejarte solo con la camisa que llevabas puesta para que supieras lo que es bueno. Con los años, sin embargo, he llegado a la conclusión de que, legalmente, el piso es tuyo. De alguna forma, te lo ganaste. En él te criaste y en él cuidaste de tu madre en sus últimos momentos. Dentro están todas las cosas —el piano, el biombo japonés, las piezas de arte que Lidia compró— que, aunque solo sea por afinidad con ella, te pertenecen. Si, desgraciadamente, no puedo decir que hayas sido un buen hijo para mí, supongo que sí lo fuiste para ella. No quiero que me maldiga desde su tumba, sobre todo ahora que pronto me reuniré con ella.

Tal vez te preguntes qué clase de vida llevo en el hotel Colón, yo, que no he hecho más que trabajar las veinticuatro horas del día y que nunca he sabido divertirme. Pues bien, cuando perdí a tu madre —la única persona a la que realmente he querido y he necesitado— todos los valores que había respetado como sagrados dejaron de serlo. Comprendí que, en el fondo, ella tenía razón; que las fortunas son para gastarlas e incluso, para despilfarrarlas, que la vida hay que vivirla a conciencia, como un artículo de lujo. Sentí, por primera vez, la curiosidad de probar aquellos placeres que para ella y para ti eran tan importantes.

Te sorprenderá saber que tengo alquilada una suite con muebles lacados y cortinas de seda. Me levanto a media mañana, después de que me sirvan el desayuno en la cama y durante el día disfruto, por fin, de las ventajas de ser socio del Ecuestre. Juego a las cartas y el hábito de comer y cenar en los mejores restaurantes me ha despertado el gusto por las ostras, el caviar y la langosta. Bebo champán en todas las comidas y he cambiado las farias por los habanos que fumabas tú. Salgo todos los sábados por la noche. Durante la temporada de ópera en el Liceo no me pierdo ni una; en otras épocas del año, voy al teatro o me invitan a las casas de antiguas amistades con las que sigo teniendo relación. Como puedes imaginarte, a este paso mi fortuna no durará demasiado. Puede decirse que me estoy puliendo el capital porque sí, a tontas y a locas. Piensa que es la primera vez que no soy responsable de nadie y te confieso que, en algunos momentos, es una sensación liberadora. ¿Qué haré, te preguntarás, cuando el dinero se agote? Lo tengo todo previsto. Cuando quede lo justo para los gastos del funeral, que no quiero que recaigan sobre ti, me despediré de este mundo de buen grado. La decisión será mía. Tengo derecho a hacerlo, ¿no te parece? No es necesario esperar a que me dé una apoplejía, un cáncer, o el tifus, que hace poco volvió a asolar Barcelona. Me iré cuando quiera y como quiera, y será una semana antes de que leas estas líneas.

Tu repentina desaparición del círculo de fabricantes te ha convertido en una leyenda. Fuentes oficiosas dicen que vives en el Raval, que te defiendes ejerciendo de abogado —la verdad, no te creía capaz— y que todavía frecuentas el Frontón Condal. Aparte de eso, te dejas ver poco. También dicen que por fin te has casado y que ella es una chica humilde que nadie sabe de dónde ha salido. Las malas lenguas dicen que, de soltera, ya tenía un hijo... Como puedes ver, no estoy del todo en el limbo en lo que se refiere a tu vida. Recuerdo haberte dicho, a lo largo de nuestra última discusión, que tengo muchos contactos. Bien, pues los que todavía me quedan, que son unos cuantos, se entretienen especulando sobre qué ha sido de ti.

¿Qué opinas de esta guerra que está destruyendo Europa y que ha dividido a los barceloneses en francófilos y germanófilos? Supongo que tú, que conoces Francia, valoras su refinamiento social y además hablas su idioma, te decantarás por los franceses, como toda tu línea materna. Pero te aseguro que los que están destinados a salvar a Europa son los alemanes. Los grandes fabricantes y los grandes banqueros salen de Alemania. Son maestros en la técnica, y la técnica es el futuro.

Creo que no he sido injusto contigo. Si es cierto que te has casado con una chica pobre, y que además tenía un hijo, no sé qué decirte. No pretendo entenderte, Mauricio. No te he entendido nunca y ahora es demasiado tarde para intentarlo. Si no supiera que tu madre era incapaz de serme infiel, creería que no eres hijo mío. De lo que no hay duda es de que, en todos los aspectos, eres hijo suyo. En cualquier caso, sea como sea tu familia, recuerda que es lo más importante en la vida de uno. A la larga, descubrirás que no hay nada más.

Se me cansa la mano y tengo que cambiarme de ropa para ir al Edén con los Moragas. Creo que tú habías sido un cliente asiduo y todavía te recuerdan, aunque ya no lo frecuentes. Dentro de media hora pasará a recogerme el chófer con el automóvil que se acaban de comprar.

Poco después de recibir esta carta, el notario, señor Punset, se pondrá en contacto contigo. En estos momentos, no me queda más que saludar a los tuyos, a los que nunca conoceré, y desearte buena suerte.

Tu padre,

RODRIGO ALDABÓ CLOSAS

A Mauricio se le habían enfriado las manos después de tanto rato sujetando la carta. Cuando acabó de leerla, se la enseñó a Caterina, diciendo: «No ha querido ni que fuera a su funeral». Bien mirado, su padre había muerto hacía muchos años, no recordaba exactamente cuántos. El que firmaba aquella carta era un extraño. Aun así, la releyó con la esperanza de encontrar algún dato esclarecedor que le diera la clave de su relación. En el fondo sabía que ese era un capítulo de su vida inacabado. Dobló las hojas y las guardó en un cajón de esos que no se abren nunca, junto a la fotografía amarillenta de Rita.

Con un cierto resquemor, se acercó un día hasta el piso del paseo San Juan para comunicar a Doro y a Julia que podían quedarse en él indefinidamente. No podía permitirse un piso tan grande con servicio y, cuando ellas faltaran, dispondría de él a su antojo. Al verle de nuevo, al cabo de seis años, las dos mujeres lo recibieron con llantos y efusiones dignos del retorno de un hijo pródigo. Las formalidades pasadas estaban fuera de lugar.

Se paseó lentamente por el pasillo, las salas y las habitaciones amuebladas y silenciosas, petrificadas en las grutas del tiempo. Llamaría a una compañía de mudanzas para que transportara el piano, el biombo y algunos objetos de arte al piso de la calle Notariado. No se preocupó en vaciar las vitrinas, porque en su casa no sabría dónde colocar las colecciones de cristal y porcelana.

Mientras preguntaba a Doro por una compañía de mudanzas, le vinieron a la memoria las tarjetas de La Fidelidad que, años atrás, había descubierto en el despacho. Entró y quemó en el cenicero las que quedaban —pocas, por cierto— en el paquete arrinconado del cajón central. Parecía que el humo purificaba la habitación. Mientras las cenizas se consumían, se le fue la vista hacia la butaca de piel que, como un sarcófago, dibujaba la silueta de su padre. Comprendió, entonces, que aquella habitación guardaba como un tesoro putrefacto algunos de los peores recuerdos de su vida. Al salir, cerró la puerta suavemente, con una sensación de malestar aliviada por la esperanza de no volver a abrirla nunca más.

La vida en la calle Notariado se desarrollaba sin sobresaltos, igual que un torrente ignorado que no arrolla a nadie. Mauricio, después de numerosas complicaciones e intentos fallidos, consiguió poner en marcha su despacho de abogado. Había olvidado todo lo aprendido —que no era mucho— siete u ocho años atrás. La única rama del derecho con la que había mantenido algún contacto, a través de la fábrica, era la mercantil; desgraciadamente, no podía esperar que los industriales, que acostumbraban a contratar abogados de empresa muy bragados, hiciesen cola para solicitar sus servicios.

Tuvo que retomar los libros y, noche tras noche, quemarse las cejas bajo la lámpara, sin saber si saldría adelante. Pronto descubrió que estudiar pasados los treinta era más duro que hacerlo a los veinte. Aquellas noches se iba muy tarde a la cama, con la cabeza como un tambor y los ojos lastimados por la letra pequeña, buscando el consuelo de la oscuridad y las caricias semidormidas de Caterina. Perdió los tres primeros casos, uno tras otro, por culpa de su inexperiencia y necesitó de todo el tacto y el *savoir faire* de la época en que brillaba en sociedad para calmar la furia de un cliente que se consideraba estafado. En otra ocasión se vio obligado a ofrecerse gratis a un ebanista de Sants que, alarmado por su nefasto historial meditaba la posibilidad de buscarse otro abogado... Cuando ya empezaba a desesperarse, cambiaron las cosas y ganó el caso. A este siguieron otros, siempre modestos, en los que victorias y fracasos se alternaban a partes iguales. Entonces comenzó a dar voces y a repartir tarjetas para darse a conocer.

Una mañana entró en el despacho una mujer con aspecto de menestrala. Al señalarle una butaca, se sentó con los pies cruzados y las manos juntas sobre el monedero. Le explicó, arreglándose el cuello de la blusa cada dos por tres, que su marido trabajaba en una fábrica de vidrio de Badalona —«en Can Framis, ¿la conoce?»— y que hacía poco una máquina le había inutilizado la mano derecha —«le ha cortado los nervios, ¿verdad que me entiende?»—. Después de cuarenta años —«fíjese bien, ¡cuarenta años!»— el dueño le quería despedir —«me lo quiere echar, se lo juro»— sin pagarle una indemnización. Alguien les había dicho que un tal Mauricio Aldabó se ocupaba de casos como este —«de gente trabajadora, vaya, como nosotros»—. Su marido no quería saber nada de abogados; decía que todos son unos gandules y unos vendidos —«amigos solamente de los ricos»—. Pero ella, por su cuenta, había decidido ir a verle.

—¿Qué me dice? —preguntó al acabar el monólogo.

—Permítame una pregunta, señora...

—Sabater. Cinta Sabater.

—Señora Sabater... ¿Quién les ha hablado de mí?

—Una chica que es vecina nuestra. Usted no se acordará, pero ella dice que le conoce.

—¿Cómo se llama?

—Remedios Sallent.

Mauricio se quedó mudo, como si hubiera recibido un mensaje del Más Allá. Como una visión, se le presentó la imagen de la niña, con el dedo ensangrentado y acusador en el aire, y se sentó en la butaca vacía. Por fin, miró a la mujer que ocupaba el otro asiento y, haciendo un esfuerzo, reaccionó.

—¿Remedios Sallent? ¡Claro que me acuerdo de ella! ¿Pero cómo sabe que...?

—Porque conoce a Martín; sabe que usted le llevó el asunto de la disputa con su hermano... Martín Lluch, un chico de Sants que es ebanista. Nosotros también somos de Sants, ¿sabe?

—Sí, sí, ya sé a quién se refiere. Pero, francamente, señora Sabater, no sé por qué Remedios le ha recomendado que viniera aquí... No nos hemos visto desde que ella era una niña y de mi trabajo actual no sabe nada...

La mujer le interrumpió con decisión.

—Sí, señor. Sabe lo que le dijo Martín. Además, dice que, de pequeña, cuando trabajaba en la fábrica de su padre, se hizo daño en un dedo y usted la curó. Que, cuando se le necesita, usted es incapaz de volverle la espalda a nadie.

Asombrado, estudió a la mujer unos segundos. Mauricio suplía la falta de experiencia y de dominio de la legislación con una intuición muy desarrollada sobre la naturaleza humana. Sabía perfectamente de qué pie calzaba Cinta Sabater. Sabía que era una víctima en potencia de las zarpas legales. Había acudido a un desconocido con el arma más difícil de destruir: la fe. Era de aquellas personas que creen en un médico, en una amiga, en un tendero, en un remedio. Creía, porque necesitaba creer. Aunque comprobara que él era un incompetente, eso no destruiría el concepto que ya se había formado de él. Podía fracasar en el caso con toda impunidad. Ella seguiría sosteniendo que Mauricio Aldabó era un buen abogado que defendía los derechos de los trabajadores a capa y espada.

Entonces, echándose para atrás en la silla, pensó en esa afirmación insólita de Remedios Sallent de que él era incapaz de volverle la espalda a alguien. Nadie se imaginaba que, años atrás, se la había vuelto por completo a una muchacha no demasiado distinta a ella. Estaba preparado para cualquier cosa menos para la reaparición de Remedios que venía de tan lejos para inmiscuirse de nuevo y de refilón en su vida. ¿Acaso no tenía piedad aquella criatura? ¿Acaso, después de tanto tiempo, quería volver a ponerle a prueba? Cuando él, la prueba, ya la daba por superada y olvidada... Le había curado el dedo igual que tramitaba los pedidos, sin experiencia ni confianza en sí mismo, solo con la vanidad y la pretensión de convencer a los otros de que podía hacerlo... Quizá ni siquiera ella misma estaba convencida. Quizá no tenía suficiente. Quizá no se contentaba con una sola vez. ¿Cuántas más debería satisfacerla? Apoyando los codos encima de la mesa, suspiró y se dirigió a la mujer que aguardaba expectante.

—No puedo prometerle nada pero, si le parece bien, quedemos así: si gano, me pagarán el veinticinco por ciento del total de la indemnización; si perdemos, no tienen que darme nada. Si están de acuerdo, tendré que hablar con su marido lo antes posible. Tenga mi tarjeta.

Cinta Sabater estiró el cuello como una gallina orgullosa.

—Ya lo decía Remedios.

Ganó el caso y unos cuantos más de todos los que le siguieron. Sus clientes eran viudas que litigaban por pequeñas herencias, obreros agraviados, realquilados amenazados de desahucio, comerciantes del barrio... todas aquellas hormiguitas que habían ascendido con la cabeza embotada por los humos de las fábricas de tantos Aldabó. Cobraba según los intereses del cliente, en algunos casos sumas respetables y, en otros, ni cinco céntimos. A menudo recibía regalos en forma de alimentos u objetos —desde paraguas hasta juguetes o un sombrero de paja italiana para Caterina—, con los que comerciaban aquellos que habían quedado satisfechos de su trabajo. Entre sus honorarios y las clases que impartía Caterina en la sala, donde había un gran balcón que daba la vuelta a toda la esquina, vivían cómodamente instalados en el anonimato, nada envidiosos y poco envidiados. Como los dos habían empezado una nueva vida, no tenían amistades. De vez en cuando veían a su primo Alberto, que incluso le proporcionaba algún cliente, pero nunca a su mujer, una princesa perteneciente a una dinastía metalúrgica que arrugaba la nariz delante de cualquier metal que no fuera oro de veinticuatro quilates.

Los fines de semana llevaban a Pedro Antón al cine, al tiovivo o a dar de comer a las fieras del zoo. Últimamente, Mauricio también se lo llevaba al frontón, donde a veces coincidía con antiguos conocidos del Ecuestre y le enseñaba a manejar la pelota y, como solía decir, a sudar por una buena causa. Durante el verano pasaban algunos días en cualquier hotelito de playa o montaña, alternando las preferencias costeras de Mauricio con las de su mujer que, a fin de cuentas, había nacido tierra adentro, en el Bergadá. Cuando se estableció, le prometió que cuando acabara la guerra irían a París.

Mauricio también había cambiado físicamente. Se parecía al Mauricio de antes como un caballo a un unicornio: los dos eran prácticamente iguales, pero al padre de familia que había superado la treintena y ejercía de abogado en un austero despacho de la calle Notariado, le faltaba un algo insignificante que, por otra parte, era lo más característico de su antecesor. Claro que también era un detalle que, desde siempre, había sido más mítico que real.

Todavía andaba pausadamente, adelantando las largas piernas con indolencia, pero casi siempre con la cabeza baja. No se podía decir que hubiera aumentado de peso, pero sí que el suelo le atraía con más fuerza. La ligereza se había transformado en gravedad, la sensual languidez en melancolía. El mechón de pelo, todavía abundante y negro como un ala de cuervo, se dejaba dominar por el peine. A veces, a causa de algún chiste de Pedro Antón o las zalamerías de Caterina, la risa se abría francamente, mostrando una hilera de dientes alineados y perfectos, y el rostro volvía a iluminarse. Eran ocasiones puntuales y efímeras, chispas de un fuego ya extinguido. Si Caterina se empeñaba en cualquier tontería, como un balcón soleado cuando buscaban piso, una alfombra de lana para la alcoba del niño o una corbata de seda para él, invariablemente Mauricio esbozaba una sonrisa y decía: «Como quieras». Era feliz a través de ella, pero incapaz de sentir el más mínimo entusiasmo por sí mismo. La antigua apatía, marcada y baqueteada por los acontecimientos de sus años jóvenes, había derivado hacia un estoicismo que tenía algo de místico.

De vez en cuando, un mar de fondo agitaba las aguas serenas de su existencia. Era una angustia que aparecía al anochecer, a la hora en que, tiempo atrás, solía salir de la fábrica y rondar por los alrededores del callejón de las Tres Camas. Los alumnos cantaban o recitaban el abecedario con Caterina en la sala, pero no les escuchaba. Se adueñaba de él un deseo imperioso de encender un habano, mientras resonaban en su memoria las voces de los socios del Ecuestre en la mesa de juego o en la sala de lectura. Un hormigueo le subía desde las piernas al cerebro y le impedía permanecer en el despacho. Se ponía la chaqueta, cogía el sombrero y salía a la calle.

Caminaba sin rumbo, dejándose guiar por la imaginación que le señalaba un camino u otro. No decidía por voluntad propia ni el destino ni el trayecto. Unas veces tomaba la calle Elisabets; otras subía por Montealegre; a veces bajaba por la calle de los Ángeles hasta las Ramblas y las recorría acompañado por el ritmo hipnótico de sus pisadas y el sobresalto de las campanas de los tranvías. Sin saber cómo, se encontraba de repente bajo la ropa tendida de la calle de la Aurora, ante la fachada del Olimpia o inmerso en el bullicio pestilente del Arco del Teatro; en más de una ocasión había ido a parar a la taberna del callejón de las Tres Camas, donde se bebía una copa de garnacha mientras escuchaba las conversaciones de los obreros o los monólogos de algún borracho. Un día creyó oír, desde su mesa, el «Ave María Purísima» del loro prostibulario. En una de estas visitas, se le ocurrió preguntar por el Refranes. Cuando Mariano le explicó que hacía tiempo que había muerto de cirrosis, la noticia le afectó de una manera absurda, desproporcionada, como si hubiera perdido una parte de sí mismo.

Aquel vagabundeo sonámbulo no iba nunca más allá de la puerta del Edén o del Palais de Cristal —que a aquellas horas se preparaban para la aventura de la noche— cuando no del escaparate de La Perla de Oriente, desde donde observaba, como a través de un telescopio, las evoluciones pomposas de la señora Prat y la figura simiesca y lejana de Jaumet. Solo Mauricio había cambiado. El resto seguía igual.

Una tarde de primavera el paseo fue más largo que de costumbre. Era el mes de abril. Hacía una brisa suave que iba amainando a medida que se ponía el sol y que le había resecado la garganta. De repente notó que tenía sed, una sed imperiosa que no podía esperar. Miró a su alrededor y descubrió que estaba en la ronda de San Antonio. Llegó a un punto en el que coincidían dos bares uno frente al otro: el Australia y La Bohemia. Se decidió por el segundo que, a aquella hora, estaba más tranquilo. Tomó asiento a una mesa de mármol y pidió una cerveza negra. Hasta que se sentó, no se dio cuenta de que llevaba una hora y media caminando y estaba cansado.

Toda la clientela se apelotonaba en un espacio que no mediría más de veinte metros cuadrados, donde se concentraban unas cuantas mesas. El resto del local estaba vacío. En el centro del grupo alguien contaba una historia con entusiasmo. Los otros —en su mayoría hombres, a excepción de alguna dependienta de los encantes o del mercado de San Antonio— le escuchaban y, de vez en cuando, estallaban en carcajadas o hacían exclamaciones. Mauricio solo veía las espaldas inclinadas hacia el interior del círculo. Nadie prestaba atención al acordeonista, que se movía a su alrededor como un moscardón.

Dio unos sorbos ávidos a la cerveza y consultó el reloj. Pasaban diez minutos de las ocho. En cuanto se acabara la bebida se iría para casa, porque si tardaba más de la cuenta, Caterina le recibía con aquella mirada inquieta y angustiada que solía mostrarle cuando regresaba de sus salidas. Se había tranquilizado; cuando conseguía determinar sus coordenadas de tiempo y espacio, era señal de que la angustia había pasado. Observó que la animación del grupo se incrementaba por momentos. Movido por un impulso curioso, poco usual en él, cogió la jarra de cerveza y se acercó al grupo.

Era una reunión de gente muy diversa: un par de hombres con chaqueta y corbata, algún trabajador con traje de faena, mujeres con delantales y cestos y otras dos más jóvenes y vistosas. Sentado a una mesa como un rey presidiendo una pequeña corte, estaba un hombre bajo y delgado, con cuatro pelos blancos que, ingeniosamente, se las arreglaban para taparle la coronilla y unos ojillos vivos que chispeaban de emoción.

Mauricio tuvo la impresión de haber visto aquella cara en otro sitio, quién sabe cuándo. Permaneció levantado para tener despejado el campo de visión, doblando una pierna y apoyando el pie sobre la silla. El hombrecillo gesticulaba con unas manos que eran dos zascandiles.

—El Paralelo es el lugar que le corresponde por derecho, ya me entendéis. Comenzaría por montar una caseta con un rótulo que pusiera: PALACIO DE LAS EJECUCIONES.

—¡Pero si ya no hay casetas! —saltó una de las mujeres del mercado.

—¡No interrumpáis! —intervino un hombre.

El narrador continuó:

—Dentro, colgaría mi título enmarcado, ¿eh? Como un cuadro. Con una fotografía mía y la partida de nacimiento.

—¡Muy bien! —aprobó una mujer.

En el interior construiríamos un pequeño patíbulo, al que se subiría por una escalera, y allí apareceríamos un servidor y mi ayudante. En el banco de los acusados, dos muñecos de cera, un hombre y una mujer, vestidos con las hopas correspondientes. En segundo término, otro muñeco...

—¿Todavía más muñecos?

—¡Silencio!

—Este otro muñeco sería el sacerdote y llevaría un crucifijo. Entonces un servidor explicaría al público todos los preliminares de una ejecución, ¿eh? Paso a paso. Y ahora viene el momento de la verdad. Un servidor ataría a los reos al banco.

—¿Con cuerdas? —preguntó una de las muchachas.

—¡Nada de cuerdas! Desde 1885 no se utilizan. No, con correas. Primero agarrotaría al muñeco número uno, la mujer, y luego al número dos. Eh, ¿qué os parece?

—¡Ay, Nicomedes, yo encuentro que eso está muy bien pensado! —contestó una mujer de mejillas rubicundas.

—¿Verdad que sí? —ratificaba el aludido—. Pues no hay manera de que las autoridades me den permiso para montar el espectáculo. No saben apreciar la lección moral que comporta. Ahora que se han suspendido las ejecuciones públicas, un teatro de marionetas sería más edificante y humanitario que no lo que hacían antes, que llevaban a los niños a ver las ejecuciones y les daban un cachete en el momento de colgar a los condenados. Pues nada, por más que insisto, es como predicar en el desierto. Lo único que me dejan hacer es explicar casos en Can Ramón, en Pueblo Seco. Esta semana toca el de Silvestre Lluís.

—¿Quién era ese?

—El del crimen de la calle Parlamento, ¿no habéis oído hablar de él? Mató a la mujer de su hermano.

—¡Dadle otro vaso de vino, que este hombre debe de tener la boca seca! —gritó uno de los obreros al camarero.

A pesar de que Mauricio se había acabado la cerveza, permanecía en su sitio, inmóvil. Ya no tenía sed. Mientras el antiguo verdugo desvelaba sus sueños, ante sus ojos se balanceaba el cuerpo disfrazado de Isidro Mompart, el peor fantasma de su infancia, ahora reducido a la figura de un muñeco de cera. Rememorando al arlequín amarillo y negro que, veinticinco años atrás, colgaba sin alma de la cuerda, la quimera de las marionetas le pareció de una lógica incontestable.

Dejó el dinero encima de la mesa y salió a la calle a tiempo de atrapar las últimas luces del día. Mientras caminaba, la noche caía como una manta flotante sobre la ciudad. Apenas metió la llave en la cerradura, Caterina salió a recibirle y lo abrazó con fuerza, como si hiciera tiempo que no lo veía. En momentos como aquellos nunca le preguntaba de dónde venía. Mientras se sentaba a esperar la cena, se aflojó la corbata. Poco después, Pedro Antón, que continuaba siendo arisco con los extraños, se subió a sus rodillas. Mauricio sabía que, cuando actuaba así, era para pedirle ayuda con los deberes de francés; aquella noche, sin embargo, el niño le susurró algo al oído.

—Hoy, estoy muy cansado, hijo. Mañana, te lo prometo.

Pero Pedro Antón, silencioso y testarudo, no perdonaba. Le cogió de la mano y lo arrastró hasta el piano. Mauricio se quitó la chaqueta y se sentó en la banqueta con un suspiro de resignación, tecleando las primeras notas de «Para Elisa». Pedro Antón se sentó entre sus piernas, en el borde del asiento, y con mucho cuidado fue bajando las manos, ligeras como mariposas, hasta ponerlas sobre las suyas y sentir la vibración de las teclas. Mauricio cerró los ojos y apoyó la barbilla en la cabeza del niño, recibiendo el áspero saludo de los cabellos que le hacían cosquillas en el cuello. Respiraba hondo queriendo inundar sus pulmones con las notas de Beethoven. La música fluía sin que nada se lo impidiera. El día finalizaba bajo la mirada estática de la noche. Los dedos de Pedro Antón aleteaban, apenas perceptibles, sobre los suyos. Se había declarado la tregua. Mauricio sabía que, una vez más, había expulsado los demonios y, al menos por un tiempo, le dejarían tranquilo.